suncolor

suncolor

繼承遊戲

THE INHERITANCE GAMES

JENNIFER LYNN BARNES
珍妮佛・琳恩・巴尼斯——著
郭庭瑄——譯

suncolor
三采文化

獻
給

山繆
Samuel

第一章

小時候，我媽媽常發明各式各樣的遊戲。安靜遊戲、「看誰能撐最久不吃餅乾」大賽，還有一直以來最受歡迎的棉花糖遊戲——我們會穿著蓬鬆的二手羽絨外套在家裡吃棉花糖，好省下開暖氣的錢。停電時，我們會改玩手電筒遊戲。無論走到哪裡，我們都在賽跑，從來沒散過步。地板上常有「岩漿」，枕頭的主要用途是築造堡壘。

其中持續最久的遊戲叫「我有一個祕密」。媽媽說每個人都有至少一個祕密。有時她會猜中我的，有時不會。我們每個禮拜都玩，一直到我十五歲那年，她的其中一個祕密讓自己住進了醫院。

接下來我只知道她走了，再也不會回來。

「換妳了，公主。」一個沙啞的嗓音把我拖回當下。「我可沒時間跟妳耗一整天。」

「我才不是什麼公主。」我反駁，將騎士推到恰當的位置。「換你了，老頭。」

哈利一臉惱怒地看著我。說真的，我不曉得他幾歲，也不清楚他為何會無家可歸，住在我們每天早上下西洋棋的公園裡，只知道他的確是個可怕又可敬的對手。

「妳，」他看著棋盤咕噥。「實在有夠討厭。」

三步之後，我突破了他的防線。「將軍。哈利，你知道這是什麼意思吧！」

他惡狠狠地瞪我一眼。「我得讓妳幫我買早餐。」我們長久以來都拿這個做賭注。只要我贏，他就得無條件接受免費餐點。

值得讚許的是，我只有小小得意一下。「當皇后的感覺真好。」

我及時壓線趕到學校。我習慣把時間壓縮得很緊，而學業成績同樣瀕臨危險邊緣。我老是想著該如何付出最少的努力，卻依舊能拿到A？我不是懶惰，只是很務實。成績從九十八分變九十二分，工作上卻能多輪一班，很值得。

我在西班牙文課上寫英文作文草稿時，被叫到校長室。像我這樣的女孩應該是隱身在人群裡才對，不會被叫去坐著聽校長訓話。我們惹出的麻煩不會超過自身能擔負的範圍，以我的情況來說，就是不可能闖禍。

「艾芙瑞，」奧特曼校長問候了一聲，語氣非常淡漠。「請坐。」

我乖乖坐下。

他雙手交握，放在前方的辦公桌上。「妳應該知道我為什麼叫妳來吧？」

我每個禮拜都會跑去停車場打撲克賺錢，好用來買哈利（有時是我自己）的早餐，除此之外，我不知道自己還做了什麼會引起校方注意的事。「對不起，」我盡量用溫順的口吻回答。「我不知道。」

奧特曼校長沉默一會兒，把一疊裝訂好的紙遞給我。「這是妳昨天的物理考卷。」

「好。」我說。這不是他想要的回應，但我真的不曉得該說什麼。這次考試是我唯一有認真唸的一次，我無法想像自己的成績居然爛到需要校長插手。

「艾芙瑞，葉慈先生改完考卷，只有妳拿滿分。」

「太好了。」我刻意不再說「好」。

「老實說不怎麼好，孩子。葉慈先生特意設計出挑戰學生能力的試題，而且二十年來他從未給過滿分。妳看到問題出在哪裡了嗎？」

「一個老師設計出大多數學生都無法通過的考試？」我出於本能地脫口回答。

奧特曼校長瞇起眼睛。「艾芙瑞，妳是個好學生。考量到妳的處境，能有這樣的成績真的很不錯。然而，妳過去並沒有出現需要讓老師調整分數的情況。」

話是沒錯，但我怎麼感覺好像肚子被他揍了一拳？

「我很同情妳的境遇，」奧特曼校長繼續說：「但我需要妳跟我說實話。」他緊盯著我的雙眼。「妳知道葉慈先生將所有試題檔案存在雲端上嗎？」他以為我作弊。他坐在那裡目不轉睛地看著我，我覺得自己好像被看光了。「我想幫妳，艾芙瑞。妳的生活很辛苦，有這種成績真的很棒。也許妳對未來有所規劃，我不希望看到妳的夢想毀於一旦。」

「也許我對未來有所規劃？」我重複一遍。如果我不姓葛蘭斯，如果我爸爸是牙醫、媽媽是家庭主婦，他才不會表現出一副「也許我有思考過未來」的模樣。「我今年高三，」我咬牙切齒地說：「明年畢業，修的課至少能抵免兩個學期的大學學分，成績足以申請康乃狄克大學獎學金。他們的精算學課程是全國數一數二的。」

「精算學？」奧特曼校長皺起眉頭。

「統計風險評估。」這不僅是最接近撲克與數學雙主修的學科，更是世界上就業機會最多的科系。

「妳喜歡計算風險嗎，葛蘭斯小姐？」

例如作弊？我一肚子火，但必須克制自己的脾氣。我想像自己在下棋，於腦海中移動棋子。像我這樣的女孩才不會情緒失控。

「我沒作弊，」我平靜地回答。「我只是有唸書。」

我在其他課堂與打工輪班間拼湊出零碎的時間，又熬夜熬到很晚。知道葉慈先生的考試是出了名的刁鑽、學生根本不可能及格，讓我更想重新定義「可能」。這一次，我不打算在緊迫的時限內強逼自己，而是想看看自己能做到什麼程度。

這就是我努力之後的結果，因為像我這樣的女孩，不可能在這麼難的考試中拿到這麼好的成績。

「我可以再考一次。」我盡量不讓語調流露出憤怒，或更糟的是，受傷的感覺。「這次一樣會拿滿分。」

「如果我告訴妳葉慈先生出了一份新考卷呢？每一題都跟之前那份一樣難。」

「沒問題。」我毫不猶豫地答應。

「好，那就明天第三節課考試。但我必須警告妳，如果——」

「現在就考。」

「不好意思，妳說什麼？」奧特曼校長看著我。

別再想著溫順的語氣，別再想著讓自己隱形。「我想現在就在校長室考試。」

第二章

「今天不順啊？」莉比問。我姐姐比我大七歲，是個同理心泛濫的人，無論對自己或對我都是。

「沒事。」我回答。跟她說我被叫去校長室只會讓她擔心，現在除了等葉慈先生改完重考的考卷別無他法。我轉移話題。「今晚的小費大豐收。」

「有多少？」莉比的穿衣風格介於龐克與哥德風之間，但就個性而言，她是個不折不扣的樂天派，永遠抱持樂觀態度，相信在一家牆壁破洞、多數主菜價格為六・九九美元的餐館裡，有一天一定能收到一百美元的小費。

我把一團皺巴巴的一元美鈔塞進她手裡。「多到可以幫忙付房租了。」

莉比想把錢還給我，但我在她還來不及動作前就走開了。「我會把這些錢丟過去。」她厲聲警告。

「我會躲開。」我聳聳肩。

「真拿妳沒辦法，」莉比心不甘情不願地把錢收起來，不知從哪裡拿出一盤瑪芬蛋糕，緊盯著我看。「妳要收下這盤瑪芬來補償我。」

「遵命，夫人。」我從她伸長的手中接下那盤瑪芬，目光轉向她身後的流理臺，才發現她不只在烤瑪芬，還有杯子蛋糕。我的胃一沉。「莉比，不會吧。」

「不是妳想的那樣。」莉比保證。此刻的她帶著歉意烤杯子蛋糕，滿懷愧疚地烤杯子蛋糕，一副「拜託別生氣」的模樣烤杯子蛋糕。

「不是我想的那樣？」我輕聲重複。「所以他不會搬回來？」

「這次不一樣，」莉比承諾。「對了，杯子蛋糕是巧克力的喔！」我最喜歡的口味。

「永遠都一樣，不可能改變的。」我反駁。但若我有辦法說服她，她早就相信了。說曹操曹操就到。莉比那個老是分分合合的男友悠哉地走進來。他很愛捶牆壁，還自誇說他不會打莉比，把這當成優點掛在嘴邊。他從流理臺上抓起一個杯子蛋糕，上下打量我。

「嘿，辣妹。」

「德瑞克。」莉比立刻出聲制止。

「開玩笑的啦，」德瑞克揚起微笑。「莉比寶貝，妳知道我在開玩笑。妳和妳妹應該培養一點幽默感。」

他才走進來一分鐘就開始惹事了。「這樣真的很怪。」我告訴莉比。德瑞克不希望她收留我，一直因為這件事懲罰她。

「這又不是妳的公寓。」德瑞克回嘴。

「艾芙瑞是我妹妹。」莉比非常堅持。

「同父異母的妹妹。」德瑞克糾正，隨後又露出笑容。「開玩笑的啦。」

他不是在開玩笑，但也沒說錯。莉比和我是同父異母的姐妹。成長過程中，爸爸不太關心我們，我和她一年只見一、兩次面，誰都沒料到她會在兩年前成了我的監護人。她還很年輕，生活也只是勉強過得去。但她是莉比，關愛他人是她的天性。

「如果德瑞克要住這裡，」我平靜地告訴她。「那我就搬出去。」

莉比拿起一個杯子蛋糕捧在手心。「我盡力了，艾芙瑞。」

她老是想討好別人。德瑞克很喜歡讓她夾在中間進退兩難，利用我來傷害她。

我不能只是枯坐在那裡，等他有一天主動停止捶牆壁。

「我會住在車上，」我對莉比說。「有需要就來找我。」

第三章

我那臺古董龐帝克跟破銅爛鐵沒兩樣，但至少暖氣還能用——大多時候可以啦。我把車停在餐館後面沒人看得到的地方。莉比傳了簡訊給我，但我不想回，只是一直盯著手機發呆。螢幕四分五裂，網路流量也差不多用完了，所以沒辦法上網，但簡訊數量沒有限制。

除了莉比之外，我的生命中只有一個人值得傳簡訊。我傳了一封簡短有力的訊息給美心：那個人回來了。

美心沒有馬上回覆。她爸媽很喜歡所謂的「無手機時間」，經常沒收她的手機，還會不時監控她的訊息，所以我才沒提到德瑞克的名字，也沒有說我在哪裡過夜。劉家和社工不必知道我沒在自己該在的地方。

我放下手機，瞥了副駕駛座的背包一眼，決定明天早上再寫作業。我把座椅往後倒，閉上眼睛，卻輾轉難眠，於是把手伸進置物箱，拿出媽媽留給我唯一有價值的東西：一大疊明信片。有好幾十張，全是我們計畫要一起旅行的地方。

夏威夷、紐西蘭、馬丘比丘……我一張一張翻看，想像自己身處其他國度，哪裡都行，只要不是這裡就好。東京、峇里島、希臘……我任憑思緒自由飄蕩，完全忘了時間，直到簡訊聲嗶嗶作響。我拿起手機，美心回覆了那封關於德瑞克的訊息。

那個烏龜蛋。過了幾秒，另一封簡訊傳來：妳還好嗎？

美心在八年級升九年級的夏天搬走了。我們大多用文字訊息聊天，她不想直接把髒話寫出來，以免被爸媽看到。

所以她變得很有創意。

我沒事。

這三個字顯然是導火線，她非得代表我宣洩情緒、釋放怒氣不可。

叫那個爛人直接去投胎吃黃金啦！！！

下一秒，我的手機響了。「妳真的沒事？」我一接起來，美心立刻問道。

我低頭看著大腿上的明信片，喉嚨一緊。我會順利挺過高中生活，申請所有能申請的獎學金；我會拿到具備市場競爭力的學位，可以遠端工作，享有優渥的薪水。

我會環遊世界。

我略帶哽咽地長長吐一口氣，回答美心的問題。「妳知道我的，美心，我總是能安然度過困境的。」

第四章

第二天，我就嘗到睡在車子裡的代價。我全身痠痛，而且上完體育課後不得不洗澡，因為餐館廁所裡的紙巾功能有限。我沒時間吹頭髮，只能溼淋淋地去上第二節課。這不是我的最佳狀態，但我這輩子都跟同一群小孩一起上學。我就像壁紙一樣。

沒人會看我一眼。

「《羅密歐與茱麗葉》中充斥著許多簡潔、精練又充滿智慧的諺語，描繪出世界與人性的運作方式。」我的英文老師年輕又滿懷熱忱，我很懷疑她是不是喝太多咖啡。「現在，我們暫且不談莎士比亞。有人知道什麼日常諺語嗎？」

飢不擇食，寒不擇衣，慌不擇路，貧不擇妻，我在心裡無聲回答。我頭痛欲裂，水滴沿著背滑落下來。需要是發明之母。空想若能成真，乞丐都會發財。

這時，教室的門突然打開。一名行政助理就站在門口，等老師轉頭看她，然後用大到全班都聽得見的音量說：「艾芙瑞．葛蘭斯，請到校長室。」

我猜是重考成績出來了。

我知道不必奢望奧特曼校長道歉，但沒想到他居然會在祕書辦公桌旁迎接我，臉上還洋溢著笑容，好像教皇剛才來拜訪他一樣。「艾芙瑞！」

我腦中警鈴大作。從來沒有人那麼高興看到我。

「這邊。」他打開辦公室的門，我瞥見裡面有一條熟悉的霓虹藍色馬尾。

「莉比？」我失聲驚呼。她穿著綴有骷髏印花的醫護服，沒有化妝，在在表明她直接從養護中心趕過來，而且當時還在值班。養護中心的當班人員不能在工作時擅自離開。

除非出了什麼事。

「是爸爸……」我無法強迫自己講完這句話。

「妳父親沒事。」回答的不是莉比或奧特曼校長。我猛地抬頭，從莉比身邊望過去。只見校長辦公桌後方坐著一個年紀不比我大多少的男孩。這到底是怎麼回事？

他穿著西裝，看起來像那種身邊有隨扈的人。

「瑞奇．葛蘭斯還活著，身體也很健康。」他繼續說，低沉厚實的嗓音不疾不徐，用字精準俐落。「昨天在密西根一家離底特律約一小時車程的汽車旅館房內昏倒，沒有大礙。」

我努力不盯著他看，卻還是忍不住。淺色頭髮，淺色雙眸，以及有稜有角、鋒利得足以切割岩石的臉孔。

「你怎麼會知道？」我那遊手好閒的老爸，就連我都不曉得他的下落，這個人怎麼一清二楚？

穿西裝的男孩沒有回答我的問題，反而揚起一邊眉毛。「奧特曼校長？」他開口。「方便讓我們私下聊聊嗎？」

奧特曼張大嘴巴，大概是對自己被攆出校長室表達無聲的抗議，但男孩的眉毛抬得更高了。「我想我們已經達成協議了。」

奧特曼清清喉嚨。「當然。」就這樣，他轉身走出校長室，關上身後的門。我繼續肆無忌憚地盯著那個請他出去的男孩。

「妳問我怎麼知道妳父親在哪裡，」他的眼睛和西裝一樣，都是近乎銀色的淺灰。「目前，妳最好先假設我什麼都知道。」

若不是這番話，他的聲音其實很好聽。「自以為萬事通的傢伙。」我喃喃低語。「這種人我見多了。」

「妳講話還真刻薄。」他回嘴，銀色眼眸直盯著我的雙眼，嘴角微微上揚。

「你是誰？」我又問：「你想做什麼？」想對我做什麼？我內心有個聲音補上一句。你想對我做什麼？

「我只是想，」他回答。「傳個話。」不知怎的，我開始心跳加速。「事實證明，是很難藉由傳統方式遞送的消息。」

「應該是我的錯。」我身旁的莉比怯生生地坦承。

「妳哪有什麼錯？」我轉頭看著她，很謝謝她給了我一個理由，可以將目光從那雙灰色眼眸移開，同時克制想回瞄的衝動。

「妳要知道，我不曉得那些信是真的。」莉比的語氣就和任何一個穿著骷髏印花醫護服的人一樣誠懇。

「什麼信？」我追問。我是在場唯一一個搞不清楚狀況的人。無知有如累贅，我怎麼也甩不掉這種感覺，彷彿站在軌道上，卻不知道火車從哪個方向來。

「過去三週，」穿西裝的男孩開口，嗓音在我四周迴繞。「我外祖父的律師一直寄掛號信到妳的住所。」

「我以為是詐騙。」莉比對我解釋。

「我可以向妳們保證，」男孩溫和地回答。「絕對不是。」

最好不要相信帥哥的承諾，這點我清楚得很。

「我從頭再說一次。」他雙手交握放在桌上，右拇指輕輕繞著左手腕上的袖釦畫圈。「我是格雷森．霍桑，謹代表麥納馬拉、奧特嘉與瓊斯律師事務所來到這裡。該事務所總部位於達拉斯，負責處理我外祖父的遺產。」格雷森的淺色眼睛迎上我的目光。「我外祖父在本月稍早辭世，」他停頓了下，氣氛有些沉重。「他叫托比亞．霍桑。」格雷森仔細端詳我的反應，更準確地說，是我的「毫無反應」。「這個名字對妳有什麼意義嗎？」

站在軌道上的感覺又回來了。「沒有。」我回答。「應該要有嗎？」

「我外祖父很富有，葛蘭斯小姐。他的遺囑提到家人、工作多年的員工，還有妳。」

我耳朵聽見他說的每一個字，大腦卻無法理解背後的意思。「他的什麼？」

「他的遺囑，」格雷森重複，嘴角掠過一絲微笑。「我不知道他留了什麼給妳，但宣讀遺囑時妳必須在場。我們已經延遲好幾週了。」

我還算聰明，但格雷森．霍桑這席話在我聽來就跟瑞典語沒兩樣，完全聽不懂。

「你外公為什麼要留遺產給我？」我問道。

格雷森站起來。「這就是問題所在，對吧？」他從辦公桌後面走出來。剎那間，我知道火車從哪個方向開過來了。

他的。

「我擅自替妳安排了行程。」

這不是邀請，而是要求。「你怎麼會以為——」

「太好了！」我還沒說完就被莉比打斷。她不帶惡意地斜眼看我一下。

格雷森揚起一邊嘴角。「我給妳們一點時間吧。」他凝視我的雙眼良久，久到讓人有點不舒服，隨後邁步離開，什麼也沒說。

他走出校長室後，我和莉比沉默了整整五秒鐘。「別誤會，」最後她小聲說。「但我覺得他可能是上帝。」

我不屑地哼了一聲。「他顯然自以為是啊。」現在人不在場，我比較能忽略他對我的影響。究竟是什麼樣的人會那麼有自信啊？他的肢體語言、遣辭用句和每一次互動，都散發出百分之百絕對的自信。對這傢伙來說，權力就和重力一樣是無可撼動的事實。整個世界都屈服於格雷森．霍桑的意志。錢買不到的東西，那雙眼睛搞不好買得到。

「從頭開始講，」我告訴莉比。「別漏掉任何細節。」

她擺弄著藍色馬尾末端的墨黑髮梢。「幾週前，我們開始收到這些信——是寫給妳的，只是暫時由我保管。上面說妳繼承了一大筆錢，還有一個聯絡用的電話號碼。我以為是詐騙集團，就像那種聲稱是外國王子寄來的電子郵件之類。」

「為什麼托比亞．霍桑——一個我從沒見過、甚至沒聽說過的人——會把我寫進他的遺囑？」我問。

「我不知道，」莉比回答。「可是那個——」她指著格雷森離開的方向。「不是詐騙。妳有看到他對待奧特曼校長的方式嗎？妳覺得他們達成了什麼協議？是賄賂還是威脅？」

二者皆是。這四個字才到嘴邊，就被我硬生生吞回去。我拿出手機，連上學校的無線網路，搜尋托比亞．霍桑這個名字。螢幕上跳出一則新聞標題：知名慈善家逝世，享壽七十八歲。

「妳知道慈善家是什麼意思嗎？」莉比一本正經地問我。「有錢人的意思。」

「是捐款給慈善機構的人。」我糾正她。

「所以……還是很有錢。」莉比看了我一眼。「如果妳就是慈善機構呢？如果他只留給妳幾百美元，他們何必派他的孫子來找妳？肯定是一大筆錢。艾芙瑞，妳可以拿這些錢去旅行、繳大學學費，或是買新車！」

我的心又開始怦怦狂跳。「為什麼一個陌生人會留遺產給我？」我反覆思索，努力克制做白日夢的衝動。因為倘若開始幻想，哪怕只有一秒，我都不確定自己能否停下來。

「也許他認識妳媽媽？」莉比猜測。「我不知道，我只知道妳必須出席，現場聆聽那份遺囑。」

「我不能就這樣離開，」我說。「妳也不行。」我們都會缺勤，我還會缺課，可是……撇開別的不談，這趟旅行至少能讓莉比暫時遠離德瑞克。

況且，如果這是真的……不去想那些可能性愈來愈難了。

「接下來兩天，我同事會幫我代班。」莉比說。「我打了幾通電話協調，妳的也處理好了。」她握住我的手。「好啦，艾芙瑞，我們一起去旅行！只有我跟妳欸，很棒吧？」

她捏捏我的手。過沒多久，我也捏回去。「不曉得遺囑要在哪裡宣讀？」

「德州！」莉比咧嘴一笑。「他們不但替我們訂好了機票，而且還是頭等艙喔。」

第五章

這是我生平第一次坐飛機。

從一萬英尺的高空俯瞰，我可以想像自己飛到比德州更遙遠的地方。巴黎、峇里島、馬丘比丘……這些都是我從小到大的夢想，希望有朝一日能夠實現。

然而現在……

莉比在我旁邊興高采烈，好像來到天堂一樣，啜飲著免費的雞尾酒。「拍照時間。」她說。「嘟嘴摟著我，把現烤堅果舉起來。」

走道另一側有個小姐對莉比投以嫌惡的眼神。我不確定她討厭的是莉比的髮型、脫掉制服後換上的迷彩外套、金屬鉚釘項鍊、自拍行為，還是她剛才說「現烤堅果」的音量。

我擺出最冷傲的神情貼著莉比，把現烤堅果舉得老高。

莉比把頭靠在我肩上，拍下照片，將手機轉過來給我看。「等我們降落後再寄給妳。」她臉上的笑容抖了一下，就那麼一下。「別放到網路上，好嗎？」

德瑞克不知道妳去哪裡，對吧？我克制住那股想提醒她可以擁有自我人生的衝動，不想跟她起爭執。「好。」不發照片對我而言算不上什麼偉大的犧牲。我有社群帳號，但主要是用來傳訊息給美心。

講到這個……我拿出手機。由於開啟飛航模式，所以收不到簡訊，但頭等艙有提供免費無線網路。我傳了訊息給美心，簡單更新一下情況，剩下的時間便埋頭研究托比亞．霍桑這號人物。

他靠石油起家，後來進行多角化經營。根據格雷森的說法，他的外公「很富有」，再加上新聞媒體稱他為慈善家，我原以為他是個百萬富翁。

我錯了。

托比亞．霍桑不只是「富裕」或「家境優渥」而已。除了（請自行插入想用的髒話）有錢到不行外，沒有任何禮貌的字眼可以形容。數百億，是以百億為單位，而且還複數。他是全美第九大富豪，也是德州最富有的人。

四百六十二億美元。這是他的資產淨值，簡直是天文數字，聽起來好不真實。最後我不再思忖為什麼一個素未謀面的男人會留遺產給我，而是開始想——他到底留多少給我。

降落前，我收到美心的訊息：妳在跟我開玩笑嗎？三八！

我咧嘴一笑。是真的，我正搭機飛往德州，準備降落。

美心只回了一句：我的媽啊！

我和莉比一踏出海關，一名身穿全白長褲套裝的黑髮女人就上前招呼。「葛蘭斯小姐。」她對我點頭致意，接著對莉比點頭，加上一模一樣的問候。「葛蘭斯小姐。」她轉過去要我們跟上，沒想到我和她同時轉身，讓我懊惱不已。「我是愛麗莎・奧特嘉。」她自我介紹。「來自麥納馬拉、奧特嘉與瓊斯律師事務所。」她再次停頓，斜眼瞄我一下。「妳很難找。」

「我住在車上。」我聳聳肩。

「她沒有住在車上，」莉比飛快打岔。「快告訴她妳沒有。」

「很高興妳們能出席。」來自麥納馬拉、奧特嘉與瓊斯律師事務所的愛麗莎・奧特嘉沒等我回答便逕自開口。我有種感覺，剛才那段對話她只是敷衍應付罷了。「待在德州這段期間，妳們是霍桑家的客人，我則是妳們和事務所之間的聯絡人。有任何需要請找我。」

律師不是按小時計費嗎？我心想。這趟私人接機不曉得花了霍桑家多少錢？我一眼就認定這個女人是律師，根本沒想到其他可能。她看起來大約二十幾快三十歲，跟她對話的感覺就如同跟格雷森・霍桑對話。她肯定是個大人物。

「有什麼能為妳效勞的嗎？」愛麗莎邊問邊走向自動門，門看起來似乎無法及時打開，但她絲毫沒有放慢腳步。

我一直等到確定她不會撞上玻璃門才回答。「給我一些資訊如何？」

「請講得具體一點。」

「妳知道遺囑的內容嗎？」我又問。

「不知道。」她對一輛停在路邊的黑色轎車比比手勢，替我打開後座車門。我飛快鑽進車內，莉比也跟著上車。愛麗莎坐上副駕駛座，司機另有其人。我想看看司機的臉，卻看不太清楚。

「妳很快就會知道遺囑內容了。」愛麗莎講話非常簡潔俐落，跟身上那套「諒魔鬼也不敢把它毀掉」的純白套裝一樣。「我們都會。遺囑預定在妳抵達霍桑莊園後不久宣讀。」

不是霍桑家，而是霍桑莊園，就像英國莊園那樣，名副其實。

「我們就是要住在那裡嗎？」莉比問道。「霍桑莊園？」

他們已經替我們訂好明天的回程機票，我們也準備了過夜的行李。

「妳們可以自己選房間。」愛麗莎向我們保證。「霍桑先生五十多年前買下莊園所在的這片土地，之後每年都會擴建那棟華麗壯觀的建築。我不記得總共有幾間臥房，但至少有三十間以上。霍桑莊園……是很了不起的地方。」

這是我們目前從她那裡得到最詳盡的資訊。我打算碰碰運氣。「我猜霍桑先生一定也很了不起吧？」

「猜對了。」愛麗莎回頭瞥了我一眼。「霍桑先生喜歡猜謎高手。」

剎那間，一種詭異的感覺倏然湧現，幾乎就像預感。所以他才選擇我嗎？

「妳對他了解多少？」我身旁的莉比問道。

「我父親自我還沒出生前就一直是托比亞．霍桑的律師。」愛麗莎的語調趨於柔和，不再像先前那樣充滿權威感。「我從小就常去霍桑莊園，算是在那裡長大的。」

霍桑先生對她來說不只是客戶而已，我心想。「妳知道他的遺囑為什麼提到我嗎？」我問道。「他為什麼要把遺產留給我？」

「妳是那種想拯救世界的人嗎？」愛麗莎反問，彷彿這是個再普通不過的問題。

「應該不是吧？」我不太確定。

「妳的人生有沒有被一個姓霍桑的人毀了？」愛麗莎又問。

我看著她。這一次，我用比較有自信的口吻回答。「沒有。」

愛麗莎微微一笑。「妳很幸運。」

第六章

霍桑莊園坐落在低矮的山丘上。宏偉壯麗、占地遼闊，看起來就像城堡，與其說是鄉村別墅，不如說是皇室建築比較恰當。莊園前方停著六輛車，還有一臺看起來破爛不堪、該拆解換成零件出售的摩托車。

「看樣子奈許回來了。」愛麗莎望著摩托車說。

「奈許？」莉比問道。

「霍桑家的長孫。」愛麗莎的目光從摩托車上移開，仰望著莊園宅邸。「霍桑先生有四個孫子。」

四個孫子。我不禁回想起已經見過面的那一個。格雷森。剪裁完美的西裝，銀灰色的雙眸，還有要我假設他無所不知的那種傲慢。

愛麗莎給我一個意味深長的眼神，似乎明白我在想什麼。「記住過來人的話——千萬別愛上霍桑家的人。」

「別擔心，」我連忙回答，對她的臆測感到惱火，而她能解讀我的神情、看穿我的心思也令人煩躁不安。「我會把我的心鎖起來，鑰匙收好。」

霍桑莊園的門廳比某些房子還大，少說也將近三十坪，好像建造的人擔心玄關可能需要兼作舞會場地似的。門廳兩側矗立著岩石拱廊，挑高兩層樓，直達精雕細琢、裝飾華麗的原木天花板。光是抬頭看就讓我大為驚嘆。

「妳來了。」一個熟悉的聲音將我的注意力拉回現實。「而且很準時。一路上應該沒什麼問題吧？」

格雷森．霍桑換了一套不同的西裝。這套是黑色，襯衫和領帶也是黑色。

「是你啊。」愛麗莎冷眼望著他。

「看來妳還沒原諒我出手干涉的事？」格雷森問道。

「你十九歲，」愛麗莎反擊。「有點十九歲的樣子會死嗎？」

「可能會喔，」格雷森綻出笑容，貝齒一閃即逝。「還有，不客氣。」我花了點時間才意識到格雷森所謂的「干涉」就是要她去接機。「兩位小姐，」他再度開口。「要幫妳們把大衣掛起來嗎？」

「不用了。」我嘴上這麼說，心裡卻不這麼想。

反正多一層衣物擋在我和外界之間也無妨。

「那妳呢？」格雷森柔聲問莉比。

莉比仍興奮地望著門廳，匆匆脫下大衣遞給他。格雷森穿過其中一道拱廊。另一頭有條走廊，牆上嵌著許多小小的正方形鑲板。他輕推其中一塊，然後將手轉九十度，推動另一塊，再以閃電般的速度連敲至少兩塊鑲板，動作快到難以解讀。我聽見「啪」一聲，一扇暗門就這樣映入眼簾，緩緩敞開，與牆壁一分為二。

「搞什麼……」我忍不住脫口。

格雷森伸手拿了一個衣架。「衣帽間。」這不是解釋，而是標籤，彷彿隨便一棟古老的大宅都有這種古老的衣帽間。

愛麗莎將此視為「任務完成」的暗示，逕自離開，把我們交給格雷森。我試著擠出一點反應，而不是像魚一樣張大嘴巴站在那裡。格雷森準備關上暗門，但櫃室深處傳來的聲響讓他停止動作。

嘎吱，砰。大衣後方傳來一陣拖著腳行進的聲音。有個身影穿過懸掛的衣物走出來。是個男孩，看起來和我年齡相仿，或許比我小一點。他穿著西裝，此外沒有半點與格雷森相似的地方。那個男孩的西裝皺巴巴的，好像穿著它小睡了一下——或是大睡很久。不僅外套沒扣，脖子上的領帶也沒繫好。他個子很高，有張娃娃臉和一頭深色鬈髮、小麥色肌膚，眼睛則是淺褐色。

「我遲到了嗎？」男孩問格雷森。

「建議你直接問手錶。」

「詹姆森來了嗎？」他換個問法。

「還沒。」格雷森的口氣有些生硬。

「那我就沒遲到啦！」男孩咧嘴一笑，目光越過格雷森，看著我和莉比。「兩位想必就是我們的客人！格雷森真沒禮貌，居然沒介紹一下。」

格雷森的下巴微微抽搐。「這位是艾芙瑞·葛蘭斯，」他正經地說。「還有她的姐姐莉比。兩位，這是我弟弟亞歷桑德。」有那麼一刻，格雷森似乎想就此打住，卻又立刻挑眉補上一句。「桑德是我們家的老么。」

「是最帥的那個。」桑德糾正他。「我知道妳們在想什麼。我身邊這個嚴肅的傢伙的確很適合亞曼尼西裝。可是，他有辦法像年輕的瑪麗·泰勒·摩爾化身成跨種族的詹姆斯·狄恩，光用微笑就能撼動整個宇宙嗎？」桑德講話似乎只有一種速度，就是超快。「不行，」他自問自答。「沒辦法。」

他停頓的時間總算夠長，讓別人有機會開口。「很高興認識你。」莉比說。

「你好像在衣帽間裡待很久喔？」我問道。

「這是祕密通道。」桑德拍拍褲子擦掉手上的灰塵，再用手拍拍褲管上的灰塵。「這裡到處都有。」

第七章

我真的很想拿出手機拍照，但我忍住了。莉比可沒這麼掙扎。

「小姐……」桑德橫跨一步，擋住正在用手機狂拍的莉比。「請問妳對雲霄飛車有什麼看法？」

「這裡有雲霄飛車？」莉比瞪大雙眼，眼珠好像快掉出來了。

桑德咧嘴一笑。「不算有啦。」說完，霍桑家這個身高一九〇的老么就拉著莉比往門廳後方走去。

我驚訝到說不出話來。什麼樣的房子會「不算有」雲霄飛車啊？

格雷森在我旁邊冷笑一聲。我發現他在看我，便瞇起眼睛。「幹嘛？」

「沒事。」他否認，不過揚起的單邊嘴角卻呈現出相反的事實。「只是……妳的表情很豐富。」

我才沒有。莉比總說我喜怒不形於色，很難看出我在想什麼。過去幾個月，我一直單靠這張撲克臉縱橫棋盤、贏得賭注，替哈利買早餐。我才不會顯露出情緒。

我的臉根本沒什麼好看的。

「我代桑德向妳們致歉，」格雷森表示。「他不信三思而後言或冷靜三秒鐘這類陳舊的觀念。」他垂下眼。「不過就算狀態欠佳，他仍舊是孫輩中最優秀的那個。」

「奧特嘉小姐說有四個。」我忍不住接話。我想進一步了解霍桑家族。了解他。「我是說，四個孫子。」

「我有三個兄弟，」格雷森告訴我。「是同母異父。札拉阿姨沒有子嗣。」他從我身旁望過去。「關於我的家人，我覺得應該先再次說聲抱歉。」

「格雷森，親愛的！」一個女人迎面而來，走路帶風，氣場全開，身上的衣服隨著動作飛揚。等那件飄逸的襯衫歸於平靜，我試著推斷她的年齡。只能看出大概是三十歲以上，五十歲以下。「他們都在客廳等我們，」她對格雷森說。「或是很快就會在那裡等我們。你的兄弟呢？」

「哪一個，媽媽？」

「別叫我媽，格雷森．霍桑。」那個女人翻翻白眼，接著轉向我。「妳可能以為他生來就穿著那套西裝，」她的語氣彷彿在透露什麼天大的祕密。「不過呢，其實格雷森小時候很愛裸奔。一個自由不羈的靈魂。要他穿衣服簡直不可能，真的，直到他四歲才有所改善。坦白講，我當時連試都懶得試。」她停頓了一下，仔細打量我，毫不費心掩飾。「妳一定就是艾娃吧？」

「艾芙瑞。」格雷森糾正，並未對自己兒時是裸體主義者的事被抖出來而尷尬；就算有，他也藏得很好。「媽媽，她叫艾芙瑞。」

那女人笑著嘆口氣，彷彿看著兒子能讓她感受到全然、純粹的喜悅。「我老是信誓旦旦地說，一定要讓兒女直呼我的本名，」她告訴我。「我會把他們當成平輩來撫養。另外，我一直想生女兒，可是生了四個男孩後……」她優雅地聳聳肩。

客觀來說，格雷森的母親有點過頭；但主觀上呢？她很有渲染力。

「親愛的，方便問妳的生日是什麼時候嗎？」

突如其來的問題讓我一時語塞。我有嘴巴，而且功能正常，但我完全跟不上她的速度。她伸手撫著我的臉頰。「天蠍座？還是摩羯座？很明顯不是雙魚座——」

「媽媽，」格雷森話才一出，隨即改口。「絲凱。」

我花了點時間才意識到那是她的名字。他刻意遷就母親，想讓她別再盤問我的星座。

「格雷森真的很乖，太乖了。」絲凱對我眨眨眼。「我們晚點再聊。」

「我很懷疑葛蘭斯小姐想留在這裡閒話家常——或是算塔羅牌。」另一個和絲凱年齡相近或稍微年長一點的女人開口插話。若說絲凱的特色是垂墜飄逸的衣著和過度分享，那這名女子就是過膝窄裙和珍珠。

「我是札拉．霍桑-卡利加斯。」她看著我，臉上的表情就跟她的名字一樣嚴肅。「方便請教妳是怎麼認識我父親的嗎？」

沉默隨之降臨，洞穴般寬敞的門廳一片寂靜。我吞了一口口水。「我不認識。」

我能感覺到身旁的格雷森轉移目光，再次凝視著我。度秒如年的片刻後，札拉擠出一個僵硬的笑容。「嗯，謝謝妳願意出席。我想妳應該知道，過去幾週實在很令人困擾。」

過去幾週，我在心裡默默補完她沒說的話。沒人找得到我的時候。

「札拉？」一個梳著油頭的男人打斷我們，摟住她的腰。「奧特嘉先生想跟妳談談。」那個男人連看都沒看我一眼。我猜他應該是札拉的先生。

「札拉跟人『交談』。」絲凱補上一句。事實上不只一句。「我跟人『交流』，而且是愉快的交流。坦白講，我就是這樣才生了四個兒子。跟四個充滿魅力的男人進行美好又親密的交流……」

「我願意付錢要妳別再說了。」格雷森臉上流露出一絲痛苦。

「賄賂、威脅、收買。」絲凱輕拍兒子的臉頰。「寶貝，你果然是霍桑家的人。」她拋給我一個意味深長的微笑。「所以才叫法定繼承人嘛。」

絲凱的聲音挾著一種情緒，我說不上來。格雷森聽到她說「法定繼承人」時的表情，讓我不禁覺得自己似乎大大低估了這家人有多期待宣讀遺囑。

他們也不清楚遺囑的內容。我頓時覺得自己踏進一座競技場，對遊戲規則一無所知。

「好啦，」絲凱一手摟著我，一手摟著格雷森。「我們去客廳吧。」

第八章

客廳的面積只有門廳的三分之二。前方有座巨大的石砌壁爐，壁爐兩側刻有怪誕的石像鬼雕飾。對，就是字面上的石像鬼。

格雷森安排我和莉比坐在翼背扶手椅上，然後走到客廳前方。三個上了年紀、西裝筆挺的男人站在那裡，跟札拉和她的先生交談。

他們是律師，我恍然大悟。過了幾分鐘，愛麗莎加入他們的談話。我環顧四周，看看在場還有哪些人。一對更為年長、起碼超過六十歲的白人夫婦；一名四十多歲、舉止體態像軍人的黑人男子，他背靠牆站著，隨時留意兩個出入口。另外桑德也在，旁邊顯然是另一個霍桑兄弟。這個人年紀比較大，約二十五歲左右，不僅看起來需要剪個頭髮，還穿西裝配牛仔靴，那雙靴子就和外頭的摩托車一樣破爛。

奈許。我想起愛麗莎剛才說的名字。

最後，一名年邁的老媪加入大家的行列。奈許伸出臂膀讓她攙扶，她卻執起桑德的手。他帶著她來到我和莉比面前。「這是我奶奶。」他介紹。「偉大的女性，傳奇中的傳奇。」

「得了，快滾吧！」她拍打他的手臂。「我是這個小鬼的外曾外祖母，」奶奶吃力地在我旁邊的空位上坐下。「垂垂老矣，刁鑽刻薄。」

「她是個善良又容易心軟的人。」桑德語氣歡快地向我保證。「我是她的最愛。」

「你才不是我的最愛。」奶奶語帶抱怨地說。

「我是大家的最愛！」桑德露齒燦笑。

「跟你那沒救的外公一模一樣。」奶奶低聲咕噥，閉上雙眼。我注意到她的雙手微微顫抖。

「糟糕透頂。」她的語調挾著一絲和藹。

「霍桑先生是妳的兒子嗎？」莉比溫柔地問。在老人養護中心工作的她一向很懂得傾聽他人。

「女婿。」奶奶發出一聲不耐的鼻息。

「他也是她的最愛。」桑德立刻澄清，語氣透著一點心酸。這不是葬禮。他們想必幾個禮拜前就安葬了霍桑先生，但我懂那種悲慟，也能感覺——甚至嗅聞到那股哀傷。

「艾芙瑞，妳還好嗎？」莉比在我旁邊問道。

我想起格雷森說我表情豐富的事。

想著格雷森．霍桑，總比滿腦子都是葬禮和悲悼好多了。

「我很好。」其實我一點也不好。即便過了兩年，對媽媽的思念仍會如海嘯來襲，吞沒我的心。「我出去走走，」我硬擠出笑容。「只是想透透氣。」

正當我準備離開時，札拉的先生一把抓住我的手肘。

「妳要去哪裡？馬上就要開始了。」

我掙脫他的箝制。我不在乎這些人是什麼來頭，反正誰都不准碰我。「聽說霍桑家有四個孫子，」我冷冷地說。「你只有一個人，在我看來，你處於劣勢。我很快就回來。你們根本不會察覺到我不在。」

我決定去後院晃晃──如果這地方能叫院子的話。庭園裡的一切潔淨無瑕，一塵不染，有噴泉、雕像花園和溫室，觸目所及全是霍桑家的土地，一直綿延到遠方；上頭零星覆蓋著蒼翠的樹林，開闊的空地點綴其間。站在那裡眺望時很難不去想，走向那條地平線的人說不定永遠回不來。

「若『是』為『否』，『一次』為『從未』，那三角形有幾個邊？」上方突然傳來說話的聲音。我抬頭一看，有個男孩坐在陽臺的鍛鐵欄杆上搖搖晃晃，顯然是喝醉了。

「你會摔下來的！」我對他喊話。

他揚起一邊嘴角。「這個提議很有趣。」

「這不是提議。」

「對霍桑家的人提出建議不是什麼丟臉的事。」他懶洋洋地咧嘴一笑。他的髮色比格雷森的深，比桑德的淺，而且他沒穿上衣。

冬天打赤膊最讚了。我在心裡嘲諷，目光卻忍不住從他的臉往下移。他身材精瘦，腹肌線條明顯，一道細長的疤痕從鎖骨直劃到髖部。

「妳一定就是那個謎樣的女孩。」

「我叫艾芙瑞。」我糾正。我來到戶外是想擺脫霍桑一家和他們的哀痛。然而，這個男孩臉上沒有一絲煩憂，彷彿人生不過是一場盛大的遊戲。他看起來不像屋裡的人那麼悲傷。

「隨便妳怎麼說，謎女。」他回答。「我可以叫妳謎女嗎？謎樣的女孩。」

「不行。」我雙臂交叉抱胸。

他踏著欄杆站起身，整個人晃個不停。一個念頭挾著惡寒竄過我體內。他很傷心，而且快崩潰了。媽媽離世時，我並未走上自我毀滅這條路，但不表示我沒有這種想法。

他將重心轉移到一隻腳，伸出另一隻腳。

「不要！」我還來不及多說什麼，他就飛快轉身抓住欄杆，身體與地面垂直，在半空中懸盪。他開始往下移動，我能看到他的背肌繃緊，在肩胛骨上泛起波紋，然後……他咻地跳下來，落在我旁邊。

「妳不該在這裡，謎女。」

「你也是。」打赤膊從陽臺上跳下來的又不是我。

不曉得他能不能看出我的心跳有多快。不曉得他是否也一樣，一顆心怦怦狂跳。

「如果我做該做的事的頻率，與說不該說的話無異，甚至更低——」他歪扭著嘴唇。

「那我是誰？」

詹姆森．霍桑。我無聲回答。現在距離拉近，我能看出他眼睛的顏色。一種深不可測的墨綠。

「我，」他再度追問。「是誰？」

我不再看他的眼睛、他的腹肌，還有抹上髮膠隨意亂翹的頭髮。「醉鬼，」我有預感他會回嘴，為了避免這種煩人的情況，我又補上三個字。「還有二。」

「妳說什麼？」詹姆森．霍桑問道。

「第一個謎題的答案。」我告訴他。「若『是』為『否』，『一次』為『從未』，那三角形有……兩個邊。」我直接丟出解答，懶得說明推理過程。

「厲害，謎女。」詹姆森慢條斯理地從我旁邊走過去，赤裸的臂膀輕輕擦過我的手臂。

「反應真快。」

第九章

我在屋外多待了幾分鐘。今天發生的一切感覺好不真實。明天，我就會回到康乃狄克州，希望屆時能變得更有錢一點，有個精采的故事能說嘴。說不定我這輩子再也不會見到霍桑家的人。

再也不會看到這麼壯麗的莊園美景。

我回到客廳，詹姆森．霍桑奇蹟似地找到一件襯衫和西裝外套。他對我笑了一下，微微點頭致意。格雷森在他旁邊繃緊下巴，看起來很僵硬。

「人都到齊了，」一位律師開口。「我們開始吧！」

三名律師站成一個三角形。剛才說話的那位和愛麗莎一樣有著深色頭髮、古銅色肌膚和滿滿的自信。我猜應該是「麥納馬拉、奧特嘉與瓊斯」中的奧特嘉，另外兩人（大概就是瓊斯和麥納馬拉）分別站在兩邊。

宣讀遺囑什麼時候需要動用到四名律師了？我心想。

「各位來到這裡，」奧特嘉先生的聲音在客廳各角落迴盪。「是為了聆聽托比亞．塔特索爾．霍桑最後的遺願和遺囑。現在，我的同事會依循霍桑先生的指示，將他留給各人的信交給各位。」

其他律師開始走動，逐一遞出信封。

「請各位等遺囑宣讀完畢後再看這些信。」

律師遞給我一個信封，上頭用花體字寫著我的全名。莉比在我旁邊抬頭看著律師，但他只是從她眼前經過，繼續發送信封給其他人。

「霍桑先生規定，以下所有人必須親自出席本遺囑宣讀儀式：絲凱．霍桑、札拉．霍桑－卡利加斯、奈許．霍桑、格雷森．霍桑、詹姆森．霍桑、亞歷桑德．霍桑，以及來自康乃狄克州紐卡索市的艾芙瑞．凱莉．葛蘭斯小姐。」

我覺得自己好赤裸，好像低頭看會發現自己沒穿衣服似的。

「大家都到了，」奧特嘉繼續說。「現在正式開始。」

莉比握住我的手。

「我，托比亞．塔特索爾．霍桑，」奧特嘉先生唸道：「身心健康，決定將我的所有財產，包含貨幣資產與有形資產，按以下方式處分。致安德魯與洛蒂．勞夫林，感謝兩人多年來的忠誠與付出，我欲給予其每人各十萬美元作為遺贈，並同意他們住在我位於德州西部邊界的房產『幽靜居』，終身免租金。」

稍早看到的那對老夫婦依偎在一起。我滿腦子都是「十萬美元」四個字。這對夫妻其實不必出席親聽遺囑，而且他們剛得到十萬美元的遺產。每人十萬！

我得非常努力才不會忘了該怎麼呼吸。

「致我的保全主任約翰．奧倫，感謝他屢屢救了我的命，次數多到我數不清。我決定贈予他三十萬美元，以及個人工具箱裡的物品。工具箱目前交由麥納馬拉、奧特嘉與瓊斯律師事務所保管。」

托比亞．霍桑認識這些人，我默默告訴自己，一顆心怦怦狂跳。他們替他工作，對他來說很重要。而我什麼都不是。

「致我的岳母珀爾．奧戴，我安排了每年十萬美元的年金，以及一筆作為醫療費的信託資產，詳如附錄。我已故的妻子愛麗絲．奧戴－霍桑留下的所有珠寶，應於我死後轉交給她的母親，並於其認為適當的時機分贈他人。」

「你們不准動歪腦筋，」奶奶哼了一聲，命令在場所有人。「我會活得比你們更久。」

奧特嘉先生揚起微笑，但那絲笑意轉瞬即逝。「致……」他停頓了一下，再度開口。「致我的女兒札拉．霍桑－卡利加斯和絲凱．霍桑，我留給她們一筆必要的資金清償截至我離世前累積的債務。」奧特嘉先生又停下來，雙唇緊抿成一條線。另外兩名律師盯著前方，避免直視霍桑家族成員。

「此外，我把我的指南針留給絲凱，願她永遠知道正北在哪裡。我的婚戒留給札拉，願她像我愛她的母親一樣堅定不移、全心全意地去愛。」

奧特嘉先生再次停頓。這次感覺比先前更沉重、更漫長。

「繼續。」札拉的先生催促。

「除了上述所言，」奧特嘉先生慢慢讀道：「我還要給我的兩個女兒每人各五萬美元，為一次性遺贈。」

五萬美元？我腦中才閃過這個想法，札拉的先生就大發雷霆，吼出我的心聲。托比亞·霍桑留給女兒的遺產比維安人員還少。

絲凱說格雷森是「法定繼承人」這句話突然有了全新的含義。

「一定是妳幹的好事。」札拉看著絲凱。她沒有提高音量，但聽起來一樣令人生畏。

「我？」絲凱氣憤不平。

「托比死後，爸爸就變了。」札拉又說。

「托比是失蹤。」絲凱立刻糾正。

「天哪，妳要不要聽聽自己在講什麼！」札拉再也控制不住音量。「他被妳洗腦了對吧？妳一定是眨著睫毛說服他別管我們，把一切交給妳的——」

「兒子，」絲凱接話，口氣非常乾脆。「妳想說的是『兒子』。」

「她想說的是『雜種』，」奈許的德州腔大概是在場所有人中最重的。「好像我們沒聽過一樣。」

「要是我有個兒子……」札拉開始哽咽。

「但妳沒有。」絲凱停頓一下，讓這句話發酵。「不是嗎？札拉。」

「夠了！」札拉的先生出手干預。「我們晚點再來處理這件事。」

「恐怕沒什麼要處理的，」奧特嘉先生也加入戰局。「這份遺囑有如鐵律無可更動，任何質疑或企圖推翻的人都會遇上重大挫敗。」

我簡單翻譯了一下，就是「閉嘴，坐下」的意思。

「現在，容我繼續……」奧特嘉先生低頭看著手中的遺囑。「致我的孫子奈許・威斯布魯克・霍桑、格雷森・達文波特・霍桑、詹姆森・溫徹斯特・霍桑，以及亞歷桑德・布萊克伍德・霍桑，我留給他們……」

「一切。」札拉喃喃地說，口氣充滿怨恨。

奧特嘉先生的聲音蓋過她的低語。「每人二十五萬美元，並於他們二十五歲生日當天支付，在這之前，由受託人愛麗莎・奧特嘉管理。」

「什麼?!」愛麗莎聽起來很震驚。「我是說……什麼？」

「搞什麼鬼，」奈許用愉快的語氣對她說。「親愛的，妳想說的應該是『搞什麼鬼』？」

托比亞・霍桑並沒有把一切留給自己的孫子。以他豐厚的資產來說，二十五萬美元實在少得很。

「這到底是怎麼回事？」格雷森一字一字清楚問道。

托比亞・霍桑並沒有把所有遺產留給他的孫子，也沒有留給他的女兒。我的大腦瞬間當機，耳朵嗡嗡作響。

「不好意思，各位，」奧特嘉先生舉起一隻手。「請讓我唸完。」

四百六十二億美元，我口乾舌燥，一顆心怦怦狂跳，猛烈撞擊胸腔。托比亞．霍桑的身價是四百六十二億美元，卻只留給他四個孫子共一百萬美元，兩個女兒共十萬美元，再給三名員工共五十萬，還有替奶奶安排的年金……

數字加起來完全不對。根本說不通。

其他人一個接一個轉過來看我。

「我的剩餘財產，」奧特嘉先生唸道：「包含房地產、貨幣資產及未具體說明的資產，皆全數留給艾芙瑞．凱莉．葛蘭斯。」

第十章

不可能。

絕對不可能。

我一定是在做夢。

這只是我的幻想。

「他把所有遺產留給她？」絲凱的聲音尖到足以劃破我的恍神狀態。「為什麼？」方才那個想知道我的星座、用兒子和情人的趣事逗我開心的女人消失了，現在這個絲凱看起來好像要殺人。真的，不誇張。

「她到底是誰？」札拉的嗓音如鈴鐺般清晰，如刀刃般鋒利。

「一定是哪裡弄錯了。」格雷森講起話來就像個慣常處理錯誤的人。賄賂，威脅，收買，我腦海中浮現出這些字詞。這個「法定繼承人」想對我做什麼？不可能。我能感受到每一次心跳，每一次吸氣，每一次吐氣。絕對不可能。

「沒錯……」我喃喃低語，聲音被周遭的嘈雜淹沒。我試著提高音量，再度開口。「格雷森說得對，」其他人紛紛轉過來看我。「一定是有什麼誤會。」我啞著嗓子，感覺有如從飛機上跳下來。此刻的我就像在跳傘，等著降落傘打開。

這不是真的。不可能。

「艾芙瑞。」莉比用手肘輕推我的肋骨要我閉嘴，別說什麼「誤會」。

可是不行。肯定是有什麼地方搞錯了。一個素未謀面的陌生人怎麼會留數百億美元的財富給我？不可能。就這麼簡單。

「你看，」絲凱明白我的意思。「就連艾娃也認為這件事荒謬至極。」

我很確定她這次是故意講錯我的名字。我的剩餘財產，包含房地產、貨幣資產及未具體說明的資產，皆全數留給艾芙瑞．凱莉．葛蘭斯。絲凱．霍桑早就知道我叫什麼名字了。

他們全都知道。

「我向妳保證，絕對沒錯。」奧特嘉先生迎上我的目光，然後將注意力轉向其他人。「我也再次提醒各位，托比亞．霍桑最後的遺願和遺囑絕對不能更改。由於剩下的細節大多只跟艾芙瑞有關，因此宣讀儀式到此告一段落，還請大家停止不必要的紛爭。但我要說清楚，根據這份遺囑的附加條款，任何質疑艾芙瑞的繼承權，或是對此有異議的人，都無法得到自身所屬的遺產份額。」

艾芙瑞的繼承權。我一陣頭暈，覺得有點反胃。就好像有人彈彈手指，瞬間改寫物理定律，重力係數大變一樣，我的身體應付不來。整個世界彷彿偏離軸心而旋轉。

「沒有不能更改的遺囑，」札拉的先生用酸溜溜的語氣說。「特別是錢落在陌生人手裡、面臨未知風險的時候。」

「聽你這麼說就知道，」奈許插嘴。「你根本不了解外公。」

「一個又一個陷阱，一道又一道謎題。」詹姆森喃喃低語。我能感覺到他的墨綠色雙眸直看進我眼底。

「我想妳該離開了。」格雷森唐突地拋出一句。那不是請求，而是命令。

「嚴格來說……」愛麗莎聽起來好像剛吞下砒霜一樣。「這是她的房子。」

看來她先前真的不清楚遺囑內容。她和霍桑家族一樣，從頭到尾都被蒙在鼓裡。托比亞．霍桑怎麼能這樣瞞著他們？什麼樣的人會如此對待自己的骨肉至親？

「我不懂。」我頭暈目眩、身體麻木地大聲說。這件事完全沒道理。

「我女兒說得沒錯，」奧特嘉先生保持中立的語調。「葛蘭斯小姐，一切歸妳所有。不只是金錢，還有霍桑先生所有財產，包含霍桑莊園在內。關於妳的繼承權條款，我很樂意和妳一同過目。目前的房客已獲准續住莊園，除非對方讓妳認為有理由要他們搬遷，屆時他們就必須搬離。」他暫時打住，讓大家消化一下。「無論何種情況，」他再度開口，語氣嚴肅，充滿警告意味。「那些房客都不能要妳搬走。」

客廳頓時一片死寂，大家站在原地動也不動。他們一定會殺了我。在場真的有人會殺了我。那名疑似是退役軍人的男子大步上前，站在我和霍桑家族成員中間。他一語不發，雙臂交叉抱在胸前，把我擋在身後，雙眼緊盯著其他人。

「奧倫！」札拉大為震驚。「你是替這個家工作！」

「我是替霍桑先生工作。」奧倫停頓了一下，舉起一張紙。我過了一會兒才意識到那是霍桑先生寫給他的信。「這是他最後的要求，希望我繼續為艾芙瑞．凱莉．葛蘭斯小姐服務，保護她的安全。」他瞥了我一眼。「妳會需要的。」

「而且不只是幫妳防我們喔！」桑德湊到我左邊補上一句。

「請退後。」奧倫命令道。

「和平萬歲。」桑德舉起雙手。「我是抱著和平的態度做出悲觀的預測！」

「桑德說得沒錯。」詹姆森揚起微笑，彷彿這只是一場遊戲。「全世界都會想來跟妳攀關係，謎樣的女孩。這可是世紀大新聞。」

世紀大新聞。我的大腦恢復正常運作，各種跡象在在表明這不是玩笑。我不是在幻想，也不是在做夢。

我是個繼承人。

第十一章

我飛奔逃離現場。接下來我只知道自己人在屋外。大宅前門在我身後砰地關上。微寒的空氣迎面而來。我大概百分之九十九確定自己有在呼吸，可是整個身體感覺起來好遙遠、好麻木。這就是震驚的感覺嗎？

「艾芙瑞！」莉比跟在我後面衝出來。「妳沒事吧？」她一臉擔憂地看著我。「還有，妳瘋了嗎？別人白白送妳錢，妳居然想還回去！」

「妳不就是這樣嗎？」腦袋裡的雜音好吵，讓我難以集中注意力。「每次我想把賺到的小費給妳，妳都不收啊。」

「我們談的可不是小費，」莉比的藍色髮絲從馬尾上鬆落。「是好幾百萬欸！」

好幾百億才對。我在心裡默默糾正，嘴巴卻死都不肯開口。

「艾芙瑞，」莉比把手放在我肩上。「想想看這代表什麼？代表妳再也不用煩惱錢的問題了。愛買什麼就買什麼，想做什麼就做什麼。還有妳媽媽留下的明信片啊，」她往前傾，我們倆額頭貼著額頭。「妳想去哪裡就去哪裡。想像一下，未來有無限可能。」

我照做了。只是感覺起來就像殘酷的玩笑，彷彿宇宙哄騙我，讓我渴望像我這樣的女孩永遠不該奢求的事物——

前門砰一聲敞開。我嚇了一跳。奈許・霍桑從屋裡走出來。就算穿著西裝，他看起來還是一副準備在正午決鬥的牛仔樣。

我做好最壞的打算。一點雞毛蒜皮的小事都可能引發戰爭，何況是數百億美元。

「放輕鬆，小鬼，」奈許那口拖長音的德州腔聽起來徐緩慢悠，如威士忌般醇厚。「我對那些錢完全沒興趣。在我看來，應該是宇宙想跟他們玩玩，找點樂子。至於那些人嘛，大概是自作自受。」

奈許的目光從我這裡移開，落到莉比身上。他身材高大，肌肉精實，皮膚曬得黝黑；她嬌小纖瘦，蒼白的肌膚與深色口紅和霓虹色頭髮形成強烈對比。儘管他們倆看起來完全是不同世界的人，他卻慢慢揚起嘴角，對她微笑。

「親愛的，保重。」奈許向莉比致意，然後慢慢走向那輛摩托車，戴上安全帽，沒多久就不見蹤影。

莉比望著摩托車疾馳而去。「我收回之前說格雷森是上帝的話。也許他才是上帝。」

眼下我們有比「哪個霍桑兄弟是神」更重要的問題要處理。「莉比，我們不能留在這裡。我很懷疑其他人會像奈許一樣不在乎那份遺囑。我們該走了。」

「我陪妳們一起去。」一個低沉的聲音傳來。我立刻轉身，發現奧倫站在門口。我完全沒聽到開門聲。

「我不需要保護，」我告訴他。「我只想離開這裡。」

「妳的餘生都需要保護，」他就事論事，讓我難以反駁。「不妨正向一點……」他對著那輛去機場接我們的車點點頭。「我也會開車。」

我請奧倫載我們去汽車旅館，怎知他居然送我們到這輩子見過最高級、最奢華的飯店。他一定早就安排好了，因為愛麗莎・奧特嘉就在大廳等我們。

「我詳閱了整份遺囑，」看來這是她打招呼的方式。「帶了一份副本給妳。我們可以去妳們的房間研究一下細節。」

「我們的房間？」我重複她的話。門口的接待人員穿著燕尾服，大廳裡有六盞吊燈，旁邊還有一名女子正在彈奏一把約一百五十公分高的豎琴。「這裡我們住不起。」

「哦，親愛的，」愛麗莎給了我一個近乎憐憫的眼神，隨即恢復專業的態度。「這間飯店是妳的。」

這間飯店……什麼？大廳裡其他房客都對我和莉比投以異樣的眼光，滿臉寫著「是誰讓這些下流階層進來的」。這間飯店不可能是我的。

「除此之外，」愛麗莎繼續說：「目前正在進行遺囑認證，因此這筆錢及其他財產可能需要過一陣子才能解除託管。這段期間，妳的所有支出都由麥納馬拉、奧特嘉與瓊斯律師事務所買單。」

「這是律師事務所的業務嗎？」莉比皺起眉頭。

「妳們應該知道，霍桑先生是我們最重要的客戶之一，」愛麗莎的語氣很微妙。「更確切地說，他是我們唯一的客戶。現在……」

「現在，」我逐漸看清事實。「那個客戶換成了我。」

我花了將近一個小時反覆細讀遺囑。關於我的繼承權，托比亞·霍桑只有一個條件。

「妳必須在霍桑莊園住一年，從今天算起三天內入住。」愛麗莎強調了至少兩次，但我的大腦就是無法接受。

「繼承數百億美元遺產的唯一條件，就是我必須搬進豪宅。」

「沒錯。」

「而且那棟豪宅裡仍住著一群以為自己會繼承這筆遺產的人，我還不能把他們趕走。」

「沒錯，除非有特殊情況。要說有什麼安慰，這是一棟非常大的房子。」

「要是我拒絕呢？要是霍桑家的人殺了我怎麼辦？」

「沒有人會殺妳。」愛麗莎平靜地說。

「我知道妳從小就認識他們，」莉比試著用圓滑的說法表達。「可是他們絕對、百分之百會用麗茲．波頓[1]那一套來對付我妹妹。」

「我真的不想被斧頭砍死。」我再三強調。

「根據我的風險評估，可能性很低，」奧倫低沉地說。「至少不太可能用斧頭。」

我愣了一下才明白他是在開玩笑。「正經一點，這很嚴重。」

「相信我，我很清楚。」他回答。「但我也很了解霍桑家的人。那些男孩絕對不會傷害女性，至於那幾個女人會把妳告上法院，不會用到斧頭。」

「此外，」愛麗莎補充。「在德州，若繼承人於遺囑認證期間死亡，其繼承的資產並不會回復成原立遺囑人的遺產，而是成為該繼承人的遺產。」

我會留下遺產？我內心毫無興奮可言。「如果我拒絕跟他們一起住呢？」我又問一遍，喉嚨裡好像卡了一顆球似的。

---

1 麗茲．波頓弒親案為美國史上最駭人聽聞的懸案之一。一八九二年，麻州富豪安德魯．波頓（Andrew Borden）及其妻子艾碧（Abby Borden）被斧頭砍得面目全非，慘死家中，而沒有不在場證明的二女兒麗茲．波頓（Lizzie Borden）嫌疑最大。最後陪審團判決麗茲無罪，但不少人認為凶手就是她沒錯。時至今日，此案依舊充滿爭議，成了世紀之謎。

「她不會拒絕啦。」莉比用雷射般銳利的眼神瞪我。

「若妳沒在三天內搬進霍桑莊園，妳那份遺產就會捐給慈善機構。」

「不是分給托比亞．霍桑的家人嗎？」我問。

「不是。」愛麗莎那張中立的面具微微滑落。她和霍桑一家相識多年，雖然她現在替我做事，但看到他們落得這般結果，她絕對高興不起來。

還是我猜錯了？

「遺囑是妳父親寫的對吧？」我試著理解當前這個瘋狂的處境。

「與其他事務所合夥人協商後擬定的。」愛麗莎回答。

「他有告訴妳……」我不停想著該怎麼問比較好，最後決定放棄。「他有告訴妳這一切是為什麼嗎？」

為什麼托比亞．霍桑剝奪了家人的繼承權？為什麼把遺產全數留給我？

「我不認為我父親知道原因。」愛麗莎凝視著我，中立的面具再次滑落。「妳覺得他知道嗎？」

第十二章

「馬的有夠扯，」美心用氣音說。「該史，馬的扯爆。」她把音量壓低到耳語的程度，罵了一聲用字正確、貨真價實的髒話。我這邊剛過午夜，她那邊大約晚上十點。我還以為劉太太會衝進房間搶走她的手機，但什麼也沒發生。

「怎麼會這樣？」美心又問。「到底為什麼啊？」

我低頭看著大腿上的信封。托比亞．霍桑留下一個解釋，但距離遺囑宣讀完畢已過了好幾個小時，我始終無法拆開那封信。我入住自己的飯店，獨自一人於頂樓豪華套房的露臺上，坐在深沉的黑暗裡，還穿著長度及地的高級絨布睡袍。這件睡袍可能比我的車還貴，而且——我快冷死了。

「會不會……」美心若有所思地說。「妳出生那天被抱錯了？」美心很愛看電視，又是個嗜小說如命的書蟲。「或是幾年前妳媽媽救了他一命？也許他的財產其實是妳曾曾曾祖父的？不然就是他用一種超先進、隨時都可能發展成人工智慧的電腦演算法選中了妳！」

「美心，」我不耐煩地哼了一聲。不知怎的，這讓我得以說出自己一直逃避、不想去想的事。「說不定我爸不是我的親生父親。」

這是最合理的解釋，不是嗎？也許托比亞．霍桑並沒有因為一個陌生人而剝奪至親的繼承權。也許我就是他的至親。

我有一個祕密……我腦海中浮現媽媽的身影。這句話她講過很多次，不是嗎？

「妳沒事吧？」美心在話筒另一端問道。

我低頭看著信封，上面用花體字寫著我的名字。我吞了一口口水。「托比亞．霍桑留了一封信給我。」

「妳還沒打開嗎？」美心非常訝異。「艾芙瑞，馬的——」

「美心！」即便隔著手機，我還是能聽見背景傳來美心媽媽的叫喊。

「馬兒，媽媽。我是說馬兒。我們剛好聊到馬和毛茸茸的小馬尾……」美心頓了一下，再度開口。「艾芙瑞，我該掛電話了。」

我的胃一揪。「晚點再聊？」

「好，」美心答應。「還有，快、拆、信。」

她掛斷電話。我放下手機，把大拇指插進封口下方。就在這個時候，一陣敲門聲傳來。我不得不停止動作，回到房間。只見奧倫站在門口。

「是誰啊？」我問他。

「格雷森．霍桑。」奧倫回答。我兩眼直盯著門。「不過，若我的人認為他會威脅到妳的安全，絕對不會讓他上來，」他接著解釋。「我相信格雷森。但如果妳不想見他……」

「沒事。」我到底在幹嘛？現在已經很晚了，況且，我很懷疑這位貴公子能泰然看待自己被拔掉繼承權的事。但我們初次見面時，格雷森看我的眼神就有種……

「開門吧。」我告訴奧倫。他把房門打開，退後一步。

「妳不打算請我進去嗎？」格雷森已經不再是繼承人，但他的語氣依舊高高在上。

「你不該來的。」我拉拉睡袍，把身體裹得更緊。

「過去一個小時，我也一直這樣告訴自己，但我還是來了。」他的眼睛如一池灰水黯淡無光，頭髮也沒梳，看來失眠的不只有我。今天，他失去了一切。

「格雷森——」

「我不曉得妳是怎麼做到的，」他硬生生打斷我，聲音聽起來既危險又溫柔。「也不曉得我外祖父有什麼把柄在妳手上，或是妳設下什麼騙局。」

「我沒——」

「我還沒說完，葛蘭斯小姐。」他用手壓著門。關於他的眼睛，是我錯了。不是池水，而是寒冰。「我不知道妳是怎麼得手的，但我一定會查清楚。現在我看清妳了。我知道妳是什麼樣的人，有什麼樣的本事，我會不惜一切代價來保護我的家人。不管妳在玩什麼把戲、這場騙局會持續多久，我都會找出真相，到時妳就自求多福吧。」

我用眼角餘光瞄到奧倫走近，但我沒有等他採取行動，反而直接用力推門，把格雷森趕出去。房門砰地關上。我的心怦怦狂跳，等著他再次敲門，對我大吼大叫。可是門外毫無動靜。我慢慢垂下頭，手裡的信封如金屬之於磁鐵般吸引了我的目光。

我瞥了奧倫一眼，走回臥室。

快、拆、信。我打開信封，拿出裡面的卡片。內容只有短短幾個字。我看著卡片，掃過開頭的稱謂、正文和信末的署名，讀了一遍又一遍。

親愛的艾芙瑞，

對不起。

T.
T.
H.

第十三章

對不起？對不起什麼？

隔天早上，這個問題依舊在我腦海中縈繞不去。這是我有生以來第一次這麼晚起床。醒來時，我發現奧倫和愛麗莎在套房附設的廚房裡輕聲交談。音量小到我聽不見。

「艾芙瑞，」奧倫注意到我起床了。不曉得他有沒有告訴愛麗莎昨晚格雷森來訪的事。「我想跟妳討論一下安全協議。」

比方說不能幫格雷森．霍桑開門？

「妳現在成了目標。」愛麗莎簡潔地說。

由於她堅決認為霍桑一家不構成威脅，我只好追問：「什麼目標？」

「狗仔隊的目標。目前事務所暫時壓下消息，請媒體不要報導，但這樣持續不了多久，況且還有其他的事令人擔憂。」

「綁架，」奧倫語氣平淡地說：「跟蹤，還有恐嚇。尤其最後一項絕對少不了。妳很年輕，又是女孩子，情況只會更糟。若妳姐姐同意，等她回來後我也會替她安排。」

綁架，跟蹤，恐嚇。我的腦袋一時打結，無法運轉。「莉比呢？」我問道。奧倫剛才好像說「她回來後」？

「她在飛機上，」愛麗莎回答。「應該說是妳的飛機。」

「我有飛機？」我大概永遠都無法習慣這種生活。

「有幾架。」愛麗莎說：「就我所知應該還有一架直升機，但這不重要。妳姐姐回家替妳們倆收拾行李。考量到妳的人身安全和搬進霍桑莊園的期限，我們認為妳還是留在這裡比較好。最理想的情況是讓妳在今晚前搬進去。」

「消息一出，妳就會登上報紙頭版，成為各家媒體追逐的焦點、新聞頭條，」奧倫嚴肅地說。「以及社群媒體上的熱門話題。有些人會認為妳是灰姑娘，有些會認為妳是瑪麗・安東妮。」

有人想變成我，有人對我恨之入骨。這是我頭一次注意到奧倫身上有佩槍。

「妳最好乖乖待在這裡，」奧倫冷靜地說。「妳姐姐應該今晚就會回來。」

上午剩下的時間，愛麗莎和我玩了一場我偷偷取名為「讓艾芙瑞人生歸零」、即開即玩的線上遊戲。我辭掉工作，而愛麗莎負責聯絡學校，替我辦理退學。

「我的車怎麼辦？」我問道。

「之後會由奧倫擔任妳的私人司機。」愛麗莎回答。「但如果妳想，我們可以把妳的車運過來，或是妳也可以挑一輛新車自用。」

她把買車講得好像去超市買口香糖一樣。

「妳偏好轎車還是運動休旅車？」她拿著手機問我，一副只需要簡單點個按鍵就能訂車的模樣。「喜歡什麼顏色？」

「不好意思，失陪一下。」我匆匆躲進臥室。床上堆滿如小山般高得離譜的枕頭。我爬上床倒在枕頭山上，拿出手機。

無論是發簡訊、打電話或傳訊息給美心，結果都一樣：沒有回應。她的手機一定是被沒收了，說不定連筆電也遭殃，所以她沒辦法當我的顧問，教我如何妥善應對一個把買車講得像在訂「馬的披薩」一樣的律師。

一切感覺好不真實。不到二十四小時前，我還睡在停車場，唯一稱得上揮霍的就是偶爾吃早餐三明治。

早餐三明治，我猛然想起什麼。哈利。我從床上坐起身。「愛麗莎？」我大喊。「如果我不要新車，把這筆錢挪作他用可以嗎？」

為哈利提供金援，替他安排住處（還有說服他接受）並不容易，但愛麗莎要我別想那麼多，直接當作已經處理好就好。這就是我如今所在的世界——只要動動嘴巴，事情就會有個圓滿解決。

但這種生活不會持續太久。不可能。遲早會有人發現哪裡搞錯了。所以我還是趁有機會時好好享受吧！

這是我們去接莉比、看她走下我的私人噴射機時，我腦中冒出的第一個念頭。不曉得愛麗莎有沒有辦法讓她進法國索邦大學就讀，或是買間小蛋糕店給她。或者——

「莉比！」一看到她的臉，我飛轉的思緒頓時當機，所有想法戛然而止。她的右眼有塊瘀青，幾乎腫得睜不開。

莉比吞了一口口水，但沒有避開眼神。「別講什麼『我就說吧』，不然我就每天做奶油焦糖杯子蛋糕給妳吃。」

「有什麼我該知道的問題嗎？」愛麗莎看著莉比臉上的瘀傷，故作鎮靜地問道。

「艾芙瑞討厭奶油焦糖。」莉比回答，彷彿這就是問題所在。

「愛麗莎！」我氣得咬牙切齒。「你們的律師事務所底下有職業殺手嗎？」

「沒有，」愛麗莎的語氣非常專業。「但我人脈很廣，可以問問看。」

「我看不出來妳是不是在開玩笑。」莉比轉向我。「我不想討論這個。我沒事。」

「可是——」

「我沒事。」

我不情願地閉上嘴巴。我們一行人回到飯店，打算把剩下的事安排妥當，即刻前往霍桑莊園。

然而，計畫趕不上變化。

「我們有麻煩了。」奧倫的口氣聽起來似乎不怎麼煩惱，但愛麗莎立刻放下手機。奧倫對套房露臺點點頭。愛麗莎走到外面往下看，咒罵一聲。

我推開奧倫，跑到露臺一探究竟。只見飯店保全人員在樓下大門外和一群暴民起爭執。直至一道閃光劃過，我才意識到那群人不是暴民。

是狗仔隊。

所有相機鏡頭全都往上對著露臺。對著我。

第十四章

「妳不是說事務所把消息壓下來了嗎？」奧倫瞄了愛麗莎一眼。她怒瞪著他，以閃電般的速度連打三通電話（其中兩通講的是西班牙語），再度轉向奧倫。「不是我們走漏的風聲，」她飛快瞥了莉比一眼。「是妳男友。」

「我的前男友。」莉比的聲音小得像蚊子叫。

「對不起。」莉比至少道歉了十幾次。她把一切全都告訴德瑞克，包含遺囑內容、我繼承遺產的條件，還有我們住在哪裡。每一件事。我很了解姐姐，知道她為什麼會這樣。他氣她突然搭機離開，她試著安撫他，提到遺產那一刻，他就想跟著一起住進莊園，開始盤算要怎麼花霍桑家的錢。然後莉比，這個傻女孩，告訴他這不是他們的錢，不是他的錢。

所以他揍她一頓、她提出分手、他去找媒體爆料。現在他們來飯店堵人。奧倫帶我從側門離開，一大群記者蜂擁而上。

「她來了！」一個聲音大喊：「艾芙瑞！」

「艾芙瑞，看這邊！」

「艾芙瑞，成為全美最富有的少女感覺如何？」

「成為全球最年輕的億萬富翁感覺如何？」

「妳是怎麼認識托比亞．霍桑的？」

「妳真的是托比亞．霍桑的私生女嗎？」

我匆匆鑽進休旅車。車門削弱了記者嘶吼提問的聲音。前往霍桑莊園途中，我收到一則簡訊。不是美心，是一個未知號碼。

我點開訊息，看到一個新聞標題截圖：霍桑家的繼承人究竟是誰？

另外還有一段簡短的文字。

嘿，謎樣的女孩，妳出名了。

更多狗仔隊駐守在霍桑莊園大門前。然而，一從他們身旁疾駛而過，莊園外的世界就這樣逐漸褪去，淡出在視線之外。沒有歡迎派對，詹姆森不在，格雷森也不在。霍桑家的人完全不見蹤影。我走向那扇巨大的前門，轉轉門把。鎖住了。愛麗莎繞到大宅後方，過了好一陣子才回來。她遞給我一個大信封，臉色非常難看。

「法律上，霍桑家族必須把鑰匙交給妳。實務上……」她瞇起眼睛。「霍桑家族真的有夠討厭。」

「這也是法律術語嗎？」奧倫故作正經地說。

我撕開信封，發現霍桑家族的確有把鑰匙留給我——只是跟其他上百支鑰匙混在一起。

「你們知道哪一把是前門的鑰匙嗎？」我問道。這些不是一般的鑰匙。不僅尺寸過大，做工也非常細膩講究，看起來像古董，而且設計、金屬製材、長度和大小各不相同，每一把都很獨特。

「妳會找到的。」一個聲音傳來。

我猛地抬頭，發現上方有臺對講機。

「別玩了，詹姆森，」愛麗莎用命令的口氣說。「一點也不好玩。」

沒有回應。

「詹姆森？」愛麗莎又試了一次。

對講機那頭沉默半晌。「我對妳有信心，謎女。」

通話應聲切斷。愛麗莎沮喪地長嘆一口氣。「拜託老天保佑，別再讓我跟霍桑家的人扯上關係。」

「謎女？」莉比一臉困惑。

「謎樣的女孩。」我解釋。「據我所知，是詹姆森・霍桑幫我取的綽號，」我將注意力轉向手中那串鑰匙。最直觀的方法就是一把一把試；假設其中一把鑰匙能打開前門，那遲早都會幸運中獎。但感覺光靠運氣還不夠。我已經是世界上最幸運的女孩了。

一部分的我想證明自己夠格。

我翻看鑰匙，仔細研究上面的紋飾。一顆蘋果。一條蛇。一種讓人聯想到水流的漩渦圖案。此外，還有分別代表二十六個英文字母、字體老派華麗的鑰匙，以及綴有數字或圖樣的鑰匙；其中一把刻著美人魚，還有四把刻著眼睛的圖案。

「有頭緒嗎？」愛麗莎突然開口。「還是要我打電話問一下？」

「不用。」我將注意力從鑰匙轉移到前門。鎖孔是簡單的幾何設計，跟我剛才看過的鑰匙都不相符。要是這樣未免太簡單了，我心想。太簡單了。下一秒，我腦中就跳出一個截然迥異的想法。還不夠簡單。

西洋棋讓我學到很多東西。戰術看起來愈複雜，對手往往會想得愈多。只要讓對方盯著騎士，就能用士兵贏得棋局。無視微小的細節，忽略複雜的地方。我將焦點從鑰匙握柄轉移到前端，也就是插進鎖孔的部分。雖然這串鑰匙大小各異，但前端的尺寸都差不多。

不只是尺寸相似而已。我靈光一現，將其中兩把鑰匙擺在一起仔細端詳。事實上，這兩把鑰匙的刻槽（即能順利轉動鎖芯、把鎖打開的機制）一模一樣。我察看另一把鑰匙。也一樣。我開始檢視那串鑰匙，一把一把互相比對。一樣，一樣，一樣。

鑰匙圈上並沒有一百把鑰匙。我檢查的速度愈快，心裡就愈有把握。這裡有兩把——不，是好幾十把錯的鑰匙。外觀看起來大相徑庭，實則不然……

「找到了。」我終於看到一把刻槽不一樣的鑰匙。這時，對講機發出劈啪聲。若詹姆森還在，那他什麼也沒說。我把鑰匙插進鎖孔。轉動的那瞬間，腎上腺素在我的血管裡奔流。成功了。

「妳怎麼知道是這把？」莉比問道。

「有時，」詹姆森的聲音從對講機傳來，語氣有點奇怪，好像在思忖著什麼。「表面上看起來截然迥異的事物，其實本質上完全相同。」

第十五章

「歡迎回家，艾芙瑞。」愛麗莎走進門廳，轉身看著我。跨過門檻那一刻，我屏住呼吸，感覺就像踏進白金漢宮或霍格華茲城堡，得知此處歸我所有一樣。

「那條走廊過去有家庭劇院、音樂室、玻璃溫室、日光室……」愛麗莎開始介紹。其中有一半我都不懂用途。「當然，妳已經看過客廳了。」愛麗莎繼續說。「再過去是正式的餐廳，然後是廚房，還有廚師的廚房——」

「這裡有廚師？」我不假思索地脫口。

「有壽司師傅、糕點師，還有幾位個別擅長義大利菜、臺灣料理和純素蔬食的廚師。」一個男性的嗓音傳來。我轉過身，宣讀遺囑時看到的那對老夫妻就站在客廳入口。是勞夫林夫婦，我想起來了。「但日常飲食是由我太太負責。」勞夫林先生粗聲粗氣地說。

「霍桑先生很注重隱私，所以通常都是我替他備膳。」勞夫林太太看著我。「他不喜歡家裡有太多不必要的外人。」

我很確定她所謂的「家」指的是整座莊園，至於「外人」，當然就是我。

「莊園裡有數十名員工。」愛麗莎解釋。「他們領的是全職薪水，但隨時待命。」

「凡事都會有人處理。」勞夫林先生直截了當地說。「大家做事都很謹慎低調，大多時候甚至不會察覺到他們的存在。」

「但我會。」奧倫說：「安全部門會嚴格追蹤莊園內外的動靜，任何能踏進大門的人一定都經過詳細的背景調查。工程團隊、清潔人員、園藝造景人員、按摩師、廚師、造型師、侍酒師……全都通過我的團隊檢驗，絕對沒問題。」

侍酒師，造型師，廚師，按摩師。我在腦海中倒帶重播奧倫的話，覺得頭好暈。

「這條走廊過去是健身設施。」愛麗莎再度扮演嚮導的角色。「有正規籃球場和壁球場，還有攀岩牆、保齡球館——」

「保齡球館？」我不敢置信。

「只有四條球道。」愛麗莎保證，彷彿家裡有間小小的保齡球館很合理。

正當我努力思考該怎麼回應時，身後的前門突然打開。是奈許．霍桑。我還以為他昨天就離開了。

「是那個摩托車牛仔。」莉比在我耳邊低語。

愛麗莎感覺整個人瞬間石化，變得好僵硬。「如果沒事，我得向事務所報告一下進度。」她從西裝口袋拿出一支新手機給我。「裡面有我、勞夫林先生和奧倫的號碼，有什麼需要就打電話。」

她匆匆走出門，沒跟奈許說半個字。奈許目送她離開。

「小心哪，」門一關，勞夫林太太就勸奈許。「千萬別得罪女人，她們的怒火比地獄更可怕。」

這段插曲加深了我內心的懷疑。愛麗莎和奈許。她提醒過我，千萬別愛上霍桑家的人。她問我的人生有沒有被一個姓霍桑的人毀了？我說沒有，她回答「妳很幸運」。

「別說服自己相信麗麗跟敵人是一夥的。」奈許告訴勞夫林太太。「艾芙瑞不是敵人，這裡也沒有敵人。他的遺願就是這樣。」

他。托比亞．霍桑。即便死了，他在這個家的地位和影響力依舊。

「這不是艾芙瑞的錯，」莉比開口。「她只是個孩子。」

奈許將注意力轉向莉比，我能感覺到她努力想淡出，隱身在背景裡。奈許注意到她藏在頭髮下的貓熊眼。「妳的臉怎麼了？」他低聲問道。

「我沒事。」莉比堅稱。

「看得出來。」奈許溫柔地說。「不過，如果妳想給我對方的名字，我很樂意處理。」我能感覺到這些話對莉比造成的影響。她不習慣除了我以外的人站在她這邊。

「莉比，」奧倫開口，引起她的注意。「如果妳有時間，我想介紹赫克特給妳認識，他會負責妳的維安事宜。艾芙瑞，我可以向妳保證，奈許絕不會趁我不在時用斧頭砍死妳，也不會讓其他人有機會這麼做。」

奈許冷笑一聲。我瞪了奧倫一眼。有必要這樣到處宣傳，讓全世界知道我有多不信任他們嗎！

莉比跟著奧倫往屋裡走，我仔細留意奈許看著她離開的神情。

「少招惹她。」我警告奈許。

「看得出來妳的保護慾很強，」他說：「而且似乎願意不擇手段。我很敬佩同時擁有這兩項特質的人。」

這時，遠方突然傳來巨大的撞擊聲，然後是重物落地的悶響。

「那個，就是我回來的原因。」奈許若有所思地說：「不然我早就在浪跡天涯、爽過人生了。」

砰！又一聲。

奈許翻翻白眼。「這下好玩了。」他邁步走向附近的長廊，駐足回頭看我。「小鬼，跟我來。人家說士兵初上戰場的經驗都很糟——今天可是妳搬進莊園的第一天呢。」

第十六章

奈許有一雙長腿，他悠哉漫步的同時，我得慢跑才跟得上。我探頭想看看路過的每一個房間，卻只瞥見模糊的景象，交織著藝術、建築與自然光。奈許推開長廊盡頭的大門。我原以為會看到有人打架鬧事，可是沒有。眼前是一座美得令人驚嘆的藏書室，格雷森和詹姆森就站在房間另一頭。

藏書室的格局呈圓形，裡面佇立著一排排高約四到六公尺的書架，上頭擺滿精裝書。書架是以一種色澤深沉、質感溫潤厚實的木材製成，四座鍛鐵螺旋梯猶如羅盤方位點在房間延伸開展，往高層書架盤繞而上。藏書室正中央有個巨大的樹樁，少說也有三公尺寬，遠遠就能看見標誌著樹齡的年輪。

我花了點時間才意識到樹樁的用途是書桌。

我願意在這裡消磨一輩子，我心想。我可以一直待在這個房間，永遠不離開。

「好了，」奈許漫不經心地看著兩個弟弟。「我要先教訓誰？」

格雷森從書上抬起頭。「我們一定要用拳頭來解決問題嗎？」

「看來有人自願第一個被教訓。」說完，他打量靠在鍛鐵樓梯旁的詹姆森。「還有第二個嗎？」

「哥，你就是走不了啊？」詹姆森揚起一邊嘴角。

「把艾芙瑞留在這裡應付你們這些白痴？」在奈許提到我的名字前，其他兩人似乎都沒注意到我就在他後面，直到這一刻，我的隱形魔咒消失了，就這樣。

「我不擔心葛蘭斯小姐，」格雷森的銀灰色眼眸目光銳利。「我想，她顯然有能力照顧自己。」

翻譯：我是個沒有靈魂又拜金的騙子，他早就看穿我了。

「別理他，」詹姆森懶洋洋地對我說：「沒人要理他。」

「詹姆森，閉嘴。」奈許說。

詹姆森直接無視大哥的話。「格雷森正為了『惹人厭奧運』進行訓練，我們認為他很有機會奪得金牌，只要他能再努力一點，把棍子插進他的——」

菊花，美心會這麼說。就是屁眼的意思。

「夠了。」奈許發出不滿的鼻息。

「我錯過什麼了嗎？」穿著私立學校制服的桑德跑進來，動作流暢地脫下外套。

「什麼都沒錯過，」格雷森回答。「葛蘭斯小姐正要離開。」他的目光飛快轉向我。

「妳一定想整理一下行李，安頓一切。」

我現在是億萬富翁欸，他依舊一副跋扈的樣子命令我。

「等等，」桑德突然蹙眉環顧四周。「你們是不是沒等我回來就打架？」我沒看到鬥毆或破壞的痕跡，顯然桑德注意到一些我沒發現的事。「唉，不蹺課的下場就是這樣。」他故作難過地說。

奈許看看桑德，再看看詹姆森。「沒穿制服。」他開口。「詹姆森，蹺課是嗎？好，這下有兩個人要教訓了。」

一聽到「教訓」兩個字，桑德就綻出笑容，毫無預警地撲向奈許，將他撂倒在地。原來是兄弟間的摔角遊戲。

「壓制成功！」桑德洋溢著勝利的喜悅。

就在這個時候，奈許用腳踝勾住桑德的小腿一轉，將他反壓在地上。「想得美，老弟，」奈許咧嘴一笑，旋即用陰沉嚴肅的眼神看著另外兩個弟弟。「想得美。」

他們四人自成一個小團體。他們是霍桑家的人。我不是。現在就連我的身體也感覺到了。他們之間有種外人無法撼動的羈絆。

「我該走了。」我不屬於這裡，留下來也只是在旁邊乾瞪眼。

「妳根本不應該來。」格雷森簡短回應。

「閉嘴！格雷森。」奈許喝斥。「木已成舟。你跟我都很清楚，如果這是外公的意思，就絕不可能改變。」他轉頭看著詹姆森。「至於你，自我毀滅沒有你想得那麼酷。」

「艾芙瑞解開了鑰匙的謎題，」詹姆森不以為意地說。「比我們四個都快。」

無聲隨之降臨。我走進藏書室以來，四兄弟還是頭一次這麼安靜，這麼久沒說話。到底怎麼了？我忍不住納悶。此時此刻，周遭瀰漫著緊張的氣息，激動、曖昧不明、令人難以忍受，然後——

「你把鑰匙給她？」格雷森率先打破沉默。

我手裡還拿著鑰匙圈。那串鑰匙突然變得好沉重。詹姆森不該把這些鑰匙給我。

「法律上，我們有義務給她——」

「一把鑰匙。」格雷森硬生生打斷詹姆森，慢慢走向他，啪一聲闔上手中的書。「法律上，我們有義務給她一把鑰匙，詹姆森，不是那串鑰匙。」

我以為那串鑰匙是惡作劇，頂多是個考驗。但從他們的對話判斷，感覺比較像一種傳統。一個邀請。

一場象徵從生命中一個階段進入另一個階段的儀式。

「我很好奇她會怎麼做。」詹姆森揚起一邊眉毛。「你想知道艾芙瑞花了多少時間解開謎題嗎？」

「別說了。」奈許用低沉的嗓音喝止。我不確定他是在回答詹姆森，還是要格雷森別再咄咄逼人。

「我可以起來了嗎？」桑德插嘴，依舊被奈許壓制在地。他的幽默感似乎比三個哥哥加起來還多。

「不行。」奈許回答。

「我跟你說過她很特別。」詹姆森喃喃低語。與此同時，格雷森繼續朝他走去。

「我跟你說過，離她遠一點。」他停下腳步，正好站在詹姆森構不到的地方。

「看來你們兩個又開始跟對方講話嘍！」桑德高興地說。「太好了。」

才怪，我心想，目光始終無法從眼前這場爭執移開。詹姆森的身高較高，格雷森的肩膀較寬；前者掛著玩世不恭的笑容，後者帶著鋼鐵般冷峻的神態。

「歡迎來到霍桑莊園，謎樣的女孩。」詹姆森似乎不是真心問候我，而是藉此挑釁格雷森。他們之間的爭執不單單是對最近發生的事看法不同。

不只與我有關。

「別再叫我謎樣的女孩了，」從藏書室大門關上的那一刻起，我幾乎沒出聲，但我厭倦了旁觀者的角色。「我的名字叫艾芙瑞。」

「不然叫妳……『繼承人』好了。」詹姆森往前踏進天窗灑落的陽光下，與格雷森面對面。「格雷森，你覺得怎麼樣？還是想替新房東取別的綽號？」

房東。詹姆森故意戳他的痛處，好像只要格雷森什麼都得不到，就算剝奪他個人的繼承權也無所謂。

「我是想保護你。」格雷森低聲說。

「你唯一保護過的是你自己，」詹姆森回答。「我們倆心知肚明。」

格雷森整個人僵在原地動也不動。

「桑德，」奈許站起身，把么弟拉起來。「你帶艾芙瑞去她住的側廳看看吧？」奈許不是想阻止他們逾越某條界線，就是他們已經越界了。

「走吧，」桑德用肩膀輕輕撞我。「順便帶妳去吃餅乾。」

如果他講這句是想緩和一下氣氛，只能說完全沒用，但是至少轉移了格雷森對詹姆森的注意力。

「不准吃餅乾。」格雷森的聲音聽起來悶悶的，彷彿字詞卡在喉嚨裡，彷彿詹姆森剛才那句話徹底切斷了他的氣管，讓他無法呼吸。

「你真會討價還價，格雷森．霍桑。」桑德愉快地回答。「好，不吃餅乾。」他對我眨眼。「我們吃司康。」

第十七章

「我都說第一個司康是所謂的『練習司康』，」桑德把整個司康塞進嘴裡，遞給我一個，吞下去繼續說。「要吃到第三——不對，第四個，才能培養出吃司康的專長。」

「吃司康的專長。」我面無表情地複述。

「妳天生就是懷疑論者。」桑德表示。「這項特質能讓妳在莊園裡活得很好，不過，若要說人類經驗歸納出什麼普世真理，那就是敏銳的司康鑑賞力並非一蹴可幾，一定要費心磨練才行。」

我用眼角餘光瞥見奧倫的身影。不知道他跟蹤我們多久了。「我們為什麼要站在這裡聊司康？」我問桑德。奧倫堅稱霍桑四兄弟不會威脅到我的人身安全，可是……桑德起碼要試著整我才對啊？「難道你不恨我嗎？」我追問。

「恨啊，」桑德開心地狼吞虎嚥，吃下了第三個司康。「如果妳有注意，就會發現我自己吃藍莓司康，卻給妳——」他打了個哆嗦。「檸檬司康，以此表示我個人和原則上對妳的厭惡之深。」

「我不是在開玩笑。」我覺得自己好像掉進《愛麗絲夢遊仙境》的場景，墜入一個又一個兔子洞，無限惡性循環。

一個又一個陷阱，我耳邊響起詹姆森的聲音。一道又一道謎題。

「我為什麼要恨妳？艾芙瑞。」桑德終於開口，語氣中堆疊著先前從未有過的情緒。「這又不是妳安排的。」

是托比亞．霍桑。

「也許妳很無辜，」桑德聳聳肩。「也許妳是格雷森認定的那種邪惡天才，但退一萬步說，就算妳自以為在耍手段操控我外公，相信我，妳才是被他操控的那個。」

我想起托比亞．霍桑留給我的信，裡面沒有任何解釋。

「你外公很了不起。」我對桑德說。

他拿了第四個司康。「是啊。為了表達對他的敬意，我決定吃掉這個司康。」他一口咬下。「好啦，要去看看妳的房間嗎？」

一定有陷阱。桑德．霍桑表面看起來無害，但絕對不只這樣。「跟我說怎麼走就好。」我回答。

「這個嘛……」他做了個鬼臉。「霍桑莊園有那麼一點點複雜。如果可以，請想像一下《威利在哪裡？》的迷宮場景，裡面有超小的迷你威利，威利就是妳的房間。」

「霍桑莊園的格局很特殊。」我試著翻譯那句荒謬的描述。

桑德吃了第五個，也是最後一個司康。「有人說過妳很會講話嗎？」

「霍桑莊園是德州最大的私人住宅，」桑德帶著我上樓。「我是可以給妳一個數字，但這只是大概的面積。真正讓霍桑莊園不同於其他大到噁心的城堡式建築，與其說是大小，不如說是本質。我外公每年都會增建一個以上的房間或側廳。如果可以，請想像一下，荷蘭版畫大師艾雪的作品與文藝復興巨擘達文西精湛的設計相結合，生下一個孩子……」

「等等。」我用命令的口氣說。「新規定：不准再用生孩子的比喻來描述這座莊園和住在裡面的人，包含你自己在內。」

「這麼嚴格？」桑德誇張地用手捂住胸口。

「我的房子，我的規則。」我聳聳肩。

他目瞪口呆地看著我。其實我也不敢相信自己居然這麼說，但桑德讓我覺得自己不必為了自身的存在道歉。

「玩笑開太早了嗎？」我問。

「我可是霍桑家的人，」桑德擺出莊嚴高貴的神態。「噴垃圾話永遠不嫌早。」他繼續扮演嚮導。「好了，正如我剛才說的，東側廳實際上在東北方，位於二樓。要是迷路了，就找那個老人。」桑德對牆上的肖像畫點點頭。「過去幾個月他都待在這裡。」

我在網路上看過托比亞·霍桑的照片，但一見到這幅畫像，我就無法移開視線。他有一頭銀灰色頭髮，臉上爬滿歲月痕跡，比我想像中更滄桑。他的眼睛幾乎和格雷森一模一樣，體型如詹姆森精瘦，下巴像奈許。若不是桑德在動，我根本看不出他和霍桑先生間的相似之處，但他們倆的確很像。不是眼睛、鼻子或嘴巴，而是眉宇間的神韻和五官的整體感。

「我從來沒見過他。」我把目光從畫像上移開，轉而看著桑德。「如果有，我一定會記得的。」

「妳確定嗎？」桑德問道。

我再次凝視那幅畫像。我見過這位億萬富翁嗎？我們是否曾在何處相遇，哪怕只是片刻瞬間？我的腦袋一片空白，只有三個字一遍又一遍不斷重複。

對不起。

第十八章

桑德讓我獨自一人在側廳晃晃。

我的側廳。光用想的都覺得扯。我的豪宅。前四個房間是套房，每個都極為寬敞，讓特大號雙人床看起來格外迷你，至於衣櫃大到可以兼作臥房。對了，那個浴室！淋浴間裡居然內建座椅和至少三個不一樣的蓮蓬頭，另外還有附控制面板的超大浴缸，每面鏡子上都嵌著電視。

我眼花撩亂、有點恍惚地走向第五個，也是最後一個房間。我開門一看，不是臥室，是辦公室。六張排成馬蹄形的大皮椅面向陽臺，牆上釘著玻璃展示櫃，裡面整齊陳列著看起來像博物館藏品的東西，有晶洞、古代武器、瑪瑙石雕等。房間後方有張桌子正對著陽臺，我走近一看，桌面上鑲著一個巨大的青銅羅盤。我用手指輕輕劃過羅盤。指針轉向西北方，一個隱藏隔間赫然敞開。

托比亞·霍桑就是在這個側廳度過生命中最後幾個月，我默默心想，腦中突然閃過一個念頭。我不只想看看那個打開的隔間，我想研究這張書桌，摸索每個抽屜。某個地方一定有某樣東西能告訴我他在想什麼——為什麼我會在這裡，為什麼他把家人推到一旁，將遺產留給我？我做了什麼讓他印象深刻的事嗎？他在我身上看到了什麼嗎？

會不會跟媽媽有關？

我仔細察看彈開的隔間。裡面刻著很深、呈T字形的溝槽。我用手指劃過溝槽。什麼都沒發生。我拉拉其他抽屜。全都鎖上了。

書桌後方的架上擺滿了紀念牌和獎盃。我走上前細看。第一塊金牌上刻著「美利堅合眾國」的字樣，底下有隻海豹。我又花了點時間讀那些小字，發現這是專利證章，而且專利權人不是托比亞·霍桑。

是桑德。

架上還有至少六個專利證章、幾張世界紀錄證書，以及各式各樣的獎盃，任何想得到的形狀都有，像是騎在牛背上的青銅牛仔雕像、衝浪板、長劍……另外還有許多獎牌和徽章、好幾條黑帶與數座冠軍獎盃，其中有些甚至是全國冠軍，項目從摩托車越野賽、游泳，到彈珠比賽都有。眾多獎項旁還擺著四本有裱框的漫畫書（看起來應該是超級英雄類型，就是會被拍成電影的那種），作者則是霍桑家四個孫子。此外，還有一本大開本精裝攝影集，書脊上烙著格雷森的名字。

這不是單純的居家擺設而已。這是聖殿，是托比亞·霍桑對四名傑出孫輩的頌歌。太不合理了。隨便四個人（其中三個還是青少年）拿的獎加起來都不可能這麼多，更不合理的是，在辦公室裡展示這些成就的人認為這四人沒資格繼承他的財產。

「艾芙瑞？」

我立刻從架子旁退開，匆匆關上隱藏隔間。

「我在這裡。」我大喊。

「太不真實了，」莉比站在門口說。「這整個地方都好不真實。」

「對啊。」我努力想著霍桑莊園有多美、多令人驚嘆，不去注意莉比的貓熊眼，可惜失敗了。原本就很嚴重的瘀青現在看起來更嚴重。

莉比環抱著自己。「我沒事的。」她注意到我在看她，連忙補上一句。「其實沒有那麼痛啦。」

「拜託告訴我妳跟他分手了。」我還來不及阻止自己，這些話就脫口而出。她現在需要的是支持，不是指謫。但我又忍不住想，德瑞克之前也是她的前男友。

「我在這裡，不是嗎？」莉比回答。「我選擇了妳。」

我希望她能選擇自己，也訴諸言語告訴她。莉比任憑髮絲垂落到臉上，轉身面向陽臺。

她沉默了整整一分鐘，然後再度開口。

「我媽以前經常打我。不過只有在她壓力真的很大的時候。她是單親媽媽，日子很不好過，這點完全可以理解。我努力想讓生活變得輕鬆一點。」

我可以想像年幼的她挨了打，還反過來安慰、幫助打她的人。「莉比……」

「德瑞克愛我，艾芙瑞。我知道他愛我。我很努力試著了解……」她抱自己抱得更緊。

她的黑色指甲油看起來才剛搽上去，而且搽得很漂亮、很完美。「但妳是對的。」

「我不想這樣。」我的心好像碎了一點。

莉比又站了一會兒，然後走向陽臺試著開門。我跟上去，和她一起踏進清冷的夜色裡。樓下有一座游泳池，水應該是溫的，因為有人不停來回游泳。

是格雷森。我的身體比大腦先認出那個身影。他游著蝶式，手臂俐落地拍擊水面，還有他的背肌……

「我有件事要告訴妳。」莉比對我說。

我的目光立刻從游泳池（和游泳的人身上）移開。「德瑞克的事嗎？」我問道。

「不是。我聽到一件事，」莉比吞了一口口水。「奧倫在講解維安措施時，我無意間聽到札拉的先生說他們在做鑑定——妳的ＤＮＡ鑑定。」

我不知道札拉和她先生是從哪裡取得我的ＤＮＡ樣本，但我一點也不意外。我自己也有想過：一個人之所以會在遺囑中提到陌生人，最簡單的解釋就是對方並非全然的陌生人。最簡單的解釋就是，我是霍桑家的一分子。

我根本不能那樣看格雷森。

「如果托比亞．霍桑是妳的生父，」莉比開口。「就表示我們的爸爸——我的爸爸——如果我們的爸爸不同人，而且我們從小到大也很少見面——」

「妳敢說我們不是姐妹試試看！」

「妳還想要我留在這裡嗎？」莉比用手指摩挲著頸鍊。「如果我們不——」

「無論如何，」我向她保證。「我都想要妳留在這裡。」

第十九章

那天晚上，我洗了有生以來最久的一次澡。熱水無限供應，淋浴間的玻璃門覆上一層朦朧的蒸氣，感覺就像個人專屬的三溫暖。我用質感高級的絨布浴巾擦乾身體，穿上破爛的舊睡衣，撲通一聲倒在我很確定是埃及棉製的床單上。

我不太清楚自己躺了多久才聽到那個聲音。有人在說話。「拉燭臺。」

我立刻站起來轉身背對牆壁，出於本能抓起床頭櫃上的鑰匙，以防需要武器。我飛快掃視房間想看到底是誰，可是半個人影都沒有。

「拉壁爐上的燭臺，繼承人。還是妳想讓我困在後面？」

最初那種「戰或逃」的反應逐漸被煩躁感取代。我瞇起眼睛看著房間後方的石砌壁爐。果然，壁爐架上有一座燭臺。

「你這樣叫跟蹤。」我告訴壁爐。更確切地說，是告訴壁爐另一邊的男孩。即便如此，我還是忍不住拉動燭臺。誰抗拒得了這種事？我勾住燭臺底座，可是拉不太動。這時，一個建議從壁爐後方傳來。

「不要只是往前拉，要往下微微傾斜。」

我依照指示調整角度。燭臺隨即旋轉，然後，喀噠！壁爐背牆與地板應聲分離，出現一道約莫二．五公分的縫隙。過沒多久，只見指尖從細縫中探出來，將壁爐背牆往上抬，推進壁爐架後方，就這樣形成一個出入口。詹姆森．霍桑走了出來，直起身子將燭臺歸位。入口又慢慢關閉。

「這是祕密通道。」他根本沒必要解釋。「屋裡到處都有。」

「我應該要安心嗎？」我問他。「還是害怕？」

「妳說呢？謎樣的女孩。妳是覺得安心還是害怕？」他停頓了一下。「抑或是好奇？」

初次見面時，詹姆森喝醉了。這一次，他的呼吸中沒有酒味，只是我很納悶，不曉得宣讀儀式那天後他究竟睡了多久。他的頭髮很整齊，閃爍的綠眼睛卻透著一種野性。

「妳沒問我鑰匙的事，」詹姆森淺淺一笑。「我還以為妳會問呢。」

「是你幹的好事。」我舉起鑰匙圈。

那不是疑問，他也沒有當成問題來看待。「算是家族傳統啦。」

「我又不是你們家的人。」

「妳真的這麼認為？」他歪著頭問道。

我想起托比亞．霍桑，想起札拉的先生在進行DNA鑑定。「我不知道。」

「如果我們真的有血緣關係，那就太可惜了。」詹姆森又慢慢揚起嘴角，這一次笑得更深。「妳不覺得嗎？」

我跟霍桑家這幾個男孩到底是怎麼了？別再想他的笑容。別再看他的嘴唇。反正就是——停下來。

「我覺得你的家人已經多到你應付不來。」我雙臂交叉抱胸。「還有，你沒有你想的那麼圓滑。你想得到什麼？」

我從小到大數學都很強，邏輯能力也很好。他來我的房間跟我調情一定有原因。

「繼承人，再過不久，大家都會想從妳身上得到什麼。」詹姆森笑著說。「問題是，有多少人要的東西是妳願意給的？」

光是他的嗓音、他說話的方式，都讓我想往他身上靠過去。太扯了。

「不要叫我繼承人。」我回嘴。「如果你再用啞謎來回答我的問題，我就叫保全了。」

「這就是重點，謎樣的女孩。我不認為我在打啞謎，也不認為有這個必要。妳本身就是個謎，是我外公留下的最後一道謎題，一個遊戲。」

他目光熾熱，讓我不敢別開眼神。

「妳覺得莊園裡為什麼有這麼多祕密通道？為什麼有這麼多不能用來開鎖的鑰匙？我外公買的每張書桌都有祕密抽屜。家庭劇院裡有一架管風琴，只要彈奏特定的音符，就能打開一個隱藏抽屜。從我小時候到他去世的那晚，每個禮拜六早上，他都會要我們幾個兄弟坐下來，讓我們猜謎語、解謎題，或是挑戰不可能。然後他死了。然後……」詹姆森上前一步。

「妳來了。」

我。

「格雷森覺得妳很會操弄人心，我阿姨相信妳身上流著霍桑家的血，但我認為妳是我外公留下的最後一個謎語，一個待解的謎題。」他又往前一步。我們倆靠得更近了。「他選妳是有原因的，艾芙瑞。妳很特別，我猜他要我們——要我——找出原因。」

「我才不是什麼謎題。」我能感覺到頸部血管劇烈跳動。詹姆森現在離我好近，近到可以看見我的脈搏。

「妳當然是，」他回答。「每個人都是。別說妳沒試著摸透我們。格雷森、我，甚至是桑德。」

「這一切對你來說只是一場遊戲？」我伸手阻止他繼續往前走。他踏出最後一步，胸膛硬是貼上我的掌心。

「人生就是一場遊戲，艾芙瑞・葛蘭斯。我們這輩子唯一要決定的就是要不要贏。」他輕輕撥開披散在我臉上的髮絲。我猛地往後退。

「滾出去，」我低聲說。「這次走普通的門。」這一生，從來沒有人像他剛才那樣溫柔地撫觸我。

「妳生氣了。」

「我說了，想問什麼直接問。不要隨便跑來這裡說我有多特別，也不要碰我的臉。」

「妳是很特別，」他沒有再動手，但那令人怦然心醉的眼神始終沒有改變。「我想知道為什麼。為什麼是妳？艾芙瑞。」他退後一步，給我一點空間。「別說妳不想知道。」

我想。我當然想。

「我把這個放在這裡，」詹姆森舉起一個信封，小心地放在壁爐架上。「看完再告訴我這不是謎題，不是一場該贏的遊戲。」他拉動燭臺，壁爐後方的通道再次敞開。臨走前，他丟下一句充滿針對性的話。「艾芙瑞，他留給妳大筆財富，留給我們的，只有妳。」

第二十章

詹姆森消失在黑暗裡，通道再次關閉。

我站在那裡看了良久。這個房間只有這條祕密通道嗎？霍桑莊園機關重重，我怎麼有辦法確定周遭真的沒人？

我終於移動腳步，去拿詹姆森留在壁爐架上的信封，但我全身上下每一個細胞都不同意他說的話。

我只是個平凡的女孩，不是什麼謎題。

我把信封翻過來，發現上頭草草寫著詹姆森的名字。這是他在宣讀遺囑那天拿到的信。我還是不知道該對我的信作何感想，也不知道托比亞．霍桑為什麼要道歉。或許詹姆森的信能釐清些什麼。

我打開信封讀信。內容比我的長，卻也更讓人摸不著頭腦。

詹姆森，

明槍易躲，暗箭難防——真的嗎？權力使人腐化，絕對權力使人絕對腐化。金玉其外，也可能敗絮其中。世上無可避免的唯有死亡與納稅。承天之祐，吾得以倖免於難。別妄加論斷。

托比亞．塔特索爾．霍桑

到了隔天早上，我已經把詹姆森的信件內容背得滾瓜爛熟。那串文字聽起來像是好幾天沒睡的人寫的，字裡行間透著狂躁，喋喋不休地把一堆老掉牙的話湊在一起。然而，這些話語在我腦海中停留的時間愈長，我就愈覺得詹姆森可能是對的。

詹姆森的信，我的信……這些信箋一定有蹊蹺。背後也許藏著解答，或至少是線索。

我從特大號床鋪上滾下來，拔掉手機充電線，發現原本那支舊手機早就關機了。我猛按電源鍵，再加上一點運氣加持，總算成功將手機拐回來。我不知道該怎麼跟美心解釋過去二十四小時發生的事，但我真的需要找個人聊聊。

我需要有人逼我面對現實，進行反思。

螢幕上跳出一百多通未接來電和數不清的簡訊。我頓時明白愛麗莎為什麼要替我辦新手機。多年沒聯絡的人突然傳訊息給我，無視我一輩子的人開始刷存在感想引起我的注意。同事、同學，甚至是老師，其中有一半的人我完全不曉得他們是怎麼拿到我的電話號碼。我抓起新手機連上網路，發現電子信箱和社群帳號更慘。

我收到成千上萬則訊息，大多來自陌生人。有些人會認為我是灰姑娘，有些會認為我是瑪麗．安東妮。我的胃緊揪在一起。我放下兩支手機站起來，摀著嘴。早該料到會這樣。這件事不該這麼難應對，只是我還沒準備好。

怎麼可能有辦法準備好？

「艾芙瑞？」門外傳來一聲呼喚，是女性，而且不是莉比。

「愛麗莎？」我在開門前又確認一次。

「妳錯過早餐了。」那個聲音回答，乾脆、務實——絕對是愛麗莎。

我打開房門。

「勞夫林太太不知道妳喜歡吃什麼，所以每樣都做了一點。」愛麗莎說。一名我不認識、年紀大概二十出頭的女子端著托盤跟著她走進來，將早餐放在床頭櫃上，瞇著眼睛瞄了我一下，默默離開房間。

「我以為員工只有在必要時才會進房。」門一關上，我就轉向愛麗莎。

她長嘆一口氣。「那些老員工非常、非常忠心，現在莊園易主，許多人都很擔憂。剛才那個算是比較新的員工——」愛麗莎朝門口點點頭。「她是奈許的人。」

「奈許的人？什麼意思？」我瞇起眼睛。

「奈許有點像游牧民族。」提到奈許，愛麗莎並未失態，一如往常地沉著冷靜。「他來來去去，四處遊蕩，有時到某家破爛小酒館當一陣子調酒師，再像飛蛾撲火一樣地回來，而且通常會帶著一、兩個窮途末路的人。妳應該想像得到，霍桑莊園事務繁雜，而霍桑先生有個習慣，就是雇用奈許帶回來的那些失喪的靈魂。」

「那剛才那個女孩呢？」我又問。

「她來這裡大約一年了。」愛麗莎的語氣沒透露出什麼訊息。「她願意為奈許而死。他救過的大多數人都是。」

「她和奈許……」我不確定該怎麼說。「有什麼嗎？」

「沒有！」愛麗莎飛快回答，然後深呼吸，再度開口。「奈許絕不會跟某種程度上聽命於他的人發展私人關係。他有他的缺點，救世主情結就是其一，但他不是那種人。」

我無法繼續忽略那個大家避而不談的話題，決定打開天窗說亮話。「他是妳前男友。」

愛麗莎抬起下巴。「我們訂過婚。」她坦承。「當時我們很年輕，後來遇上一些問題。但我向妳保證，我作為妳的律師絕對沒有利益衝突。」

訂婚？要不是我努力撐住，我的下巴早就掉下來了。我的律師本來要跟霍桑家的長孫結婚，她居然覺得這不值得一提？

「若妳認為這樣比較妥當，」愛麗莎語氣生硬地說。「我可以安排事務所其他律師當妳的聯絡人。」

我強迫自己別再目瞪口呆看著她，試著理解當前的情況。愛麗莎非常專業，工作表現也很出色。此外，考量到她與奈許訂婚破局，她有理由不忠於霍桑一家。

「沒關係，」我說。「我不需要新的聯絡人。」

她泛起一絲微笑。「我擅自替妳辦了入學手續，進入高地中學就讀。」愛麗莎毫不留情地切換到公務模式，效率高到破表。「桑德和詹姆森都是該校學生，格雷森去年剛畢業。我希望妳能在新聞媒體瘋傳消息、渲染輿論前入學，稍微適應一下環境。不過，目前的問題不會就此消失，還是得面對。」她看了我一眼。「妳繼承了霍桑家的財產，卻不是霍桑家的人，這點一定會引起注意，即便在高地中學這種富家薈萃的地方亦然。」

富家，我暗自默想。有錢人究竟知道幾種詮釋「有錢」的方式啊？

「放心，一群私立預校學生我還應付得來。」其實我完全沒把握。

愛麗莎瞄到我的手機，隨即蹲下拿走舊的那支。「我會幫妳處理。」

她連看都不用看就知道出了什麼事，而且此刻情況依舊，因為手機的震動聲未曾間斷。

「等一下。」我拿走手機，無視不斷跳出的訊息，點開通訊錄找美心的電話號碼，加到新手機裡。

「我建議妳嚴格篩選聯絡人，新的號碼不要隨便外流。」愛麗莎提醒。「這種狀況還會持續好一陣子。」

「這種狀況。」我喃喃重複。媒體關注，陌生訊息，從不理我的人突然把我當成最好的朋友。

「高地中學的學生比較懂得理性判斷，」愛麗莎又說。「但妳還是要做好心理準備。聽起來很糟糕，不過金錢就是力量，而權力就是吸引力。妳已經不是兩天前的妳了。」

我原想開口爭辯，思緒卻飄回托比亞．霍桑寫給詹姆森的信。他的話語在我腦海中迴盪。權力使人腐化，絕對權力使人絕對腐化。

第二十一章

「妳讀了信。」詹姆森鑽進休旅車後座，坐在我旁邊。奧倫已經詳細介紹過車輛的安全措施。除了窗戶是顏色極深的防彈玻璃外，霍桑先生還有好幾部一模一樣的休旅車，需要時可作為誘餌使用。

顯然去上學不需要誘餌。

「桑德不搭車嗎？」奧倫坐在駕駛座，於照後鏡中迎上詹姆森的目光。

「禮拜五他有課外活動，」詹姆森回答。「都很早去學校。」

「有人一起搭車，妳可以嗎？」奧倫將鏡中的視線轉向我。

我能不能跟昨晚從壁爐走出來、跑進我房間的詹姆森．霍桑近距離相處？而他還摸了我的臉——

「沒關係。」我硬是把回憶壓下去。

奧倫轉動鑰匙，回頭瞄了一眼。

「她是重點保護對象，」他對詹姆森說：「若發生事故……」

「你會先救她。」詹姆森一隻腳放在中控臺上，斜著身子靠著門。「外公總說霍桑家的男人有九條命。我不可能一次耗掉五條以上。」

奧倫轉頭啟動引擎。車子駛出大門時，即便隔著防彈玻璃，我也能聽見外頭傳來微弱的呼喊。是狗仔隊。先前至少有十幾個人，現在暴增為原來的兩倍，說不定更多。

我沒有讓這件事盤據心頭太久。我將目光從記者身上移開，轉向詹姆森。「拿去。」我從包包裡拿出霍桑先生留給我的信。

「我讓妳看我的，」詹姆森用帶有挑逗意味的雙關語說：「妳讓我看妳的。」

「閉嘴，看就對了。」

他閱讀信箋。「就這樣？」

我點點頭。

「知道他為什麼要道歉嗎？」他又問。「妳過去有遇上什麼嚴重、不公平且無法釐清責任歸屬的事嗎？」

「只有一次。」我吞了一口口水，別開眼神。「我媽媽因為血型極為罕見，在器官移植名單上排得很後面。不過，除非你認為你外公該對此負責，不然他應該跟這件事無關。」

我不是無知，而是在諷刺。

「我們晚點再討論妳的信。」詹姆森禮貌地忽略我語調中透出的情緒暗示。「先來研究我的。我很好奇，妳怎麼看？」

我有種感覺，這是另一項考驗。一個讓我展現自我價值的機會。好，我接受挑戰。

「你的信是用諺語拼湊而成。」我直接切入重點。「『金玉其外，敗絮其中』，『權力使人腐化，絕對權力使人絕對腐化』，暗示金錢與權力很危險。至於第一句，『明槍易躲，暗箭難防──真的嗎？』背後的意思應該很明顯吧？」

托比亞．霍桑所謂的「明槍」指的是他的家人，即他認識的魔鬼；而我是「暗箭」，是他不認識的魔鬼。但若真是如此，為什麼是我？如果我們素昧平生，他又是怎麼挑上我的？射飛鏢？還是美心想像出來的電腦演算法？

如果我們根本不認識，他為什麼要道歉？

「繼續。」詹姆森催促。

我再次集中心神。「『世上無可避免的唯有死亡與納稅』，在我聽來，他好像知道自己來日無多。」

「我們根本不曉得他病了。」詹姆森喃喃低語。這句話似乎觸碰到他的傷心處。托比亞．霍桑顯然和我母親一樣擅長保密。也許他認識媽媽；以此為前提，我對他來說仍可能是個陌生人，是他不認識的魔鬼。

我能感覺詹姆森用一種彷彿能看穿人心的眼神凝視著我。

「『承天之祐，吾得以倖免於難』。」我繼續分析信件內容，一心只想快點解完。「意思是在不同的情況下，我們可能落得和別人一樣的下場。」

「一個富家公子可能會變成窮光蛋。」詹姆森把靠在中控臺上的腳放下來，雙眼直視著我。那對綠色眼眸深處的神態讓我緊張不安，全身高度警戒。「一個來自貧民區的女孩可能會變成……」

一個公主，一道謎題，一個繼承人，一場遊戲。

詹姆森揚起微笑。如果這是場測驗，我猜自己應該通過了。「表面上來看，」他開口。「這封信似乎在講述我們已經知道的事：我外公離世，將一切全數留給他不認識的魔鬼，從而扭轉了許多人的命運。為什麼？因為權力使人腐化，絕對權力使人絕對腐化。」

不管我怎麼試，就是無法把目光從他身上移開。

「那妳呢？繼承人。」詹姆森繼續說。「妳是清流嗎？所以他才把財產交給妳？」他嘴角上掛的不是微笑，我說不上來，只知道那抹神情充滿吸引力。「我很了解我外公，」他凝視著我。「書信背後一定還藏著其他含義。可能是文字遊戲、密碼，或是隱藏的訊息。總之不只如此。」

他把我的信還給我。我的眼神飄到信件末尾。「你外公在我信上的署名是字首縮寫。」我提出最後一個觀察到的細節。「但你的是他的全名。」

「這樣的話，」詹姆森輕聲說。「我們該如何解讀？」

我們。我和霍桑家的人什麼時候變成「我們」了？我得小心點才行。即便奧倫和愛麗莎再三保證，我還是應該和他們保持距離。但霍桑家族的確很特別，那群男孩也很特別。

「快到了。」奧倫說。如果他一直聽我們談話，那他藏得很好，絲毫沒有顯露出任何情緒。「我已經跟校方說明過情況，幾年前霍桑家的孩子入學時，我就和學校簽訂了安全協議。妳在這裡應該很安全，艾芙瑞，但無論如何千萬別離開校園。」車子駛過一道設有警衛的大門。「我會在附近隨時待命。」

我將注意力從兩封信轉移到高地中學。這是高中？窗外的景象讓我大為驚訝。這座校園看起來更像是大學學院或博物館，就是那種印在目錄上、所有學生都很漂亮又面帶微笑的場景。我忽然覺得身上的制服好彆扭，不太合適。我好像在玩角色扮演，把鍋子戴在頭上當太空人，或是口紅塗得滿臉，假裝自己是大明星。

以外界的眼光來看，我一夕之間成了名人，成了眾所矚目的焦點，成了追逐的目標。可是在這裡呢？那些從小家境優渥的人只會把我這樣的女孩視為騙子吧？

「我不喜歡讓人困惑，也不喜歡落跑……」休旅車緩緩停下，詹姆森早已握住車門把手。「不過這是妳來到高地中學的第一天，謎樣的女孩，還是別讓其他人看到妳我走太近比較好。」

第二十二章

頂著閃耀秀髮、身穿酒紅色制服外套的學生魚貫前進。詹姆森消失在人群裡，一眨眼就不見了。我依舊呆坐在車上動彈不得，連安全帶都沒解開。

「這只是學校，」奧倫說。「他們只是孩子。」

有錢人家的孩子。他們的家世背景可能從父母是腦神經外科名醫或王牌大律師起跳，他們口中的「大學」不是哈佛就是耶魯。而我，穿著格紋百褶裙和綴有海軍藍校徽的酒紅色外套，連徽章上繡的拉丁文都不會唸。

我拿出新手機傳訊息給美心。我是艾芙瑞。新號碼。打給我。

我又瞄了駕駛座一眼，逼自己握住車門把手。奧倫的工作不是呵護我，而是保護我，但顯然「保護我不要一下車就被人盯著看」不算。

「放學後你會來接我嗎？」我問道。

「我會在這裡等妳。」

我靜候幾秒，以免奧倫還有什麼事要說，接著打開車門。「謝謝你載我過來。」

沒有人盯著我看，也沒有人竊竊私語。事實上，走向主樓入口的雙拱廊時，我心裡湧起一股強烈的感覺——大家是故意不反應。不看，也不談，只是每走幾步就有人用眼神輕輕掠過，瞄我一下。

無論我望向誰，對方都會立刻別開目光。

我默默告訴自己，大家可能是想用平常心看待這件事，不想大驚小怪。這就是所謂的低調和謹慎。可是，我仍舊覺得自己好像踏進一座舞池，周遭的人都在跳複雜的華爾滋，移踏舞步繞著我旋轉，彷彿我根本不存在。

接近雙拱廊的時候，一個留著黑色長髮的女孩有如純種名駒甩掉蹩腳騎師，做出逆勢的舉動，不像其他人把我當空氣，反倒直直凝望著我，簇擁在她身旁的女孩也紛紛看過來。

走到她們那邊時，黑髮女孩從人群中上前迎向我。

「我叫席雅，」她笑著自我介紹。「妳一定就是艾芙瑞吧。」她的聲音如天籟一般悅耳，彷彿只要稍加努力，就能像迷人的海妖一樣讓水手失神，令航船觸礁沉沒。「我帶妳去校長室吧。」

「校長名叫麥高恩，擁有普林斯頓大學博士學位。她會讓妳在辦公室坐上至少半小時，高談機會和傳統。如果她有準備咖啡，別推辭，喝就對了。那是她自己焙炒的咖啡豆，好喝得要命。」席雅似乎很清楚大家都盯著我們看，也很享受旁人的目光。「麥高恩博士會替妳排課表，記得每天都要留點時間吃午餐。高地中學採用的是所謂的『組合課程』，六天為一個週期，但實際上每個禮拜只上五天課。每個週期都有三到五堂課，所以如果不小心安排，就有可能某兩天的課卡到午休，某兩天完全空堂。」

「好，」我頭昏腦脹，勉強擠出另外兩個字。「謝謝。」

「這裡的學生就像凱爾特神話中的仙子，」席雅輕描淡寫地說：「除非妳打算欠人情，否則不用道謝。」

我不曉得該如何回應，所以什麼也沒說。席雅似乎沒生氣。她帶我轉進一條長廊，兩側牆壁上掛著許多老舊的班級合照。她開口填補我們之間的靜默。「其實我們沒那麼壞，真的。應該說大部分的人都是啦。只要妳和我在一起，就絕對不會出事。」

這句話讓我不太舒服。「無論如何，我都不會出事。」

「當然。」席雅用強調的語氣說，感覺意有所指。一定是在講那筆遺產。她那雙深色明眸不停打量我的眼睛。「跟那群男孩同住，」她毫不掩飾，帶著笑容大方地研究我的反應。「一定很難受。」

「還好。」我回答。

「哦，親愛的。」她搖搖頭。「『好』這個字跟霍桑家完全沾不上邊。妳出現之前，他們既扭曲、破碎又一團混亂；妳離開之後，他們還是會一樣扭曲、破碎又一團混亂。」

離開。去哪裡？

我們來到長廊盡頭，校長室就在眼前。門應聲敞開，四個男孩成縱隊走出來，每個人身上都帶著滲血的傷，臉上掛著大大的笑容。桑德走在最後面。

他注意到我，還有我跟誰在一起。

「席雅。」他說。

她揚起一個過於甜美的微笑，舉起手輕碰他的臉。更具體地說，是輕碰他血淋淋的唇。

「桑德，看樣子你輸嘍。」

「機器人殊死戰俱樂部裡沒有輸家，」桑德擺出一副堅忍不拔的樣子。「只有贏家和機器人爆炸的人。」

我的思緒飄回托比亞．霍桑的辦公室，想起展示牆上琳瑯滿目的專利證章。桑德．霍桑究竟是什麼樣的天才啊？還有，他是不是少了一條眉毛？

「我只是帶艾芙瑞來校長室，」席雅自顧自地說，彷彿桑德剛才講的事不值一談。「教她一點在高地中學生存的訣竅。」

「真棒！」桑德說。「艾芙瑞，一向討人喜歡的席雅．卡利加斯有沒有碰巧提到她叔叔跟我阿姨結婚了？」

札拉的姓是「霍桑-卡利加斯」。

「聽說札拉和妳叔叔想方設法要讓遺囑失效。」桑德表面上在跟席雅說話，但我有種強烈的感覺，他其實是在警告我。

別相信席雅。

席雅姿態依舊，優雅地聳聳肩。「我不知道。」

第二十三章

「我替妳安排了美國研究與正念哲學課程。至於理化和數學，妳應該可以銜接之前的進度，繼續研讀有興趣的學科，前提是本校課業負擔不會太重的話。」麥高恩博士啜了一口咖啡。我也照做。

這杯咖啡就和席雅說的一樣香醇，讓我不禁好奇她講的其他話究竟有幾分真？跟那群男孩同住一定很難受。

妳出現之前，他們既扭曲、破碎又一團混亂；妳離開之後，他們還是會一樣扭曲、破碎又一團混亂。

「好了，」麥高恩博士再度開口（她堅持要用這個頭銜，不希望學生稱她校長）。「選修課方面，我建議妳可以選『意義賦形』。這門課的重點在於研究意義是如何透過藝術傳達給閱聽者，課程中包含許多公民參與活動，例如造訪當地博物館、藝術家、劇團、芭蕾舞團、歌劇院等等。有鑑於霍桑基金會一直以來對藝文界的支持，我相信妳一定會認為這門課……很有用。」

霍桑基金會？我差點脫口重複這句話。

「現在，關於剩下的課程安排，我想知道妳對未來有什麼想法。艾芙瑞，何為妳的熱情所在？」

先前對奧特曼校長說的話在舌尖蠢動。我對未來懷有憧憬，也一直以務實的態度來描繪藍圖。我想主修的科系能讓我找到一份穩定的工作，現在要做的就是堅持到底。與我之前就讀的學校相比，高地中學擁有更多資源，可以幫助我在標準化測驗中拿到優異的成績，盡可能獲得更多大學先修學分，這樣我就能於三年內完成大學學業，不必讀到四年。只要好好把握機會、處理得當，就算札拉和她的先生找到辦法宣告遺囑無效，我還是能從中獲益。

然而，麥高恩博士問的不只是我的計畫，還有我的熱情所在。即便霍桑家族成功讓遺囑作廢，我應該也能拿到一筆可觀的金額。他們願意付多少錢要我離開？就算再不濟，我也可以把這段故事賣給媒體，報酬拿來支付大學學費綽綽有餘。

「旅行，」我不假思索地回答。「我一直很想去旅行。」

「為什麼？」麥高恩博士看著我。「妳為什麼想遊歷異地？是受藝術、歷史，或當地人民與文化的吸引？抑或是想探索大自然的壯麗？想看看群山和懸崖、大海和參天的紅杉，以及蓊鬱的雨林——」

「對，」我激動地說。不知道為什麼，淚水刺痛了我的眼睛。「全部。全部都想。」

「我會給妳一份選修清單。」麥高恩博士握住我的手柔聲答應。「據我所知，由於妳目前處於特殊情況，無法在明年出國留學，但我們有一些很棒的國際計畫，妳可以考慮之後再去，甚至是延畢。」

若一週前有人說，我可能會因為某種誘因想在高中待久一點，哪怕只多一分鐘，我都會認為他們痴心妄想。不過高地中學不是一般的學校。

我生活中的一切，都變得很不一般。

第二十四章

美心大約中午左右打電話來。高地中學採組合課程式教學，課與課之間不時會有空堂，這段時間學生可以自由運用。我可以在走廊上漫步，也可以在舞蹈教室、暗房或體育館裡消磨時光。也就是說，午餐時間由我自己決定。所以美心打來時，我直接躲進一間空教室講電話，沒有人阻止我，也沒有人在乎。

「這個地方根本就是天堂，」我告訴美心。「真的，天堂。」

「妳說莊園喔？」

「不是，是學校。」我用氣音說。「妳真該看看我的課表。還有課程！」

「艾芙瑞，」美心的口氣很嚴厲。「據我所知，妳繼承了數百億美元的遺產，妳卻只想聊妳的新學校？」

我有很多事想跟她聊。「詹姆森．霍桑給我看他外公留給他的信，內容超瘋，而且像謎語拐彎抹角，讓人滿頭問號。詹姆森很確定我就跟那些文字一樣，是個待解的謎團。」

「我正在看詹姆森．霍桑的照片。」我聽見背景傳來沖水的聲音，美心一定是躲在學校廁所跟我講電話，而且那間學校嚴格控管學生的自由時間，不像高地中學這麼寬鬆。「我必須說，他可以上。」

我想了一下才聽懂。「美心！」

「反正我只是說說而已嘛。他看起來很會，技巧應該很好。我敢肯定，他就算遠距離也能上。」

「我已經不知道妳在講什麼了。」

「我也不知道！」我幾乎能聽見她咧嘴大笑。「我該掛電話了，午休時間很短。我爸媽嚇壞了，現在這種時候不太適合蹺課。」

「嚇壞了？」我皺起眉頭。「為什麼？」

「艾芙瑞，妳知道我接到多少通電話嗎？還有記者直接殺到我們家。我媽威脅說要關閉我的社群帳號、電子信箱……通通封鎖。」

我從沒想過我和美心的友誼是公開資訊，但也絕不是什麼祕密。

「記者想採訪妳，」我試著理解、消化一切。「問妳我的事。」

「妳有看到新聞嗎？」

我吞了一口口水。「沒有。」

美心頓了一下。「那個……還是不要看比較好。」這個建議很有說服力。「這件事實在太大條了。艾芙瑞，妳還好嗎？」

「我很好。」我吹開落在臉上的髮絲。「我的律師和保全主任向我保證，蓄意謀殺的可能性很小。」

「妳居然有保鑣！」美心的語氣滿是敬畏。「馬的，妳現在的人生太酷了吧！」

「順便跟妳說一下，還有討厭我的員工和傭人。那棟房子真的很扯。這一家人也是！美心，那幾個兄弟擁有好多專利和世界紀錄證書，而且——」

「我正在看他們的照片，」美心說。「這群昏蛋會不會太帥？」

「昏蛋？」

「還是混丹？」她換個說法。

我從鼻子裡噴出笑聲。跟她講電話，我才意識到自己有多需要她。

「對不起，艾芙瑞，我該走了。傳簡訊給我，不過——」

「要注意用詞。」我接話。

「還有，買點好東西犒賞自己。」

「比方說？」

「我會列張清單給妳。」她保證。「愛妳，三八。」

「我也愛妳，美心。」她掛斷電話。我讓手機貼在耳畔一、兩秒。真希望妳在這裡。

我終於找到學生餐廳，裡面大概有二十幾個人在用餐。席雅也在。她用腳從桌旁推了一張椅子過來。

她是札拉的姪女，我默默提醒自己。而且札拉想把我趕走。儘管如此，我還是坐下了。

「如果我早上表現得有點強勢，在此跟妳說聲抱歉。」席雅瞥了同桌其他女孩一眼，她們都和她一樣光鮮亮麗。「我只是想知道妳的看法。」

我很清楚她在套我的話，卻還是忍不住想問。「什麼看法？」

「對霍桑兄弟的看法。每個男生都想變成他們，每個喜歡男生的人都想跟他們約會。他們的外貌，他們的舉止……」席雅停頓了一下。「光是和霍桑家的人走在一起，別人看你的眼神都會不一樣。」

「之前我和桑德會一起唸書。」另一個女孩說。「我是說那件事發生之前……」她的聲音愈來愈小。

什麼事？我聽不懂，而且是最關鍵的地方聽不懂。

「霍桑家的人有種魔力，」席雅露出奇怪的表情。「只要在他們附近，就會覺得自己也有魔力。」

「所向無敵。」另一個人插話。

我想起詹姆森。初見那天，他從二樓陽臺跳下來；格雷森坐在奧特曼校長的辦公桌前，揚起一邊眉毛把他趕出去；還有身高一九〇的桑德，臉上掛著燦爛的笑容，帶著淌血的傷口聊機器人爆炸的事。

「他們跟妳想的不一樣，」席雅告訴我。「我可不想和霍桑家的人住在一起。」

她是不是想激怒我？如果搬出霍桑莊園，我就會喪失繼承權。她知道這件事嗎？是她叔叔要她這麼做的嗎？

今天來上學前，我還以為自己會被當成垃圾對待。學校裡的女生對霍桑兄弟占有慾強，或是全校無論男女都站在他們那邊，因而對我滿懷憎恨，我都不意外。可是這個……完全是另外一回事。

「我該走了。」我站起身，席雅也站起來。

「要怎麼想我隨便妳，」她說。「但這間學校上一個和霍桑兄弟糾纏不清的女孩，上一個長時間待在那座莊園的女孩……她死了。」

第二十五章

我硬是吞下嘴裡的食物，匆匆離開學生餐廳，不知道下節課前要躲在哪裡，也不知道席雅是不是在說謊。

上一個長時間待在那座莊園的女孩？我的大腦反覆播放這些字句。她死了。

我沿著走廊前進。正當我準備轉進另一條走廊時，桑德忽然從附近的實驗室冒出來，手上還拿著一個看起來像機械龍的東西。

我滿腦子都是席雅剛才說的話。

「妳看起來閒到可以操控機械龍。拿去。」桑德把龍塞到我手裡。

「怎麼用？」

「取決於妳對眉毛的依戀程度。」桑德將僅剩的那條眉毛抬得老高。

我努力想擠出回應，卻什麼也說不出來。上一個長時間待在那座莊園的女孩？她死了。

「妳餓了嗎？」桑德又問。「食堂在後面那裡。」

我不想讓席雅贏，同時又很提防他，提防跟霍桑家有關的人事物。「食堂？」我重複一遍，試著讓聲音聽起來正常。

「就是預校語的『餐廳』。」桑德咧嘴一笑。

「『預校』不是一種語言好嗎？」

「再來妳就要說法文不是語言了。」桑德拍拍機械龍的頭。龍打了一個嗝，嘴裡冒出一縷白煙。

他們跟妳想的不一樣。我能聽見席雅的警告在我耳邊迴盪。

「妳沒事吧？」桑德啪啪地拗折指關節。「席雅惹妳不開心，對嗎？」

我趁機械龍還沒爆炸前還給他。「我不想談席雅的事。」

「剛好，」桑德說：「我討厭談席雅的事。要不要聊一下妳和詹姆森昨晚的小祕密？用法語說就是你們的 tête-à-tête？」

他知道他哥哥跑來我房間。「那才不是什麼 tête-à-tête。」

「看來妳不喜歡法文喔。」桑德盯著我。「詹姆森讓妳看他的信，對不對？」

我不知道這件事該不該保密。「詹姆森認為裡面有線索。」我回答。

桑德沉默了一會兒，往餐廳的反方向點點頭。「跟我來。」

我要麼跟著他，要麼自己找間空教室打發時間。我選擇前者。

「我以前常輸。」桑德在我們走過轉角時突然拋出一句。「每個禮拜六早上，我外公都會設計關卡給我們玩，我老是輸。」我不知道他為什麼要告訴我這些。「我是年紀最小、最不好勝的那個，也最容易因為司康或複雜的機械裝置而分心。」

「但是……」我提示。可以從他的語氣中聽出接下來有個「但是」。

「但是，」桑德接話。「在哥哥爭得你死我活、衝向終點線的時候，我大方地把司康分給外公吃。他非常健談，是個有很多故事、充滿事實與矛盾的人。妳想聽一個嗎？」

「矛盾嗎？」

「不，事實。」桑德扭動一邊眉毛（他現在也只有一邊眉毛）。「他沒有中間名。」

「什麼？」

「我外公打從出生就叫托比亞・霍桑，」桑德說。「沒有中間名。」

不曉得桑德信上的署名和詹姆森的一不一樣？托比亞・塔特索爾・霍桑。他在我的信上簽的是字首縮寫，有三個字母。

「如果我想看你的信，你會讓我看嗎？」我問桑德。他說他在外公的遊戲中常常吊車尾，不表示他沒參與當前這場遊戲。

「那有什麼好玩的？」桑德帶我來到一扇厚實的木門前。「妳可以待在這裡，不會被席雅發現。有些地方就連她也不敢去。」

我透過門上的玻璃窗格往裡頭瞄了一眼。「圖書館？」

「是檔案館。」桑德嚴厲地糾正。「就是預校語的『圖書館』。如果沒課時想獨處，這個地方還不賴。」

我有點猶豫地推開門。「你要來嗎？」

「沒辦法。」他閉上雙眼，沒多解釋便離開了。

我依舊甩不掉那種「不清楚某事」的感覺。

也許不是某事，而是很多事。

上一個長時間待在那座莊園的女孩？她死了。

第二十六章

這座檔案館看起來比較像大學圖書館，而非高中圖書館。館內有許多拱廊和彩繪玻璃，數不清的書架上擺滿各類書籍；正中央有十幾張充滿藝術感的長方形書桌，桌面上嵌著閱讀燈，桌側還設有大型放大鏡。

只有一張桌子有人，其他都是空的。一個女孩背對著我坐在桌前，髮色深紅，大概是我這輩子見過最濃豔的紅髮。我坐在離她幾張桌子遠的地方，面對大門。圖書館裡一片寂靜，只有那個女孩翻閱書頁的聲音。

我從包包裡拿出我和詹姆森的信。**塔特索爾**。我用手指劃過托比亞・霍桑在詹姆森信上簽的中間名，再看看我那封信上潦草的字首縮寫。筆跡一致。

我覺得有件事懸在心頭，過了好一段時間才想透。他在遺囑裡也用了中間名，會不會這就是陷阱，能讓遺囑條款宣告無效？

我傳簡訊給愛麗莎，立刻得到回覆：**幾年前合法改名。放心。**

桑德說他的外公打從出生就叫托比亞・霍桑，沒有中間名。為什麼要告訴我這些？霍桑家的人都好難懂，感覺花上一輩子也無法參透。我拿起書桌上大如掌心的放大鏡，將兩封信並排在一起，打開桌上的燈。

太讚了吧！私立學校加一分。

信紙厚到光線無法穿透，但有了放大鏡輔助，文字整整大了十倍。我微調角度，聚焦在詹姆森信上的署名。現在我可以從托比亞．霍桑的筆跡中看到先前看不到的細節。他的r有個小鉤，大寫字母T不對稱，中間名中還有個明顯的空格，是其他字母間隔的兩倍。放大之後，這個空格似乎把名字切分開來，變成兩個單字。

嚴重毀壞（tatters）、全部（all）。難道是暗示他要讓全家人徹底破產？我默默在心裡大叫。這可是一大進展，但感覺不太對勁，畢竟詹姆森很確定書信內容另有深意，桑德也特地告訴我，他外公其實沒有中間名。若托比亞．霍桑生前循法律途徑更名，加上「塔特索爾」（Tattersall），表示這個名字應該是他自己選的。這個舉動究竟隱含了什麼目的？

我抬起頭，赫然想起圖書館裡還有別人，但那個紅髮女孩已經不見了。我又傳簡訊給愛麗莎：他是什麼時候改名的？

托比亞．霍桑改名的時間點是否和他決定將一切留給我，讓家人深陷（億萬富翁版的）破產危機相符？

過沒多久，我收到一則簡訊，但不是愛麗莎傳來的，是詹姆森。我不懂他怎麼會有我的電話號碼，之前舊的那支也一樣。

我現在明白了，謎樣的女孩。妳呢？

我立刻環顧四周，覺得詹姆森搞不好在側樓望著我。但種種跡象顯示，目前圖書館裡只有我一個人。

中間名嗎？我回傳。

不是。他迅速回覆，隨即又跳出一條訊息。是簽名。

我轉向詹姆森的信，仔細察看末尾。簽名上方還有一句話：別妄加論斷。

別批判這位霍桑家的大家長臨終前仍對至親隱瞞病情？別批判他死後仍在跟生者玩遊戲？別批判他就這樣突然切斷兒孫的金援與資源？

我回頭看詹姆森的簡訊，再把那封信從頭到尾讀了一遍。明槍易躲，暗箭難防——真的嗎？權力使人腐化，絕對權力使人絕對腐化。金玉其外，也可能敗絮其中。世上無可避免的唯有死亡與納稅。承天之祐，吾得以倖免於難。

我換位思考，想像自己是詹姆森，拿到外公留下的信，亟欲從中尋求解答，卻只看到一堆陳腔濫調。我靈光一現，再次檢視簽名。詹姆森認為字裡行間藏著文字遊戲或密碼。除了人名，信中每一句話都是諺語或據其略加改寫後的文句。

只有一行例外。

別妄加論斷。之前英文老師教諺語時我大多沒在聽，只能想到一句跟這有關的俗語，就是「人不可貌相」（don’t judge a book by its cover），即凡事不能只看表面。「人不可貌相」的英文字面意思是「別光憑封面來評斷一本書」，這句話對你有什麼意義嗎？我問詹姆森。

他立刻秒回。很好，繼承人。螢幕上又跳出一則訊息：意義可大了。

第二十七章

「說不定這些都是我們自己無中生有，憑空想像出來的。」幾個小時後，我和詹姆森站在霍桑莊園的藏書室裡，抬頭望著四周高約六公尺的書架。各式各樣的書籍從地上一路堆疊，直達天花板。

「在霍桑家，無論是與生俱來還是後天製造，都有個中奧妙。」詹姆森像個玩跳繩的孩子，用唱歌般的節奏回答，但他從書架往下俯視著我時，表情一點也不孩子氣。「霍桑莊園裡的每樣事物都很不平凡。」

每樣事物，我默默心想。還有每一個人。

「妳知道我外公用謎題把我引來藏書室多少次嗎？」詹姆森慢慢轉一圈。「他現在大概在墳墓裡滾來滾去，氣我居然花了這麼多時間才想到要來這裡。」

「我們在找什麼？」我問道。

「妳覺得我們在找什麼？繼承人。」詹姆森講話的方式總讓人覺得他不是在下請帖，就是下戰帖。

抑或兩者皆是。

專心。我告訴自己。我來這裡，是因為跟他一樣想找到答案。「如果線索是書的封面……」我一邊說，一邊在腦海中反覆思考這個謎語。「我猜我們在找某本書，也可能是書封，或是一本內容與封面不符的書？」

「內容與封面不符的書？」從詹姆森的表情看不出他對這個回答有何看法。

「也許我搞錯了。」

「每個人都有失常的時候。」詹姆森動一下嘴唇。那不是微笑，也不是冷笑。

這是邀請，也是挑戰。我不想表現「失常」，尤其是在他面前。我的身體愈早記住這一點愈好。我移動身體慢慢轉一圈，環顧藏書室。高約兩層樓的書籍將我們團團包圍，光是抬頭看書架，就讓人覺得自己有如站在大峽谷邊緣。「這裡一定有好幾千，甚至好幾萬本書。」藏書室這麼大，書架這麼高，要在茫茫書海中找一本內容與封面不符的書……

「可能要花好幾個小時。」我說。

「別傻了，繼承人，」這一次，詹姆森露齒而笑。「要花好幾天呢。」

我們倆默默尋找，連晚餐也沒吃。每當發現自己拿的是初版書，我都難掩激動，一股興奮如電流竄過體內。我一本一本小心翻閱，不時會看到書上有作者簽名。恐懼大師史蒂芬·

金、《哈利波特》系列作者J・K・羅琳、諾貝爾文學獎得主童妮・莫里森……我滿懷敬畏地望著手中的書，好幾次都停下動作。終於，我好不容易克制情緒，繼續展開尋書任務。我忘了時間，忘了一切，只是一直重複同樣的節奏：把書從架上拿下來，取下書封，套上書封，再把書放回去。我能聽見詹姆森的動靜，也能感覺到他就在這裡；我和他在各自的書架間穿梭，彼此愈來愈靠近。他負責找上層，我負責看下層。最後我抬頭一望，發現他就在我正上方。

「要是浪費時間白忙一場怎麼辦？」我的疑問在藏書室裡迴盪。

「時間就是金錢，繼承人。妳有很多能浪費。」

「不要再那樣叫我了。」

「我總得想個稱呼吧。妳似乎不太喜歡『謎樣的女孩』或『謎女』。」

我很想跟他說我都沒幫他亂取綽號。自從踏進藏書室後，我就沒喊過他的名字。但不知怎的，我沒有回嘴，只是仰頭看著他，嘴裡冒出一個截然不同的問題。

「你今天在車上說『別讓其他人看到妳我走太近比較好』是什麼意思？」

我聽到他把書從架子上拿下來，取下書封，套上書封，一而再、再而三，過了好一陣子才回答我。「今天是妳就讀高地中學，進入這所高級教育機構的第一天，」他說。「妳覺得我是什麼意思？」

他老是這樣用問題來回答問題，老是想扭轉一切。

「別跟我說，」詹姆森的呢喃從上方傳來。「妳沒聽見任何耳語。」

我僵在原地，想著今天聽到的事。「我認識了一個女孩。」我強迫自己繼續工作，把書拿下來，取下書封，套上書封，再把書放好。「席雅。」

「席雅才不是女孩。」詹姆森不屑地哼了一聲。「她是包在颶風裡的旋風，最外面還鍍了一層鋼鐵，全校女生都把她奉為圭臬。也就是說，過去一年，我是她們眼中的『不受歡迎人物』。」他停頓了一下。「席雅跟妳說了什麼？」假如我看著詹姆森的臉，他那聽來淡漠的嗓音可能會讓我以為他不在乎，但在看不到表情的情況下，我聽得出他語調中潛藏的情感。他很在意這件事。

我突然好後悔，好希望自己沒有提起席雅。說不定她的用意就是要挑撥離間。

「艾芙瑞？」

詹姆森直接叫我的名字。他不僅想要，也需要一個答案。

「席雅一直在講莊園的事。」我決定謹慎回答。「聊我住在這裡的感受，」這倒是真的，或應該說真實性很高。「還有你們一家人。」

「若一個人用話術來掩蓋事實，」詹姆森態度高傲地說。「即便她所言嚴格來說為真，應該仍算是謊言吧？」

他想知道真相。

「席雅說，有個女孩死了。」我講這句話的速度就像瞬間撕掉ＯＫ繃一樣，快到根本聽不清楚。

詹姆森找書的節奏慢了下來。我默數五秒後他才開口。「她的名字叫艾蜜莉。」

雖然我不清楚自己為什麼知道，但我就是知道——要是我能看到他的臉，詹姆森一定不會這麼說。

「她的名字叫艾蜜莉，」他又重複一次。「她不只是個女孩。」

我倒抽一口氣，差點無法呼吸，只能強迫自己冷靜下來繼續找書。我不想讓他知道他的語氣透露出多少訊息。艾蜜莉對他來說很重要，而且至今未曾改變。

「對不起，」我為提起這件事感到抱歉，也為她不在人世感到遺憾。「今天先這樣吧。」已經很晚了，我怕自己說出一些可能會後悔的話。

上方找書的節奏戛然而止，隨後響起走向鍛鐵螺旋梯，拾級而下的腳步聲。「明天同一時間？」詹姆森站在我和門口中間說。

我突然覺得自己應該閃躲那雙墨綠色眼睛，避免和他四目相交。「進度還不錯，」我故作輕鬆地走向門口。「就算找不到比較快的方法，應該也能在一週內看完所有書架。」

就在我從他旁邊經過時，他傾身靠向我，輕聲說：「別恨我。」

我為什麼要恨你？我能感覺到脈搏在頸間跳動。是因為他剛才說的話，還是因為他離我太近了？

「我們不太可能在一週內完成。」

「為什麼？」我看著他，完全忘了要避開眼神接觸。

他的唇湊到我耳邊。「這不是霍桑莊園唯一的藏書室。」

第二十八章

莊園裡到底有幾間藏書室啊？我離開時滿腦子都在想這件事，而非詹姆森的身體貼著我的感覺，或者席雅說的是實話，真的有個女孩死了。

艾蜜莉。我試著驅散內心的低語，但沒成功。她的名字叫艾蜜莉。我來到主樓梯前，猶豫了一下。如果現在回側廳睡覺，我只會在床上輾轉反側，一遍又一遍重播我和詹姆森的對話。我回頭瞄了一眼，想看詹姆森有沒有跟來，結果卻看到奧倫的身影。

他跟我說過，也認為我在這裡很安全，可是他仍隨時守候左右，而且來無影去無蹤，只有在他想被人看到時才會出現。

「要回去睡覺了嗎？」奧倫問我。

「還沒。」我無法入眠，甚至無法闔眼，所以我決定到處晃晃，探索這棟房子。我沿著一條長廊往前走，來到家庭劇院。不是電影院，比較類似歌劇院。周圍的牆漆成金色，紅色天鵝絨簾幕遮住了應該是舞臺的地方。觀眾席座位為階梯式設計，天花板呈優美的弧形。我輕撥開關，數百盞小燈瞬間點亮了那道弧線。

我想起麥高恩博士提到霍桑基金會對藝文界的貢獻。

另一個房間裡擺滿了各式各樣的樂器，應該有好幾十種。我彎腰察看一把小提琴，琴弦一邊刻著一個S，另一邊則刻著其鏡像文字。

「那是義大利製琴名師史特拉底瓦里的作品。」一個語帶威脅的聲音傳來。

我飛快轉身，發現格雷森站在門口。不曉得他是不是在跟蹤我們，又跟了多久。他緊盯著我，黑色瞳孔周圍襯著冰灰色虹膜，看起來深不可測。「妳應該小心點，葛蘭斯小姐。」

「我不會弄壞的。」我邊說邊從小提琴旁退開。

「妳應該小心點，」他再次重申，嗓音溫柔而致命。「別跟詹姆森走太近。我弟最不需要的就是妳和這些亂七八糟的破事。」

我瞄了奧倫一眼。他臉上毫無表情，彷彿聽不見我們的聲音。他的工作是保護我，不是偷聽，況且他也不認為格雷森是個威脅。

「破事是指我嗎？」我反擊。「還是你外公的遺囑條款？」打亂他們生活的人不是我，但我在這裡，托比亞．霍桑不在。從邏輯上來說，我知道自己最好閃遠一點，避免與格雷森正面衝突，反正這棟房子大得很。

可是此刻離他這麼近，一點也不覺得房子夠大。

「我母親關在房裡好幾天足不出戶，」格雷森直直凝視著我，看進我眼底。「桑德今天差點把自己炸死，詹姆森只要再一個壞念頭就會毀掉自己的人生。我們一踏出大門，媒體就窮追不捨。光是他們對莊園造成的破壞……」

別回嘴，走開就好，不要跟他吵。「你以為這對我來說很輕鬆？」我火大地反問。「你以為我想被狗仔隊跟蹤？」

「妳想要錢，」格雷森垂下眼睛俯視著我。「妳從小那樣長大，怎麼會不想要錢？」他帶著滿滿的優越感，一副施捨恩惠給我的跩態。「講得好像你不想要錢一樣。」我反唇相譏。「什麼叫從小那樣長大？對，我不是衣食無缺、什麼都有，但是——」

「妳不知道，」格雷森低聲說。「像妳這樣的女孩，完全輸在起跑點。」

「你根本不了解我。」我打斷他，憤怒在我的血液裡奔流。

「我會的，」他保證。「我很快就會摸清妳的底細。」我全身上下每一個細胞都很清楚，他說到做到。「目前我獲得資金的管道或許有限，但霍桑這個姓氏還是有其價值，一定會有人爭先恐後，搶著幫助霍桑家的人。」他沒有移動，沒有眨眼，也沒做出任何帶有攻擊性的動作，但他很清楚，自己掌握的權力正一點一滴流失。「無論妳隱瞞了什麼，每一個祕密、每一個不堪，都會被我挖出來。不出幾天，我就會拿到一份鉅細靡遺的身家檔案，妳的姐姐、妳的父親、妳的母親——」

「別把我媽扯進來。」我的胸口一緊，覺得呼吸困難。

「離我的家人遠一點，葛蘭斯小姐。」格雷森硬是從我旁邊擠過去，顯然在下逐客令。

「不然你想怎樣？」我對著他的背影大喊，宛如被無以名狀的東西附身般繼續說。「讓我落得和艾蜜莉一樣的下場？」

格雷森猛地停下腳步，全身肌肉倏然繃緊。「不准妳說她的名字。」他的肢體語言盈滿怒火，聲音聽起來卻好像快崩潰了，好像我把他的五臟六腑全都掏空一樣。

不只詹姆森。我的嘴巴好乾。艾蜜莉不只對詹姆森來說很重要。

這時，我感覺到有隻手搭在我肩上。是奧倫。他的表情非常溫和，但很明顯，他要我別再說了。

「妳在這棟房子裡撐不過一個月，」格雷森設法恢復片刻鎮靜，如皇室頒布法令般做出預言。「事實上，我敢打賭，妳一週內就會離開。」

第二十九章

我回到房間後不久，莉比就抱著一堆電子產品進來。「愛麗莎說我應該幫妳買些東西。她說妳什麼都沒買。」

「我沒時間。」我筋疲力盡，不知所措，無法集中精神思考、釐清搬進霍桑莊園以來發生的一切。

包含艾蜜莉的事。

「算妳幸運，我什麼都沒有，有的是時間。」莉比聽起來不是很高興，但我還來不及追問，她就開始一樣一樣地把東西放在我桌上。「新筆電、平板電腦，還有電子書閱讀器，裡面已經下載了很多羅曼史，需要逃避現實的話可以用。」

「看看這個地方，」我說。「我目前的生活就是在逃避現實啊。」

莉比笑了起來。「哎，妳有去過健身房嗎？」她的聲音流露出一絲敬畏，顯然她已經去過了。「還有廚師的廚房？」

「還沒。」我的目光突然轉向壁爐，同時豎起耳朵聆聽，想著不曉得後面有沒有人？妳在這棟房子裡撐不過一個月。我不認為格雷森是在威脅我的人身安全，再說，奧倫的反應也不像是我有生命危險，但我體內依舊竄起一陣顫慄。

「艾芙瑞？我有東西要給妳看。」莉比打開新平板。「這只是影片，如果妳想大吼大叫也沒關係。」

「我幹嘛要——」一看到她點開的影片，我立刻打住。那是德瑞克受訪的畫面。他站在記者旁邊，頭髮梳理得服服貼貼，看來這場採訪是預先安排好的。上頭的說明文字寫著：葛蘭斯家族友人。

「艾芙瑞一直都很邊緣，總是獨來獨往，」德瑞克在螢幕上說。「她沒什麼朋友。」

我有美心，這樣就夠了。

「我不是說她是壞人，我想她只是渴望得到關注。她想成為名人。像她那樣的女孩，一個有錢的老人……」他的聲音愈來愈小。「一定有戀父情結之類的問題。」

莉比關掉影片。

「我可以看完嗎？」我火大地指著平板，說不定連眼神都充滿殺氣。

「最糟糕的片段已經結束了，」莉比保證。「妳想大吼一下發洩情緒嗎？」

就算要吼也不是對妳。我滑著平板瀏覽相關影片，映入眼簾的全是跟我有關的評論和採訪片段。有以前的同學、同事，還有莉比的媽媽。我快速滑過那些影音畫面，唯有一則實在無法忽略。上頭的說明文字很簡單：絲凱・霍桑與札拉・霍桑－卡利加斯。

她們倆站在講臺後方，似乎在開記者會。格雷森不是說他母親已經好幾天沒離開過房間了嗎？

「我們的父親是個很了不起的人，」札拉神情堅忍，頭髮在微風中輕飄顫動。「他是獨創一格、領導革新的企業家，世代絕無僅有的慈善家，更是一個重視家庭大於一切的人。」她握住絲凱的手。「我們哀悼之時，請放心，他的畢生心血不會隨他辭世就此消亡。霍桑基金會仍會持續運作，我父親的投資計畫短時間內不會有任何異動。由於當前的情況牽涉到複雜的法律細節，在此不便說明，但我可以向各位保證，我們正在和有關當局、老人虐待專家及醫療與法律團隊合作，試圖釐清真相。」她轉向絲凱。絲凱眼裡盈滿淚水，生動如畫、完美無瑕，充滿戲劇張力。「家父是我們的英雄，」札拉繼續說：「我們絕不會讓他成為受害者，讓他的死蒙上一層陰影。為此，我們要在媒體前公開基因檢測結果。這份報告證明了事實與八卦小報的誹謗報導、無端臆測和影射相反。艾芙瑞・葛蘭斯並非家父不忠的結果。他這一生始終忠於婚姻，忠於他心愛的妻子，我們的母親。我們一家都和各位一樣，對近期發生的事感到不解，但基因不會說謊。無論這個女孩是什麼人，都不是霍桑家的一分子。」

影片在此中斷。我驚愕地望著螢幕，說不出話來，腦中響起格雷森拋出的最後一句話。我敢打賭，妳一週內就會離開。

「老人虐待專家？」莉比激動大叫。

「以及有關當局，」我補上一句。「還有醫療團隊。雖然她沒有直接點明他們在調查我是否詐騙一位失智老人，但絕對是在暗示。」

「她不能這麼做！」莉比氣炸了，瞬間變身成一顆綁著藍色馬尾、打扮走哥德風的大火球。「她不能想說什麼就說什麼！打給愛麗莎！妳不是有律師團隊嗎？」

此刻的我只有頭痛而已。老實說，我完全不意外。這麼大筆遺產，他們不會就這樣拱手讓人。奧倫警告過我，那幾個女人會把我告上法院。

「我明天再打給愛麗莎，」我告訴莉比。「現在，我要上床睡覺了。」

第三十章

「他們在法律上站不住腳。」

我早上不必打電話給愛麗莎。她自己先來找我。

「放心，我們會處理。我父親晚點會跟札拉和康斯坦汀見面。」

「康斯坦汀？」

「札拉的先生。」

席雅的叔叔。我暗自心想。

「他們很清楚，企圖推翻遺囑會讓他們損失慘重。札拉欠了一大筆錢，若她執意提告，就無法獲得原有的份額，清償這些債務。不過，今天我父親會清楚告知札拉和康斯坦汀，因為他們並不知道，即便法官裁定霍桑先生生前立的最後一份遺囑無效，他的遺產也須依據先前立的遺囑來分配，屆時霍桑一家拿到的份額會更少。」

一個又一個陷阱。我腦中突然冒出詹姆森於遺囑宣讀完畢後說的話，接著又想起我和桑德邊吃司康邊聊到的事。就算妳自以為在耍手段操控我外公，相信我，妳才是被他操控的那個。

「霍桑先生是什麼時候立下舊遺囑的？」我問道。不曉得那份遺囑是不是為了鞏固新遺囑的效力。

「二十年前的八月，」愛麗莎的回答排除了這個可能性。「遺產全數捐給慈善機構。」

「二十年前？」那時霍桑四兄弟中只有奈許出生。「他早在二十年前就剝奪了女兒的繼承權，卻從來沒告訴她們？」

「顯然如此。另外，回答妳昨天的問題——」愛麗莎做事真的很有效率。「根據事務所的紀錄，霍桑先生於二十年前的八月底合法改名。在此之前，他沒有中間名。」

托比亞．霍桑在剝奪家人繼承權的同時替自己取了一個中間名。塔特索爾。全數毀壞。考慮到詹姆森和桑德告訴我的一切，此舉似乎藏有什麼訊息。重點不是將遺產留給我或捐給慈善機構。

而是剝奪家人的繼承權。

「二十年前的八月到底發生了什麼事？」我又問。

愛麗莎似乎在衡量該如何回應。我瞇起眼睛。不曉得她內心深處是否仍對奈許、對霍桑家族懷有一絲忠誠。

「那年夏天，霍桑先生和他的妻子失去了他們的兒子。他叫托比，當時十九歲，是家中的么子。」愛麗莎停頓了一下，再度開口。「托比帶了幾個朋友去爸媽的度假小屋玩，結果發生火災。托比和另外三名年輕人不幸喪生。」

我反覆思考，試著理解愛麗莎說的話。托比亞．霍桑在兒子死後剝奪了兩個女兒的繼承權。托比死後，爸爸就變了。札拉以為父親跳過她，將遺產全數留給妹妹的兒子時說了這句話。我在腦海中翻找記憶，搜尋絲凱當時的回答。

失蹤。絲凱堅稱托比是失蹤，札拉就失控了。

「為什麼絲凱說托比失蹤了？」

突如其來的問題讓愛麗莎措手不及。看來她完全忘了這對姐妹當時的對話。

「火災發生當晚遇上了暴風雨，」愛麗莎恢復鎮定。「托比的遺體一直沒找到。」

我的大腦飛快運轉，努力整合這些資訊。「札拉和絲凱的律師不會宣稱舊遺囑同樣無效嗎？」我又問。「例如霍桑先生是受他人脅迫立下遺囑，或悲痛欲絕、一時錯亂之類的？」

「霍桑先生每年都會簽署確認遺囑效力的文件。」愛麗莎回答。「而且年復一年未曾改變，直到後來才改立一份新的遺囑，將遺產留給妳。」

留給我。一想到這裡，我就全身刺麻。「那是什麼時候的事？」

「去年。」

究竟是什麼樣的契機讓托比亞．霍桑決定將財產留給我，而非全數捐給慈善機構？說不定他認識媽媽。說不定他知道她死了，並為此感到抱歉。

「現在，如果上述資訊已經滿足了妳的好奇心，」愛麗莎繼續說。「我想回頭談談眼下更迫切的問題。我相信我父親能處理好札拉和康斯坦汀的事。最大的公關危機是……」她心一橫，再度開口。「妳姐姐。」

「莉比？」我完全沒料到她會這麼說。

「她低調一點對大家都好。」

「她都被捲進來了，要怎麼低調？」霍桑家族遺產爭議可說是目前全球最大條的新聞。

「我建議她這段期間暫時留在莊園，不要出去。」愛麗莎的話讓我想起莉比說她「有的是時間」。「之後如果她願意，可以考慮做慈善工作，但目前我們必須掌控輿論風向，而妳姐姐很容易……引人注意。」

我不確定她指的是莉比的穿著風格還是她的貓熊眼。「我姐姐愛穿什麼就穿什麼，想做什麼就做什麼。」我一肚子火，直截了當地說。「德州上流社會和八卦小報不喜歡？那是他們的事。」

「現在的局面很微妙，」愛麗莎的語氣很平靜。「尤其是媒體。莉比她——」

「她沒有跟媒體接觸。」我非常肯定，就跟我知道自己叫什麼名字一樣肯定。

「但她的前男友有，她的母親也有。這兩人都在想辦法從中撈好處，」愛麗莎看了我一眼。「不用我說妳也知道，大多數樂透得主最後都被親朋好友提出的各種要求吞沒，過得比中獎前更慘。妳的家人朋友不多，某方面來說算是幸運。但莉比就不一樣了。」

倘若今天是莉比繼承遺產，不是我，她一定沒辦法拒絕各方要求。她會一而再、再而三地順從那些想利用她、控制她的人。

「我們可以考慮給她母親一筆錢，一次付清，」愛麗莎提議。「並要求她簽署保密協議，禁止她對媒體談論任何跟妳和莉比有關的事。」

一想到要把錢給莉比的媽媽，我的胃就不停翻絞。那個女人不配拿到一毛錢。但莉比也不該遭受這樣的折磨，看著她媽媽頻繁上新聞出賣她。

「好吧，」我勉為其難答應。「但德瑞克想都別想。」

愛麗莎綻出笑容，漂亮的牙齒一閃即逝。「他啊，我會跟他玩玩，讓他乖乖閉嘴。」她拿出一個厚厚的活頁資料夾。「另外，我幫妳彙整了一些重要資訊，今天下午會有人來幫妳打理穿著和外表。」

「打理什麼？」

「妳剛才說莉比愛穿什麼就穿什麼，但妳沒這種餘裕。」愛麗莎聳聳肩。「妳是真正的焦點，外觀得體是第一步。」

我們不是在談法律和公關問題，還有霍桑家的家庭悲劇嗎？最後怎麼會用「我需要大改造」作結？

我接過愛麗莎伸手遞出的資料夾，丟在桌上，逕自走向門口。

「妳要去哪裡？」愛麗莎跟上來。

我差點說溜嘴回答「藏書室」三個字。格雷森昨天的警告依舊記憶猶新。「這裡不是有保齡球館嗎？」

第三十一章

那是貨真價實的保齡球館。就在我住的地方。我家有一座保齡球館。雖然如愛麗莎所言「只有」四條球道，但除卻這個不談，保齡球館該有的設施這裡都有。每條球道都有自動排瓶設備、自動回球系統，以及用來設定賽局的觸控螢幕；此外，上方還有追蹤計分的五十五吋大型顯示器。每顆球、每條球道、每個觸控螢幕、每臺顯示器上都以細膩的工法烙上華麗的「H」字樣。

那個字彷彿在在提醒，這一切不該屬於我。但我盡量無視這種感覺。

我決定把心思拿來選球和鞋子，因為旁邊的鞋櫃裡至少有四十雙保齡球鞋。誰會需要四十雙保齡球鞋啊？

我輕點觸控螢幕，輸入我的姓名字首縮寫AKG（Avery Kylie Grambs）。下一秒，畫面上就跳出歡迎訊息——

艾芙瑞．凱莉．葛蘭斯，歡迎來到霍桑莊園！

我手臂上的寒毛瞬間豎起。霍桑家的人應該不太可能急著在過去幾天把我的名字加進保齡球賽系統。這表示……

「是你嗎？」我對著空氣大喊，詢問死去的托比亞．霍桑。這該不會是他臨終前做的其中一件事吧？

我努力克制想發抖的衝動。第二條球道盡頭已經排好球瓶。我拿起重約四．五公斤、綴著銀色H字樣的深綠色保齡球。老家的保齡球館每月都會舉辦一次優惠活動，入場費只要九十九美分，我和媽媽都會趁這個時候去打保齡球，從來沒錯過。

真希望她也在。可是，如果她仍活著，我還會在這裡嗎？我不是霍桑家的人。霍桑先生之所以把遺產留給我，一定和媽媽有關，除非他真的是隨機挑選繼承人，或是我做了什麼事引起他的注意。

若媽媽還活著，你會把遺產留給她嗎？這一次，我在心裡默想，沒有大聲對托比亞．霍桑喊話。你為什麼要道歉？是不是你對她做了什麼？還是沒對她——或替她做點什麼？

我有一個祕密……媽媽的聲音在我耳邊迴盪。我使勁丟出保齡球，可是力道太大，只打中兩支球瓶。要是媽媽在這裡，一定會笑我打得很爛。我集中精神專注遊戲；打了五局後，我滿身大汗，手也好痠，可是心情很好，感覺可以回到莊園去看看健身房了。

講真的，那不是健身房，應該說是綜合體育館才對。我踏上籃球場，健身房呈L形向外突出，空間較小的那一側有兩張舉重床和六部健身機，後方有一扇門。

我好像《綠野仙蹤》裡的桃樂絲……

我打開門抬頭望，只見一座高約兩層樓的攀岩牆矗立在眼前。有個人影在約莫六公尺高、近乎垂直的地方奮力攀爬，而且身上沒綁安全繫繩。是詹姆森。

他想必察覺到我的存在。「玩過攀岩嗎？」他大聲問道。

我腦海中再度響起格雷森的警告，但這一次我告訴自己，根本不必在意他說了什麼。我走到攀岩牆前踩上最底層，飛快掃視四周，尋找適當的抓握點和立足點。

「沒有，」我對詹姆森大喊，伸手抓住另一個攀岩塊。「但我學得很快。」

我一直爬到離地將近兩公尺處，牆面突出的角度很刁鑽，想來是刻意設計成這樣以增加難度。我一腳踩上立足點撐著，另一隻腳貼著攀岩牆，努力伸長右臂想抓一個大概再三公分就能搆到的攀岩塊。

結果……我失手了。

就在那瞬間，一隻手悄悄從上方的岩架伸下來抓住我。我就這樣懸在半空中晃來晃去。「妳可以放手，」詹姆森揚起一邊嘴角笑著說。「或是我試著把妳甩上來。」

好。我想答應，可是話才到嘴邊就縮了回去。奧倫似乎不在附近，我不該獨自和霍桑家的人在一起，遑論爬到高處。我做好承受落地衝擊的心理準備，鬆開他的手。

我砰地摔落地面，站起身，看著詹姆森沿牆往上爬，肌肉在薄透的白色T恤下繃緊，線條若隱若現。不行，我不斷提醒自己，一顆心怦怦狂跳。詹姆森．溫徹斯特．霍桑是個麻煩人物。他的中間名就這樣突然冒出來，我才意識到自己居然記得他的全名。那是一個像名字的姓氏。不要再看他，也不要再想他，不然接下來一年會變得很複雜……現在的情況已經夠複雜了。

就在這個時候，我突然感受到一陣目光，立刻轉身望向門口。只見格雷森瞇著一雙銀灰色眼睛站在那裡，直直注視著我。

你嚇不倒我的，格雷森．霍桑。我強迫自己轉過去別看他，然後吞了一口口水，對詹姆森大喊：「我們藏書室見。」

第三十二章

我大約在九點十五分左右踏進藏書室，裡面空無一人。過沒多久，詹姆森就來了，當時是九點半，格雷森則在九點三十一分走進來。

「我們今天要做什麼？」格雷森問弟弟。

「我們？」詹姆森反問。

格雷森細心地捲起袖子，動作一絲不苟。健身後他換了衣服，穿了一件如盔甲般剛挺的硬領襯衫。「身為一個哥哥，難道不能花點時間觀察一下弟弟和一個居心叵測的外人在做什麼，非得用盤問的方式不可？」

「他不信任我。」我立刻翻譯。

「我還真是溫室裡的花朵，」詹姆森的語氣很輕淡，眼神卻完全不是這麼回事。「需要別人保護和監督。」

「看來是這樣。」格雷森揚起微笑，神情鋒利如刃，不理會他的嘲諷。「我們今天要做什麼？」他又問了一次。

他的嗓音有種特質，我說不上來，讓人就是無法忽略他。

「我和繼承人，」詹姆森很明顯在針對他。「都是憑直覺行事，我相信你一定會認為我們在無稽的臆想上虛擲了大把寶貴光陰。」

「我才不會那樣講話。」格雷森皺起眉頭。

詹姆森揚起一邊眉毛作為回應。

「你們兩個的直覺是……」格雷森瞇起眼睛。

只要詹姆森明顯不想回答，我就會回答。不是因為我他媽欠格雷森．霍桑什麼，而是因為從長遠的策略來看，若想獲勝，就要知道何時滿足對手的期望，何時拿下對方。格雷森．霍桑對我沒有任何期待，更別說給他想要的資訊了。

「我們認為你外公給詹姆森的信中藏有線索，能讓我們知道他當時在想什麼。」

「他當時在想什麼，」格雷森用銳利的眼神隨意打量我的臉。「還有他為什麼把一切留給妳。」

「聽起來很像他的作風，不是嗎？」詹姆森往後靠在門框上。「最後一場遊戲？」

從詹姆森的語氣聽得出來，他希望哥哥認同他的看法，希望能得到他的同意或允許，說不定還有點想跟他一起解開這個謎。有那麼一瞬間，我注意到格雷森眼中閃現同樣的火花，但很快就熄滅了。不曉得會不會是光影的錯覺和心理作用。

「坦白說，詹姆森，」格雷森開口。「我很訝異事到如今，你還認為自己了解外公。」

「我這人就是充滿驚喜。」詹姆森眼中的光芒瞬間消散。他一定是意識到自己想獲得哥哥的認同。「你隨時都可以離開。」

「我不這麼認為，」格雷森回答。「明槍易躲，暗箭難防——」他停頓了一下。「真的嗎？權力使人腐化，絕對權力使人絕對腐化。」

我瞄了詹姆森一眼。他站在原地動也不動，看起來有點詭異。

「他留了一模一樣的訊息給你。」詹姆森終於開口，在藏書室裡來回踱步。「一模一樣的線索。」

「那不是線索，」格雷森反駁。「是他當時精神異常。」

詹姆森飛快轉頭看著他。「你並不這麼想，」他仔細評估格雷森的臉部表情和肢體動作。「但法官就不一定了。」詹姆森看了我一眼。「如果可以，他會用那封信來對付妳。」

格雷森搞不好早就把信交給札拉和康斯坦汀了，我心想。但根據愛麗莎的說法，這麼做其實沒什麼影響。

「這份遺囑之前還有另一份遺囑。」我的目光在他們兄弟之間來回。「他在舊遺囑中留給家人的份額更少。他並不是因為我才剝奪你們的繼承權。」我說這些話時看著格雷森。「他早在你們還沒出生前就這麼做了——在你們舅舅死後。」

「妳在說謊。」詹姆森停下腳步，全身緊繃。

「她沒有。」格雷森迎上我的目光。

這個結果完全出乎意料。我原以為詹姆森會相信我，格雷森不會。不管怎樣，現在他們倆都盯著我看。

「詹姆森，」格雷森率先打破眼神交流，移開目光。「不如告訴我，你對那封無聊的信有何高見？」

「我為什麼要告訴你？」詹姆森咬緊牙關，從齒縫中迸出這句話。

他們習慣互相競爭，搶著衝向終點。他們兄弟倆自成一個小團體，而我不屬於這裡。這種格格不入的感覺怎麼也甩不掉。

「詹姆森，你應該很清楚，我大可和你們倆待在這裡，要多久有多久吧？」格雷森說。

「等我看到你們在做什麼，就能推理出答案。我跟你一樣，都是玩遊戲長大的。」

詹姆森緊盯著他，嘴角揚起一抹笑意。「這就要看居心叵測的外人怎麼說了。」他換上詭祕的微笑。

他希望我叫格雷森滾開。我好像應該這麼做，但我們很可能只是在這裡浪費時間，浪費格雷森．霍桑的時間我倒是不反對。

「他可以留下來。」

藏書室裡的氣氛緊繃到可以用刀子啪地割斷。

「好吧，繼承人，」詹姆森拋給我一個狂野的笑容。「如妳所願。」

第三十三章

我知道多個人幫忙進度會更快，但我完全沒考慮到跟兩個霍桑家的人共處一室會是什麼感覺，尤其是這兩個。格雷森在我後面翻找，詹姆森在上頭覓尋。我忍不住想，不曉得這兩兄弟是不是從小到大都水火不容？不曉得格雷森是不是一直都這麼高傲自負，詹姆森一直都那樣遊戲人間？不曉得奈許明確表示放棄繼承、讓出霍桑家的王位時，他們倆是不是就被冠上第一順位和第二順位繼承人的名號，帶著這樣的頭銜長大？

不曉得他們在艾蜜莉面前能不能好好相處。

「這裡什麼都沒有。」格雷森用力把書放回書架，以行動強調自己的看法。

「真巧，」詹姆森的聲音從上方傳來。「你也不必待在這裡。」

「她在，我就在。」

「艾芙瑞又不會咬人。」詹姆森總算有那麼一次叫我的名字。「坦白講，既然現在已經確定我們沒有血緣關係，如果她想玩玩，我很樂意奉陪。」

我被自己的口水嗆到，很想衝上去掐死他。他在釣格雷森，而且是用我當誘餌。

「詹姆森？」格雷森的口氣聽起來冷靜得過分。「閉嘴，繼續找。」

我默默翻找書籍。把書從架上拿下來，取下書封，套上書封，再把書放回去。時間一分一秒地過去，我和格雷森在找書的過程中愈來愈靠近。近到能用眼角餘光瞄到他的時候，他開口說話，聲音小到我幾乎聽不見，當然，詹姆森也聽不見。

「我弟弟仍在哀悼外祖父的死，還沒走出喪親之痛。我想妳應該能理解。」

可以理解，我也理解。我沒有回話。

「他是一個追求感官刺激的人。或痛苦、或恐懼、或喜悅，都不重要。」格雷森現在引起了我的注意，他也明白這一點。「他很受傷，需要遊戲帶來的興奮感，需要讓這件事變得有意義。」

這件事？是指他外公留下的信嗎？或是遺囑？還是我？

「但你認為沒意義。」我壓低聲音。格雷森不覺得我有何特別，也不相信這個謎團值得一解。

「我認為妳不必非得是反派才能對這個家構成威脅。」

要不是我見過奈許，一定會以為格雷森是四兄弟裡的大哥。

「你一直在講其他人，」我說。「但這不只跟他們有關，我也威脅到你。」

我繼承他的財產，住進他的房子。他外公選擇了我。

「我不覺得受到威脅。」此刻他就在我旁邊，肢體動作很平常。我沒看過他失控，但他離我愈近，我的身體就愈緊張，進入高度警覺狀態。

「繼承人？」

詹姆森的聲音讓我嚇了一跳。我直覺做出反射動作，從格雷森身旁退開。「怎麼了？」

「我好像找到了。」

我推開格雷森往樓梯走去。詹姆森發現了什麼。一本內容與封面不符的書。這只是我的假設，但來到二樓，看見詹姆森嘴角掛的微笑時，我知道自己是對的。

他舉起一本精裝書。

「《啟航》。」我唸出封面上的書名。

「可是裡面……」詹姆森內心藏著表演魂。他用浮誇的動作拿下書封，把書扔給我。

《浮士德博士悲劇史》[2]。

「浮士德。」我喃喃低語。

「明槍──認識的魔鬼，」詹姆森說：「或是暗箭──不認識的魔鬼。」

也許這只是巧合。也許我們只是穿鑿附會、望文生義，就像試著用雲的形狀預測未來一樣。但我手臂上的寒毛依舊昂然聳立，一顆心怦怦狂跳。

霍桑莊園裡的每樣事物都很不平凡。

這個想法在我的血液中劇烈搏動。我打開手上的《浮士德博士悲劇史》，封面內頁用膠帶貼著一個半透明的紅色方塊。

「詹姆森，」我猛地抬起頭。「這裡有東西。」

格雷森一定在樓下聽我們討論，但他什麼也沒說。詹姆森立刻跑到我旁邊，用手指輕觸紅色方塊。方塊的材質很薄，似乎是用塑膠片製成，每邊長約十公分。

「這是什麼？」我問道。

詹姆森小心翼翼拿走我手裡的書，再小心翼翼把方塊取下來，舉到燈光下細看。

「那是濾光片，」格雷森的聲音從下方傳來。他正站在藏書室中央仰頭望著我們。「紅色醋酸鹽，是外公最喜歡的一種，很適合用來隱藏訊息。但我想那本書的正文應該不是用紅色墨水寫的吧？」

我打開第一頁。「是黑色墨水。」我邊說邊翻，墨水顏色始終如一。翻了幾頁後，我注意到書頁上有個用鉛筆圈出的字。大量腎上腺素瞬間湧出，在我的血管裡奔流。「你們外公有在書上寫字的習慣嗎？」

「寫在《浮士德博士悲劇史》初版書上？」詹姆森對我的提問嗤之以鼻。我不知道這本書有多珍貴，也不知道在頁面上畫個小圈會讓它貶值多少，但我很確定，而且是打從骨子裡

2《浮士德博士悲劇史》（The Tragical History of Doctor Faustus）為文藝復興時代英國劇作家馬羅（Christopher Marlowe）根據浮士德傳說改編而成的劇作。內容描述大學者浮士德與魔鬼締約，二十四年內可以隨心所欲差遣魔鬼，達成任何願望，條件是二十四年後必須隨魔鬼回到地獄。最後浮士德博士不甘期滿，非常懊悔，只能任由軀體和靈魂被魔鬼帶走，落得永墮地獄的悲劇。

知道，我們發現了一個重要線索。

「『有』……」我大聲唸出圈起來的字，但兄弟倆都沒回應，所以我繼續翻閱，翻了五十多頁才找到另一個圈起來的字。

「『竟』……」我不停翻找，圈圈出現的間隔愈來愈短。「再來是『事』……」

詹姆森從附近的書架上抓起一支筆。由於手邊沒紙，他便寫在左手背上。「繼續。」

「然後是『者』……」我已經翻到接近書末的地方。「接著是『成』。」我一邊說，一邊慢慢翻查剩下的頁面。沒有、沒有、沒有。沒了。我從書上抬起頭。「就這樣。」

我闔上書。詹姆森舉起手端詳。我想看得清楚一點，便湊上前抓著他的手，細讀上面的文字。有、竟、事、者、成。

什麼意思啊？

「要不要調換順序試試看？」我提議。這是一種很常見的字謎遊戲。

詹姆森的眼睛亮了起來。「有者……」

「事竟成。」我接話。

詹姆森揚起嘴角。「這裡少了一個字……」他喃喃低語。「是『志』。又一句諺語。『有志者事竟成』。」他一邊說出內心的想法，一邊輕甩手上的濾光片。「用不同顏色的墨水來堆疊文字是書寫隱藏訊息的方式之一，若用有色濾光片來檢視文本，與濾光片同色的文字就會消失。」詹姆森的語速愈來愈快，聲音充滿活力與感染力。「這本書是用黑色墨水寫的，所以紅色濾光片不是要用在這裡。」

「由此可知，這本書只是一個媒介，」格雷森在藏書室中央大聲說。「告訴我們濾光片要用在哪裡。」

他們從小就玩外公設計的遊戲長大，自然很熟悉他的風格，但我不是。不過，他們一來一往的對話讓我有時間將線索串連起來，拼湊出可能的答案。紅色醋酸鹽濾光片是用來揭露隱藏訊息，但訊息不在那本書裡。這本書就和霍桑先生的信一樣，只是一個提示。一句少了一個字的諺語。

有志者事竟成。缺的字是「志」，指意志，英文是「will」，也有「遺囑」的意思。有遺囑者，事竟成。

「你們覺得，有沒有可能……」我反覆思忖這道謎題，一句一句慢慢說：「在某個地方，有一份用紅色墨水寫的遺囑副本？」

第三十四章

我詢問愛麗莎關於遺囑的事。我以為她會用一種「妳瘋了嗎」的眼神看我，不過我一講到「紅色」，她的表情就變了。她說可以安排我看紅色遺囑，但我得答應她一件事，就是讓一對兄妹造型師替我大改造。

他們帶來的東西多到不行，根本就是直接把整間頂級精品百貨公司搬到我房間。那名女造型師身材嬌小、安靜寡言，幾乎什麼也沒說。

至於男造型師身高大約一百九十八公分，連珠炮似地說個不停。「妳不能穿黃色。我建議妳把『橘色』和『奶油色』這兩個詞從已知的語彙裡刪除，其他顏色大多沒問題。」房間裡除了我們三個之外，還有莉比、十三座掛滿衣服的衣架、數十盤珠寶，整間浴室變得跟美髮沙龍一樣。「鮮豔的顏色、柔和的顏色、百搭的大地色，還是妳喜歡純色？」

我低頭看看自己穿的灰色T恤和第二舒服的牛仔褲。「我喜歡簡單。」

「簡單是個謊言，」女造型師喃喃低語。「但有時是美麗的謊言。」

莉比在旁邊偷笑，對我咧咧嘴。「妳看得很開心喔？」我一臉陰沉地瞪著她，打量她的穿著。黑色洋裝，嗯，很有莉比的風格，但整體造型比較適合去鄉村俱樂部。

我明明就叫愛麗莎不要給她壓力了。

「妳不用改變妳的——」我還沒講完就被莉比打斷。

「他們用靴子賄賂我。」她往後方的牆比了比手勢。架上擺滿了深淺不同的紫、黑、藍三色皮靴，從踝靴、中筒靴甚至是過膝靴都有。

「還有，」莉比平靜地補充。「詭異的項鍊墜飾。」莉比很愛蒐集那種看起來疑似有靈體附在上面的珠寶。

「才十五雙靴子和幾個詭異的墜飾就能把妳收買喔？」我有點被背叛的感覺。

「外加幾件超級柔軟的皮褲。」莉比回答。「非常值得。我還是我，只是變得比較……精緻一點。」她的頭髮還是藍色，指甲油還是黑色，再說，造型團隊要改造的不是她。

「我們應該從頭髮開始，」男造型師一邊問他妹妹，一邊打量我那頭散亂的長髮。「妳不覺得嗎？」

女造型師消失在衣架後方，沒有回答。我能聽見她匆匆翻動衣服、重新排序的聲音。

「髮量豐厚，不鬈也不直，要弄成鬈髮或直髮都行。」巨人男造型師無論身材還是講話方式都讓我覺得他應該去踢美式足球邊鋒，不是在這裡給我髮型上的建議。「最短只能到下巴以下五公分，最長不要超過背部中央，打點層次也無妨。」他瞥了莉比一眼。「如果她選擇瀏海，建議妳直接跟她斷絕關係。」

「我會慎重考慮。」莉比故作嚴肅地回答。「瀏海沒有長到能紮馬尾真的不行。」她告訴我。

「馬尾——」造型師拋給我一個譴責的眼神。「妳就這麼討厭自己的頭髮，很想讓它受苦嗎？」

「不討厭啊，」我聳聳肩。「只是不在乎。」

「那也是謊言。」女造型師從衣架後方再度現身，手裡拿著六套衣服，正面朝外掛在最近的架子上，最後留下三套截然不同的服裝。

「經典。」她對一件搭長袖T恤的冰藍色裙子點點頭。「自然。」第二套是寬鬆飄逸的碎花洋裝，上頭至少有十二種深淺不同的紅色和粉紅色。「或是高人一等的私立中學生。」最後一套是皮裙，長度比另外兩件更短，看起來也更緊身，上半身則是配白色有領襯衫和麻灰色開襟羊毛衫。

「哪一套在呼喚妳？」男造型師問道。莉比又在偷笑。她肯定看得很開心，應該說有點太開心了。

「都不錯啊，」我打量碎花洋裝。「那件感覺很癢。」

「休閒風呢？」造型師似乎偏頭痛發作，煩惱地問妹妹。她再度消失，帶著另外三套衣服出現，和剛才那些掛在一起。第一套是所謂的經典款，有黑色緊身褲、紅色短上衣和及膝的白色長版開襟衫；第二套是海洋綠蕾絲襯衫配深綠色長褲，跟可怕的碎花洋裝放在一起；第三套則是超寬鬆的喀什米爾毛衣配刷破牛仔褲，就掛在剛才那件皮裙旁邊。

「經典、自然、高人一等的私立中學生。」女造型師再次重申我的選項。

「我的穿衣哲學就是不穿彩色褲子，」我說。「所以那套出局。」

「別光看衣服本身，」男造型師用指導的語氣說。「要看整體的感覺。」

對體型比我大一倍的人翻白眼似乎不是什麼明智之舉。

這時，女造型師踩著輕盈的腳步走向我，彷彿可以踮著腳尖穿過花壇，不踩斷一朵花。「穿著和髮型並不是愚蠢膚淺的事。這些……」她指著身後的衣架。「不只是服裝，更是一個人傳達出來的訊息。妳不是在決定要穿什麼，而是在決定妳想用形象說出什麼樣的故事。妳想讓人覺得妳純真、年輕、可愛？還是生來就與這個神妙豐饒的大自然相合？或是想走那種『看似一樣卻又不一樣，看似年輕卻又很剛強』的路線？」

「我為什麼非得說故事不可？」我問道。

「因為如果妳不講，別人就會替妳講。」我轉頭，發現桑德拿著一盤司康站在門口。

「大改造就跟閒暇時打造複雜的魯布·戈德堡機械當作消遣一樣，都是很累人的事。」

我想瞇起眼睛，但桑德和他的司康有防瞪視功能。

「你懂什麼大改造？」我發牢騷。「假如我是男的，房間裡最多只有兩座衣架。」

「假如我是白人，」桑德恢復一貫高傲的語氣。「別人就不會用異樣的眼光看我，好像在說『他是混血，不是純種的霍桑子孫』。要吃司康嗎？」

我的態度瞬間軟化。想想還真可笑，我竟然認為桑德不了解被人批評、跟別人不一樣的感受。我突然很好奇，不曉得他在這座莊園，背著霍桑這個姓長大是什麼感覺。

「我可以吃一個藍莓司康嗎？」我問他。這是我道歉的方式。

桑德給我一個檸檬司康。「慢慢來，別妄想一步登天。」

小小掙扎過後，我選了第三種風格。我討厭「私立中學生」這個標籤，也不喜歡聲稱自己「高人一等」，但到頭來我實在無法睜大眼睛裝無辜，也覺得矯揉造作、一副自然之子的模樣只會讓人發癢。不是身體的癢，而是那種在皮膚底下騷動、煩躁的感受。

造型團隊保留了我的長髮，只是多打了一些層次，好說歹說地要我燙成大波浪。我原以為他們會建議我用淺色挑染，沒想到卻恰恰相反，那些細膩隱微的紋路色澤比我原來的灰褐髮色更深、更濃。至於臉的部分，他們讓眉毛維持濃密，只修掉雜毛，還細心教我如何做臉部保養，用仿曬噴霧替我修飾膚色，但妝容本身非常淡，只簡單畫了眼妝和塗口紅而已。我看著鏡中的自己，幾乎就要相信那個回望我的女孩屬於這裡，屬於這座莊園。

「妳覺得呢？」我轉向莉比。

她站在窗戶旁背著光，手裡緊握著手機，眼睛直盯著螢幕。

「莉比？」

她抬起頭，露出那種一時受驚愣在原地的表情。我再熟悉不過了。

一定是德瑞克。他傳了簡訊給她。她有回嗎？

「妳好漂亮！」莉比的口氣聽起來很誠懇，因為她本來就很誠懇。誠懇、認真又樂觀，是個超級樂天派。

他不僅打她，我默默告訴自己。還出賣我們。她絕對不會跟他復合。

「妳看起來很棒，」桑德煞有介事地說。「而且不像是會勾引老人詐騙數百億的女生，很好。」

「真是的，亞歷桑德，怎麼這麼說呢？」札拉悄然無聲地出現在門口。「沒有人認為艾芙瑞勾引你外公。」

她的故事——她的形象——介於從容不羈與正經八百之間。但我看過她的記者會，知道她關心她父親的名聲，卻一點也不在乎我的。我看起來愈糟，對她就愈有利。除非局勢不一樣了。

「艾芙瑞，」札拉揚起微笑，冷淡如那身冬季色調般的穿著。「方便借一步說話嗎？」

第三十五章

房間裡只剩我們兩個人，札拉並沒有立刻開口。如果她不打破沉默，那我先說。

「妳和律師團隊談過了。」她會來找我，原因很明顯。

「對，」札拉沒有道歉。「現在換我說。我想妳一定能原諒我沒有早點這麼做。妳應該可以想見，近期的事讓人有些震驚。」

有些？我發出不耐的鼻息，不想再聽這些場面話。「妳召開記者會，強烈暗示妳父親老糊塗，而且當局正在調查我是否虐待老人。」

札拉坐在一張古董書桌前，這是房間裡少數沒被飾品或服裝淹沒的地方。「對。不過這妳倒是要感謝妳的法律團隊，是他們沒儘早把事情說明清楚。」

「若我什麼都得不到，妳也什麼都得不到。」我讓她進來不是要聽她拐彎抹角。

「妳看起來……很不錯，」札拉轉移話題，打量我的新衣服。「換作是我，應該不會選這套，但妳很上得了檯面。」

上得了檯面，而且高人一等。「謝謝。」我哼了一聲。

「我會盡我所能讓妳輕鬆走過這段過渡期，到時再謝我也不遲。」

我還沒天真到會相信她突然改變心意。她之前就瞧不起我，現在也一樣瞧不起我。唯一不同的地方在於她此時有所求。如果我等得夠久，她就會明白地告訴我她想要什麼。

「我不知道愛麗莎跟妳說了多少，但除了我父親的個人資產外，妳還繼承了家族基金會的管理權。」札拉仔細觀察我的表情，再度開口。「這是全美最大的私人慈善機構之一。我們每年捐贈超過一億美元。」

一億美元。我永遠不可能習慣這種生活。那簡直是天文數字，有夠超現實。「每年？」我大為驚訝。

「複利是件好事。」札拉平靜地笑著說。

每年一億美元的利息，而且還只是基金會而已，托比亞．霍桑的個人財產不算在內。這是我第一次認真心算。就算稅收占了遺產的百分之五十，我的平均收益率只有百分之四，每年還是能賺將近十億美元。而且什麼都不用做。太扯了。

「基金會把錢捐給誰？」我小聲問道。

札拉從桌旁站起身，在房間裡來回踱步。「霍桑基金會關注的重點包含兒童與家庭、健康推廣、科學進步、社區建設和藝文活動。」

這些類別幾乎涵蓋了所有範疇。我想支持、援助什麼計畫都沒問題。

我可以改變世界。

「我成年後，基金會就一直由我負責。」札拉緊抿雙唇。「有些組織很仰賴我們的支持。若妳想致力於慈善事業，有正確的方式，也有錯誤的方式，」她在我面前停下腳步。「妳需要我，艾芙瑞。雖然我很想洗手不幹，但我已經做了太久、投入了太多，無法眼睜睜看著一切努力白費。」

我仔細聽她說了什麼，又沒說什麼。「基金會有付薪水給妳嗎？」我在心裡默數，看她幾秒後才回答。

「我的薪酬與我的能力相稱。」

雖然我很想說基金會不需要她幫忙，但我沒那麼衝動，也沒那麼殘忍。「我想參與慈善事業，」我告訴她。「而且不光是為了作秀。我想成為決策圈的一環。」無家可歸的遊民、貧窮、家庭暴力、預防照護計畫……一年一億美元，可以做好多好多事。

「妳還年輕，」札拉的語調透著一絲惆悵。「才會相信金錢能解決所有問題。」

在我聽來，她應該是有錢到無法想像錢能解決多少問題。

「若妳真想在基金會任職……」札拉的口氣很不甘願，就好像硬說自己喜歡拾荒或做根管治療一樣。「我可以教妳，讓妳了解一下相關須知。禮拜一，放學後，基金會見。」她一句一句地命令道。

我還來不及問基金會在哪裡，門就開了。奧倫走到我旁邊。他曾告訴我，那幾個女人會把妳告上法院。如今札拉知道，她不能玩訴訟這招。

而且我的保全主任不想讓我和她單獨待在房間裡。

第三十六章

第二天，也是禮拜天，奧倫開車送我去律師事務所看紅色遺囑。

「艾芙瑞。」愛麗莎在大廳等我們。這間事務所的建築風格非常現代，走極簡主義，隨處可見鉻合金元素，而且空間非常寬敞，看起來足以容納上百名律師。不過，愛麗莎帶著我們走到電梯前，一路上除了一名接待人員和警衛外，沒看到半個人。

「妳說我是你們唯一的客戶。」我在電梯開始上升時說。「這家事務所的規模到底有多大啊？」

「有幾個不同的部門。」愛麗莎講話一如往常俐落。「霍桑先生的資產非常多元，需要不同的律師來處理。」

「我問妳的那份遺囑就在這裡？」我口袋裡放著詹姆森送我的禮物，就是我們在《浮士德博士悲劇史》封面內頁上發現的紅色濾光片。我提到要來事務所看遺囑，他二話不說，直接把濾光片給我，什麼也沒問，好像信任我勝過其他兄弟似的。

「對。」愛麗莎說完便轉向奧倫。「我們今天有多少同伴？」所謂「同伴」指的是狗仔隊，「我們」指的是我。

「人數有少一點，」奧倫回答。「但離開時他們很可能會擠在門口。」

如果今天沒出現至少一則「全球最富青少年尋求律師協助」的新聞，我就把莉比的新靴子吃掉。

愛麗莎帶我們來到三樓，經過另一道安檢，踏進一間位在角落的辦公室。辦公室裡擺著各色家具，但空無一人，唯有那份遺囑躺在一張厚重的桃花心木桌上。我一看見遺囑，奧倫就移動腳步，站到門外守候。我走向書桌，愛麗莎沒有跟來。我湊上前，一個印刷字就這樣映入眼簾。

紅。

「我父親接獲指示，將這份副本存放在這裡。若妳和四兄弟有人想看，就讓你們看。」

「指示？」我轉頭看她。「托比亞·霍桑的指示？」

「當然。」

「妳有跟奈許說嗎？」我又問。

「我不會再跟奈許說任何事。」她戴上冷峻的面具，神情嚴肅地說。「沒事的話，我就不打擾妳了。」

愛麗莎連問都沒問那份副本究竟是什麼。我一直等到聽見關門聲才在書桌前坐下，拿出口袋裡的濾光片。「有遺囑者……」我喃喃自語，用濾光片檢視遺囑第一頁。「事竟成。」

我移動紅色醋酸鹽濾光片查看文件，發現底下的字不見了。紅色文字。紅色濾光片。

跟詹姆森和格雷森說的一樣。若整份遺囑都用紅墨水寫，在紅色濾光片下只會變成一片紅，什麼都看不到。但是，若紅字底下藏著另一種顏色的字，那些非紅字就會跑出來。

我瀏覽托比亞．霍桑留給勞夫林一家、奧倫和他岳母的遺贈。沒有發現。我繼續往下讀，來到關於札拉和絲凱的段落，濾光片底下的字同樣消失在眼前。我瞄向下一句話。

致我的孫子奈許．威斯布魯克．霍桑、格雷森．達文波特．霍桑、詹姆森．溫徹斯特．霍桑，以及亞歷桑德．布萊克伍德．霍桑……

我拿著濾光片掃視，文字不見了，但不是全部。還有四個字留在紙頁上。

威斯布魯克

達文波特

溫徹斯特

布萊克伍德

這是我第一次真正意識到絲凱的兒子都是從母姓，也就是隨外公姓，霍桑。不過，四兄弟的中間名也都是姓氏。難道是他們父親的姓？我的思緒飛快旋轉，試著理解個中含義。我繼續讀遺囑。看到自己的名字時，我還以為會發現什麼。但那段文字只是默默消失在濾光片下，和其他部分一樣。只有霍桑四兄弟的中間名例外。

「威斯布魯克、溫徹斯特、達文波特、布萊克伍德。」我大聲唸出這四個名字，牢牢記在心底。

我傳簡訊給詹姆森。不曉得他會不會通知格雷森。

第三十七章

「哇，小鬼，跑這麼快幹嘛？」

我回到霍桑莊園，急著去找詹姆森，卻被另一個霍桑兄弟攔住。是奈許。

「艾芙瑞剛讀完一份特別的遺囑副本。」愛麗莎在我身後回答。還說什麼不告訴前男友任何事咧！

「特別的遺囑副本。」奈許的目光落到我身上。「我猜這跟我外公留給我那封莫名其妙的信有關，對吧？」

「你的信？」我的腦子嗡嗡作響。老實說不意外。托比亞．霍桑留給格雷森和詹姆森同樣的線索。還有奈許，說不定桑德也是。

「別擔心，」奈許慢條斯理地說。「這件事我不管。我說過了，我不要那些錢。」

「任何人都動不了這筆遺產。」愛麗莎的語氣非常堅定。「霍桑先生的遺囑──」

「是鐵律。」奈許幫她說完。「這句話我聽過一、兩次了。」

「你一向不擅長聆聽。」愛麗莎瞇起眼睛。

「聆聽未必代表同意，麗麗。」奈許帶著迷人的微笑，用迷人的語調親暱地喚著愛麗莎，抽乾了周遭每一絲氧氣。

「我該走了。」愛麗莎飛快轉向我。「有什麼需要就——」

「打電話。」剛才她和奈許的互動我全都看在眼裡，天曉得我的眉毛抬得有多高。

愛麗莎砰地甩上前門。

「妳這麼急，到底要去哪裡？」愛麗莎走後，奈許又問了一次。

「詹姆森叫我去日光室找他。」

「知道日光室在哪裡嗎？」奈許揚起一邊眉毛。

我這才發覺自己根本搞不清楚要去哪裡。「我連日光室是什麼都不知道。」我坦承。

「日光室根本沒那麼讚。」奈許聳聳肩，上下打量我。「告訴我，小鬼，妳生日通常都怎麼過？」

奈許突然天外飛來一筆。我覺得這個問題一定有鬼，但我還是回答了。「吃蛋糕？」

「每年我們生日……」奈許凝望著遠方。「外公都會把我們叫進書房，跟我們說同一句話，『投資，培養，創造』，然後給我們一萬美元投資。讓一個八歲小孩自己買股票，妳能想像嗎？」奈許哼了一聲。「接著我們要選一種才藝或興趣，例如語言、嗜好、運動、藝術等等，作為那一年要培養的技能，費用無上限。如果選了鋼琴，第二天家裡就會出現一架大鋼琴，馬上就有私人家教過來上課；到了年中，你就會在卡內基音樂廳後臺聽大師指點。」

「好棒喔。」我想起之前在霍桑先生辦公室裡看到的獎牌和獎盃。

奈許的表情看起來一點也不覺得棒。「外公每年都會提出不同的挑戰。」他的聲音變得冷冷的。「他會給我們一項任務，要我們在明年生日前創造出什麼。可能是一項發明、一個解決方案，或是一件博物館級的藝術作品。總之就是要生出一些東西。」

「聽起來沒那麼糟啊。」我想起那些裱框掛在牆上的漫畫。

「是啊，聽起來。」奈許沉思半晌。「走吧，」他猛地轉向附近一條走廊。「我帶妳去日光室。」

他邁開長腿，我不得不慢跑跟上。

「詹姆森有沒有跟妳說外公每週都會要我們解謎？」奈許邊走邊問。

「有。」

「有時候，」奈許繼續說：「遊戲開始前，外公會擺出一堆小東西。一個魚鉤、一張價格標籤、一尊玻璃芭蕾女伶，還有一把小刀。」他邊想邊搖頭。「要是謎題解開前沒用上那四樣道具，那就慘了。」他嘴角掛著一抹淡笑。「我年紀比他們大很多，所以占了優勢，詹姆森和格雷森會聯手對付我，最後再互相欺騙，搶著拿第一。」

「你為什麼要告訴我這些？」聽到我的提問，他終於放慢腳步，近乎駐足。「為什麼要告訴我這些？」為什麼要跟我聊他們的生日、禮物和外公對他們的期望？

奈許沒有馬上回答，只是對一條走廊點點頭。「右邊最後一個房間就是日光室。」

「謝謝。」我朝奈許指示的方向走。快到的時候，他在我背後大聲開口。

「親愛的，也許妳認為自己在玩遊戲，但詹姆森不這麼想。」奈許的嗓音很溫柔，話語本身卻不盡然。「我們不正常，這個地方也不正常。妳不是玩家。妳是玻璃芭蕾女伶——或是小刀。」

第三十八章

日光室就像個寬敞的玻璃屋，四周牆壁和穹頂天花板都是用玻璃製成。詹姆森站在正中央仰望穹頂，沐浴在陽光下。他就跟我初次見到他一樣沒穿上衣，一樣醉醺醺。

格雷森不在這裡。

「這是怎樣？」我對旁邊那瓶波本威士忌點點頭。

「威斯布魯克、達文波特、溫徹斯特、布萊克伍德。」詹姆森逐一唸出他們四兄弟的中間名。「告訴我，繼承人，妳怎麼看？」

「那四個都是姓氏。」我小心翼翼地回答，然後頓了一下，決定單刀直入。「是你們父親的姓嗎？」

「絲凱不談他們。」詹姆森的聲音有點沙啞。「我們之於她就像雅典娜之於宙斯[3]，是

3 關於雅典娜的誕生，至今仍流傳許多版本。有一說是雅典娜為宙斯獨自一人創造出來的。另一個說法是，雅典娜為宙斯和智慧女神墨提絲之女。大地之神蓋亞預言，墨提絲所生的兒女能與宙斯匹敵，成為眾神之王；宙斯擔心自己的地位受到威脅，於是便把懷孕的墨提絲吞進腹中，最後雅典娜就從宙斯的腦袋裡誕生了。

她的兒子，也只是她的兒子。」

我咬咬嘴唇。「她說她跟四個充滿魅力的男人……」

「有過四次美好的交流。」詹姆森接話。「但有美好到想再跟他們見面，告訴孩子他們的父親是什麼樣的人嗎？」他提高音量大聲說。「沒有。她甚至連我們該死的中間名都沒解釋過，而這個——」他拿起放在地上的波本威士忌喝了一大口。「就是我喝酒的原因。」他把酒瓶放回原處，閉上眼睛，張開雙臂，在燦爛的陽光下站了一會兒。這是我第二次注意到他身上的疤痕。

留意他每一次呼吸。

「我們走吧？」他睜開雙眼，垂下手臂。

「走去哪裡？」我全身上下每一寸肌膚都能感受到他的存在，之強之烈，近乎痛楚。

「來吧，繼承人。」詹姆森走向我。「妳的能耐不只如此。」

我吞了一口口水，自答剛才的問題。「我們要去找你媽。」

他帶我來到門廳的衣帽間。這次我很仔細看他動了哪些鑲板，留意打開機關的步驟和順序。我跟著他走進去，推開掛在那裡的大衣，努力想讓雙眼適應黑暗，這樣才能看到他接下來要做什麼。

他好像碰了什麼東西，還是用拉的？我看不清楚，只知道緊接著傳來一陣齒輪轉動的聲音，衣帽間的背板往旁邊滑開。與伸手不見五指的衣帽間相比，眼前的黑更濃烈、更深沉。

「跟著我的腳步走，謎樣的女孩。還有，小心頭。」

詹姆森用手機充當手電筒，照亮前方的路。我有種感覺，他是為了我這麼做，畢竟他很熟悉這些蜿蜒曲折的祕密通道。我們默默走了五分鐘，接著他停下腳步，透過我猜應該是窺視孔的地方偷看。

「很安全。」詹姆森簡單說，沒有進一步解釋。「妳相信我嗎？」

我站在一條用手機照明的祕密通道裡，近到能感覺到他的體溫。「一點也不相信。」

「很好，」他抓住我的手，把我拉得更近。「別動。」

我摟著他，腳下的地板開始移動，周圍的牆慢慢旋轉，我們也跟著轉，兩人的身體緊貼在一起。我，**貼著詹姆森．溫徹斯特．霍桑的身體**。機關戛然而止，一切歸於平靜。我急忙退後。

我們來這裡是有原因的，而這個原因絕不是為了讓我們貼在一起。

妳出現之前，他們既扭曲、破碎又一團混亂；妳離開之後，他們還是會一樣扭曲、破碎又一團混亂。我們踏上一條鋪著絨布紅地毯的長廊，兩側牆面綴著許多金色飾條，席雅的話不停在我腦中迴盪。

詹姆森大步走向長廊盡頭那扇門，正當他舉起手打算敲門的時候——

「你可以自己跟你媽聊，不需要我。」我一開口，他就停下動作。「你也可以自己去看紅色遺囑。愛麗莎接獲指示，只要你們四兄弟想看，隨時都可以看。」

「我需要妳。」從詹姆森的眼神和揚起的嘴角看得出來，他很清楚自己在做什麼。「我還不知道原因，但我需要妳。」

奈許的警告在我耳邊響起。「我是那把小刀，」我吞了一口口水。「那個魚鉤，那尊玻璃芭蕾女伶，隨便。」

詹姆森似乎有些訝異，卻又不那麼意外。「看來妳一直在跟我其中一個兄弟聊天。」他停頓了一下。「不是格雷森，」他掃視我的雙眼。「桑德？」他上下打量我的唇。「奈許。」他用非常肯定的語氣說。

「他有說錯嗎？」我想起托比亞．霍桑會在四兄弟生日當天把他們叫去書房，希望他們成就非凡，期待他們成為贏家。「我只是一種值得留在身邊的工具和手段，等謎題解開後就沒用了，對不對？」

「妳就是那個謎題，謎樣的女孩。」詹姆森依舊這麼認為。「妳可以退出，帶著疑惑過一輩子，或是跟我一起找出答案。」

一個邀請，一個挑戰。我默默告訴自己，我這麼做不是因為他，是因為我需要解答。

「我們來找答案吧。」我說。

詹姆森一碰，門就往內微開。「媽？」他呼喊，隨後又換個稱謂。「絲凱？」

「我在這兒，親愛的。」回應如銀鈴的叮噹聲傳來。

我很快就發現這個地方是絲凱房裡的浴室。

「有空嗎？」詹姆森停在浴室雙扇門前問道。

「多著呢，」絲凱似乎很滿意自己的回答。「非常有空。進來吧。」

詹姆森依舊待在門外。「妳穿好衣服了嗎？」

「應該吧，」絲凱喊道。「至少百分之五十的時間都有穿。」

詹姆森推開浴室的門。高臺上坐落著我有生以來見過最大的浴缸。我死命盯著浴缸的金色爪足（跟長廊上的金色飾條很配），不去看正在泡澡的絲凱。

「妳說妳穿好衣服了。」詹姆森聽起來一點也不意外。

「我全身都是泡泡。」絲凱語調輕快地說。「這樣還包得不夠緊呀？好啦，你來找媽媽有什麼事嗎？」

詹姆森回頭看我一眼，好像在說：現在知道我幹嘛喝威士忌了吧？

「我出去等好了。」我用最快的速度轉身，以免瞄到更多泡泡。

「哦，別這麼大驚小怪，艾比蓋兒。」絲凱勸道。「大家都是朋友嘛，對不對？所有竊取我與生俱來權利的人，我都會當成朋友對待，這是我的原則。」

我聽過人家話中帶刺，但像她這樣的還是頭一遭。

「如果妳鬧艾芙瑞鬧夠了，」詹姆森插話。「我想跟妳聊聊。」

「這麼認真？」絲凱嘆口氣。「好吧，你說。」

「我的中間名。我之前問過妳，是不是以我父親的名字來命名。」

絲凱沉默了一會兒。「幫我拿一下香檳好嗎？」

我聽見詹姆森在我身後走動——大概是在幫她拿香檳吧。「所以呢？」他問道。

「假如你是女孩子，」絲凱帶著一副吟遊詩人的神態說：「我會用自己的名字來替你取名，可能是絲凱勒，或絲凱拉。」她啜了一口應該是香檳的飲料。「你知道，托比就是以我父親的名字命名的。」

她突然提到早已不在的弟弟，引起了我的注意。我不清楚為什麼，也不曉得來龍去脈，只隱約感覺到一切都跟托比的死有關。

「我的中間名，」詹姆森再次提醒。「到底是怎麼來的？」

「我很樂意回答你的問題，親愛的，」絲凱停頓了一下。「只要給我點時間，讓我跟你這位可愛的朋友私下聊聊就好。」

第三十九章

要是我知道自己得跟赤身裸體、只有泡沫遮掩的絲凱進行一對一談話，應該也會先喝點波本威士忌。

「負面情緒會讓人變老。」絲凱挪動身體換個姿勢，水嘩啦嘩啦地隨之搖晃，濺到浴缸兩側。「水星逆行帶來的影響無可避免，不過……」她誇張地長嘆一口氣。「我原諒妳，艾芙瑞．葛蘭斯。」

「我又沒有求妳原諒。」

「而妳，」她自顧自地說，好像根本沒在聽。「當然會繼續提供我適當的金援。」

我開始懷疑眼前這個女人可能是外星人。

「我為什麼要給妳金援？」

我以為她會氣急敗壞地回罵，但傳到我耳裡的只有一聲縱情享受的輕哼，好像我才是那個荒唐可笑的人。

「妳若不打算回答詹姆森的問題，我就要離開了。」

絲凱任由我轉身走向門口。「妳會金援我的，」她在我走到一半時突然出聲，語氣非常輕鬆。「因為我是他們的母親。只要妳回答我的問題，我就回答妳的問題。妳對我兒子有什麼企圖？」

「不好意思，妳說什麼？」我轉身面對她，赫然想起自己為什麼從進來後就一直努力別開眼神，可是已經來不及了。

泡沫勉強遮住我不想看到的部分。

「妳大搖大擺走進我房間，我那打赤膊又深陷哀痛的兒子就在妳身邊。身為一個母親，我當然有顧慮，更別說詹姆森很特別。他才氣縱橫，就和我父親一樣。和托比一樣。」

「妳弟弟，」我突然不是很想離開了。「他怎麼了？」愛麗莎只有跟我說個大概，沒談到什麼細節。

「我父親毀了托比，」絲凱對著杯口邊緣回答。「寵壞了他。他生來注定是繼承人，一旦他走了……就會變成札拉和我。」她臉色一沉，隨即露出微笑。「不過後來……」

「妳有了小孩。」我接話。

不曉得她是不是因為托比走了才決定生孩子。

「妳知道為什麼我爸最愛的孫子是詹姆森，而非完美又盡責的格雷森嗎？」絲凱問道。

「不是因為詹姆森．溫徹斯特．霍桑才華洋溢、英俊帥氣或充滿個人魅力，是因為他如饑似渴，總是在追求什麼。他打從出生那天起就一直在探尋。」她一口氣喝完剩下的香檳。「格雷森擁有托比沒有的特質，但詹姆森恰恰相反，他就和托比一模一樣。」

「沒有人能像詹姆森一樣。」我不小心把心裡的想法說出來。

「看吧？」絲凱意味深長地瞄我一眼，如同愛麗莎在我初來霍桑莊園那天。「妳已經為他傾心了。」她閉上雙眼，背靠在浴缸上。「他小時候常常不見好幾個小時，偶爾還會消失一整天。只要我們稍微移開視線，他就會趁機溜進牆後的密道。每次找到他，我都會把他抱起來緊緊摟在懷裡，同時靈魂深處知道，他只想再次迷路。」她睜開眼睛。「妳對他而言正是如此。」絲凱從浴缸裡站起來，抓起一件浴袍套上。我別開視線。「妳不過是另一種迷失的方式。她也一樣。」

她。「艾蜜莉。」

「她是個漂亮的女孩，」絲凱若有所思地說。「但我想就算她很醜，他們還是會一樣愛她。她有種特別的氣質。」

「妳為什麼要跟我說這些？」我問。

「妳，」絲凱強調。「不是艾蜜莉。」她彎腰拿起酒瓶斟滿酒杯，然後赤著腳、滴著水珠走過來，將杯子遞給我。「我發現泡泡是我的萬靈丹，可以治癒一切。」她熱切注視著我。「快，喝吧。」

她是認真的嗎？

「我不喜歡香檳。」我退後一步。

「而我兒子的中間名——」絲凱喝了一大口。「不是我取的。」她舉起酒杯，彷彿在敬我，或是敬我的死。

「不是妳？那是誰？」

絲凱喝完香檳。「我父親。」

第四十章

我把絲凱說的話告訴詹姆森。

「我們的中間名是外公取的。」詹姆森看著我。我能聽見他腦中的齒輪嘎嘎轉動，然後——什麼都沒有。「是他取的。」他喃喃重複，像一隻關在籠裡的動物於長廊來回踱步。「他選了這些名字，而且在紅色遺囑中特別強調。」詹姆森再次駐足。「二十年前，他剝奪了家人的繼承權，不久後又替我們取了中間名，但奈許除外，因為他的已經取好了。格雷森今年十九歲，我十八歲，桑德下個月就滿十七歲。」

我能感覺到他努力用邏輯串起一切，試著找出我們遺漏了什麼。

「我外公在玩一場漫長的遊戲，」詹姆森全身肌肉瞬間繃緊。「橫跨我們的一生。」

「那些名字一定有什麼意義。」我說。

「也許他知道我們的父親是誰。」詹姆森思忖。「就算絲凱自認保密到家，也瞞不過我外公。沒有他不知道的祕密。」詹姆森似乎話中有話，語氣中透著一絲深沉、尖刻和不安。

他知道你哪些祕密？

「我們可以展開調查，」我試著專注在謎題上，而非詹姆森。「或是叫愛麗莎幫我請個私家偵探，找出有那些姓氏的人。」

「或者，」詹姆森開始討價還價。「妳可以給我大約六小時的時間徹底清醒，我再跟妳說我解謎時遇上瓶頸會怎麼做。」

七個小時後，詹姆森從壁爐通道帶我偷溜出去，來到莊園另一邊的側樓，經過廚房和客廳，踏進我這輩子見過最大的車庫——應該說展示廳比較貼切，真的。巨型牆架上立著十二部摩托車，另外還有二十四輛車圍成一個半圓。詹姆森經過一輛又一輛，最後停在一部好像從科幻小說裡搬出來的跑車前。

「這是英國奧斯頓．馬丁出品的『女武神』。」詹姆森介紹。「是一輛混合動力超跑，最高時速超過三百二十公里。」他指指另一邊。「那三輛是法國布加迪出產的頂級超跑，其中我最喜歡『凱龍』，將近一千五百匹馬力，在賽道上跑起來還不錯。」

「賽道，」我重複。「賽車場那種嗎？」

「這些是我外公的寶貝，現在……」詹姆森慢慢揚起微笑。「是妳的了。」

那抹微笑又壞又邪，散發著危險氣息。

「不行啦，」我連忙開口。「我不能在沒有奧倫陪同的情況下離開莊園，再說這種車我又不會開！」

「幸好，」詹姆森一派從容地走向放在牆架上的盒子。「我會。」盒子本身是個拼圖，類似魔術方塊，只是全都銀色，上頭還刻著奇怪的圖案。詹姆森立刻開始東轉西轉，將方塊排出特定的樣式。盒子瞬間敞開。他用手指劃過多得誇張的鑰匙，選了一把。「沒有什麼比速度更能讓人屏除雜念，跳脫自我。」他走向女武神。「有些謎題，放到時速三百二十公里的情況下看更能了解其意。」

「裡面坐得下兩個人嗎？」我問道。

「喲，繼承人，」詹姆森低聲細語。「我還以為妳永遠不會問呢！」

詹姆森把車開上平臺，讓車子降到地面以下，接著穿過一條隧道。我都還沒會意過來，車子就從一扇我根本不知其存在的後門開出去了。

詹姆森沒有加速。他一語不發，專心看著路面往前開。我坐在副駕駛座，體內所有神經末梢都活躍起來，脹滿期待。

這個主意糟糕透頂。

他一定有先打電話通知；因為我們抵達時，賽道已經準備好了。

「嚴格來說，女武神並不是賽車，」詹姆森跟我解釋。「而且我外公買的時候根本還沒開賣。」

嚴格來說，我不該離開莊園。我們不該把車開出來，也不該在這裡。

然而，時速來到二百五十公里左右時，我不再想著那些「應該」和「不該」。腎上腺素、狂喜、亢奮、恐懼，我的大腦裡沒有空間容納其他事物。速度就是一切。

當然，還有旁邊那個男孩。

我不希望他減速，不希望車子停下來。自宣讀遺囑以來，這是我第一次感到自由。沒有問題，沒有懷疑，也沒有人盯著我、不盯著我看，什麼都沒有。只有這一刻，在這裡，在這個當下。

只有我和詹姆森．溫徹斯特．霍桑。

第四十一章

終於，跑車減速緩緩煞停，現實在我們周圍崩潰瓦解。奧倫就站在那裡，旁邊還有一支安全小組。慘了。

「你跟我，」我們一下車，奧倫就對詹姆森說：「要小聊一下。」

「我不是小孩子了，」我看著奧倫帶來的後備人馬。「你想吼人的話吼我就好。」

奧倫沒有大吼大叫。他親自把我送回房間，說明天早上要跟我「談談」。從他的語氣聽來，我不太確定自己能毫髮無傷熬過那場對話。

當晚我幾乎徹夜未眠，大腦一片混沌，射出無數不想停也停不下來的電脈衝。我還是不懂為什麼托比亞・霍桑要在紅色遺囑裡特意強調四兄弟的中間名。就算那真的是他們父親的姓氏，抑或他選這些名字另有原因，都讓我摸不著頭腦。

我只知道絲凱說得沒錯。詹姆森在渴求什麼。我也是。但我同樣能聽見她的聲音在我耳畔碎語，說我不重要，我不是艾蜜莉。

最後，我終於迷迷糊糊睡著。我夢見一個少女。她既是影子，是輪廓，是幽靈，也是女王。我沿著一條又一條走廊狂奔，可是無論我怎麼跑、跑得多快，就是追不上她。

黎明破曉前，我的手機響了。我昏昏沉沉地抓起手機，有點不爽，只想使盡全力把它丟到窗外，而後才發現是誰打來。

「美心，現在是清晨五點半吔。」

「我這裡是凌晨三點半。妳從哪裡弄來的車？」美心聽起來一點也不睏。

「一個都是車的房間？」我理直氣壯地回答，待腦中的睡意徹底散去，才終於聽懂問題中的含義。「妳怎麼知道車子的事？」

「空拍照片。」美心回答。「從直升機上拍的。妳說『都是車的房間』是什麼意思？那個房間到底有多大啊？」

「我不知道……」我睏倦地呻吟，在床上翻個身。狗仔隊想必是拍到我和詹姆森一起出去。我一點也不想知道外頭亂傳什麼流言蜚語。

「還有，」美心繼續說：「妳現在是跟詹姆森．霍桑熱戀中嗎？我需要準備參加妳的春季婚禮嗎？」

「沒有。」我從床上坐起來。「不是那樣。」

「聽妳在屁。」

「我得跟這家人住在一起整整一年，」我解釋。「他們已經有夠多理由恨我了。」說這句話時，我腦中冒出的不是絲凱、札拉、桑德或奈許，而是格雷森。有雙銀灰色眼睛、西裝筆挺、語帶威脅的格雷森。「跟詹姆森牽扯在一起只會火上加油。」

「那場大火應該會很棒。」她喃喃地說。

美心簡直是損友中的損友。「我不能跟他在一起，」我再次重申。「況且……還有個女孩。」我回想起剛才的夢境。不曉得詹姆森有沒有帶艾蜜莉去兜風？不曉得她有沒有玩過托比亞·霍桑的遊戲？「她死了。」

「等等，什麼叫她死了？怎麼死的？」

「不知道。」

「妳怎麼會不知道？」

「她叫艾蜜莉。」我拉起被子緊緊包住自己。「妳知道全世界有多少人叫艾蜜莉嗎？」

「他還對她念念不忘？」美心問的是詹姆森，我的思緒卻回到格雷森聽見我說艾蜜莉名字那一刻。他好像被掏空一樣，整個人幾近崩潰。

這時，外面傳來一陣敲門聲。「美心，我該掛電話了。」

奧倫花了一個多小時和我一起細讀安全協議，還說他很樂意每天一大早過來陪我重溫內容，直到我牢牢記住為止。

「了解，」我告訴他。「我會遵守規則。」

「不，妳不會，」他看了我一眼。「但我會把工作做得更好。」

進入高地中學的第二天，也是新的一週的開始，基本上情況就和上週差不多。大家盡量不盯著我看，詹姆森在躲我，我在躲席雅。我想知道詹姆森覺得被別人看到我們走在一起會傳出什麼八卦，想知道艾蜜莉死時大家有沒有私下議論，流出什麼傳聞？

我想知道她是怎麼死的。

妳不是玩家。每當在走廊上看到詹姆森，奈許的提醒就會在我腦中響起，一遍又一遍。妳是玻璃芭蕾女伶——或是小刀。

「聽說妳想追求極速快感。」桑德突然從物理實驗室裡冒出來，顯然非常興奮。「唉，天佑狗仔隊。我還聽說妳跟我媽進行了一場非常特別的對談。」

我不太確定他是在同情我，還是想從我這裡知道什麼。「你媽媽真的很……與眾不同。」我說。

「絲凱是個性格複雜的女人，」桑德點點頭，一副睿智的模樣。「但她教我怎麼算塔羅牌和滋潤肌膚，我憑什麼抱怨呢？」

鍛鍊、鞭策、挑戰他們的人，期待他們超越不可能的人，讓他們充滿魔力、才氣非凡的人──不是絲凱。

「你外公留給你哥的信都一樣。」我告訴桑德，觀察他的反應。

「他們發現啦？」

「我知道你也是。」我微微瞇起眼睛。

「可能喔，」桑德用活潑愉快的語氣回答。「不過假設我有，假設我在玩這場遊戲，而且這一次、就這麼一次，假設我想贏……」他聳聳肩。「我會用我的方式去做。」

「你的方式包含機器人和司康嗎？」

「哪次沒有了？」桑德綻出笑容，用手肘把我推進實驗室。這個地方就和高地中學其他場館設備一樣，看起來無敵高級、無敵昂貴，說不定造價超過上百萬美元。流線型實驗桌環繞著實驗室，四面牆中有三面是偌大的玻璃落地窗，上面布滿色彩繽紛、字跡各不相同的計算過程，彷彿便條紙已經過時了。每張實驗桌皆配備一臺大型顯示器和數位白板，但這些和顯微鏡的大小相比，簡直小巫見大巫。

我覺得自己好像走進美國太空總署。

實驗室裡只剩兩個空位，一個在席雅旁邊，另一個離她很遠，隔壁坐著之前在檔案館看到的那個女孩。她的頭髮於頸背紮成鬆鬆的低馬尾，髮色豔紅如火，肌膚白皙似雪，美麗的外貌讓人忍不住駐足，無法移開視線。唯有那雙眼睛始終低垂。

席雅迎上我的目光，傲慢地對身旁的座位比比手勢。我回頭望著那個紅髮女孩。

「她有什麼故事啊？」我好奇地問桑德。沒有人跟她講話，也沒有人在看她。她是我見過最美的人之一。或許她也想隱身在人群裡。

像壁紙那樣不被人注意。

「她的故事——」桑德嘆了口氣。「牽涉到命運多舛的愛情、假約會、心碎、悲劇、扭曲的家庭關係、懺悔和永世英雄。」

「你認真的？」我看了他一眼。

「妳現在應該知道，」桑德一派輕鬆地說。「我不走認真路線。」

他撲通一聲坐到席雅旁邊，我便朝紅髮女孩走去。事實證明，她是個很不錯的實驗夥伴，不僅安靜、專注，心算能力也很強。我們一起做實驗的過程中，她一句話也沒說。

「我叫艾芙瑞。」實驗結束後，她還是沒有要自我介紹的意思。

「我叫蕾貝卡，」她的聲音非常輕柔。「勞夫林。」她注意到我聽見她的姓氏時表情變了，於是再度開口，也證實了我的猜想。「我的外公外婆在霍桑家工作。」

她的外祖父母負責打理霍桑莊園，而且夫妻倆好像都不是很想幫我做事。不曉得蕾貝卡是不是因為這樣才對我保持沉默。

但她也沒跟別人講話啊。

「妳知道怎麼用平板電腦交作業嗎？」蕾貝卡問我，語氣中透著一絲猶豫，好像她已經先預設立場，覺得自己會被拒絕一樣。我試著理解眼前的事實，不懂這麼漂亮的人怎麼會這麼沒自信，每件事都畏畏縮縮。

真的是每一件事。

「不知道，」我回答。「妳可以教我嗎？」

蕾貝卡直接用她的平板示範，在觸控螢幕上點了幾下，教我上傳作業。沒多久，視窗就跳回主畫面。她用了一張生活照當桌布。照片裡，蕾貝卡望向旁邊，另一個有著琥珀色頭髮的女孩對著鏡頭燦笑，兩人都戴著花環頭飾，眼睛一模一樣。

那個女孩並不比蕾貝卡漂亮——或許還差她一點——但不知怎的，你就是無法把目光從她身上移開。

「那是妳姐姐嗎？」我問道。

「對，」蕾貝卡闔上平板保護蓋。「她死了。」

我一陣耳鳴。我知道眼前這個女孩是誰。某種程度上，我覺得自己好像看到照片的那瞬間就知道了。「艾蜜莉？」

蕾貝卡的翠綠色眼眸直視我的雙眼。我有點慌，覺得自己應該說點別的，像是「很遺憾妳失去了親人」之類。

但蕾貝卡似乎不覺得我的反應很怪或令人不快。她只是把平板放在腿上，輕輕回了一句：「她一定會很想認識妳。」

第四十二章

艾蜜莉的面孔在我腦海中揮之不去，但我當時沒有仔細看照片，無法回憶起確切的容貌特徵和每一個細節。她的眼睛是綠色，頭髮是草莓金，宛如透著陽光的琥珀。我記得她頭上戴著花環，但不記得她的頭髮長度。我努力翻尋記憶，卻怎麼也拼不出她的臉，只想起她臉上掛著燦爛的笑容，正面直視鏡頭。

「艾芙瑞，」奧倫在駕駛座上開口。「到了。」

這裡就是霍桑基金會。感覺札拉主動說要帶我了解基金會情況已經是八百年前的事了。奧倫下車替我開車門時，我才注意到，這是消息傳出以來頭一次沒有記者或攝影師在堵我。可能新聞熱度退了吧，我一邊想，一邊走進霍桑基金會大廳。淺銀灰色牆壁上掛著數十張巨大的黑白照片，看起來微懸在空中，周圍環繞著數百張尺寸較小的照片。是人像。那些照片承載著來自世界各地的人，捕捉他們的片刻和瞬間；各種角度，各種觀點，各種想像得到的層面，例如年齡、性別、種族、文化，全都透過鏡頭化為影像。每張拍的都是人。或歡笑，或痛哭，或祈禱，或嬉戲，或飲食，或跳舞，或酣眠，或灑掃，或擁抱……交織出生活中的一切。

我想起麥高恩博士問我為什麼想旅行。這就是為什麼。

「葛蘭斯小姐。」

我抬起頭來，發現格雷森站在那裡。不曉得他看了我多久？他在我臉上瞥見了什麼？

「我跟札拉有約。」我連忙開口，想避開他必然的攻擊。

「札拉不會來，」格雷森慢慢走向我。「她認為妳需要一點……指導。」他說「指導」二字的口氣和方式不知怎的繞過我的防禦機制，直直穿透我的皮膚。「出於某種原因，我阿姨似乎認為最好由我來指導。」

他看起來就和我們初見那天一模一樣，連亞曼尼西裝的顏色也不例外，是一種澄澈的淺灰色，如同他的眼眸，如同這座大廳。我赫然想起之前在托比亞．霍桑的書房裡看到的大開本精裝攝影集，上頭烙著格雷森的名字。

「這些都是你拍的？」我屏住呼吸凝望周圍的照片。雖然只是猜測，但我很少有猜錯的時候。

「我外祖父認為，要看見世界，才能改變世界。」格雷森望著我，隨後又別開眼神。「他總說我有那樣的洞察力。」

投資，培養，創造。我想起奈許談及他們的兒時回憶。不曉得格雷森幾歲時拿到第一臺相機，又是從什麼時候開始環遊世界、看見世界，用底片捕捉一切。

真沒想到他是個藝術家。

「你阿姨一定不知道你很愛威脅別人。」我瞇起眼睛，對於自己被弄到開始想他而感到惱火。「我敢說，她一定也不知道你對我已故的母親做背景調查，否則她才不會出現錯覺，以為我比較想跟你一起逛基金會。」

格雷森的嘴唇抽動了一下。「札拉知道的事可多了。至於背景調查……」他走到櫃檯後方，拿了兩個資料夾出來。我惡狠狠地瞪著他。「妳比較希望我收好，不讓妳看嗎？」他揚起一邊眉毛。

我接過他遞出來的資料夾。他根本無權刺探我和我媽的生活。然而，就在我低頭看著手上的資料夾時，媽媽的聲音於我腦海中響起，如鈴鐺般清晰。我有一個祕密……

我飛快打開資料夾。工作紀錄、死亡證明、信用報告、無犯罪前科，還有一張照片……我緊抿雙唇，努力想移開眼神。照片裡的媽媽很年輕，還抱著小小的我。

我硬是將目光轉向格雷森，準備對他發洩情緒，但他只是冷靜地把第二個資料夾遞給我。我想知道關於我，他有什麼發現？說不定裡面有東西可以解釋他外公為什麼選我，又在我身上看到了什麼。我打開資料夾。

裡面只有一張空白的紙。

「紙上列出了妳繼承遺產後買的每一樣東西。根據紀錄，妳……」格雷森垂下眼瞄了紙頁一眼。「什麼都沒買。」

「霍桑家的人都是這樣道歉嗎？」我沒好氣地說。他很意外，我不是他認為的拜金女。

「我不會為了保護家人道歉。葛蘭斯小姐，我們家經歷了太多事，受的苦夠了。若要我在妳和任一家人之間抉擇，我會選擇他們，沒有例外。不過……」他再度直視我的雙眼。「我可能錯看妳了。」

他的語氣和表情都透著一種強烈的情緒，彷彿那個學會觀看世界的男孩終於看見了我。

「你錯了，」我闔上資料夾，轉身背對他。「我的確花了一些錢，應該說一大筆錢，請愛麗莎想辦法拿給我一個朋友。」

「什麼樣的朋友？」格雷森臉上的表情變了。「男朋友？」

「不是。」我回答。他幹嘛在乎我有沒有男友？「是一個常跟我在公園下西洋棋的人。他住在公園裡。」

「遊民？」格雷森看我的眼神與之前截然迥異，彷彿他遊歷了那麼多地方，從沒見過這種事，遇過像我這樣的人。他停頓了一下，隨即抽離情緒。「我阿姨說得沒錯。妳急需接受指導。」

他開始往前走。我別無選擇，只能跟著他，但我不想走在他後面，像隻小鴨跟在鴨媽媽身後搖搖晃晃地行進。他在會議室前停下來，替我開門。我從他旁邊擦身而過。即便肢體接觸只有一瞬間，都讓我感覺自己像是以每小時三百二十公里的速度疾馳。

絕對不行。我一定會在電話上對美心這麼說。我到底是哪根筋不對？格雷森明明大多時候都在威脅我、討厭我啊！

他關上會議室的門，走向房間後方的牆。牆上掛著一排地圖。第一張是世界地圖，接著是各大陸地圖，再來是各國地圖，一直往下細分到州地圖與城市地圖。

「看看這些，」他對地圖點點頭。「因為這才是需要幫助的對象。整個世界，而非單一個人。捐錢給個人沒什麼用。」

「對那些人來說很有用。」我小聲反駁。

「妳現在掌握的資源很多，不能再把格局放在個人身上。」格雷森的口氣就好像之前有人同樣狠狠給他上了一課。是誰？他外公嗎？「葛蘭斯小姐，妳，」他繼續說：「要對這個世界負責。」

這些話就像一根點燃的火柴，一點火花，一束火焰。

「為了學習管理基金會，」格雷森轉向地圖牆。「我申請延後一年進入大學就讀。我外祖父要我研究各類慈善捐贈管道，以期改善霍桑基金會的運作模式。我本來打算在接下來幾個月開始遊說各部門，調整基金會的方向。」他緊盯著那排和他眼睛同高的地圖。「現在我想得改成遊說妳了。」他似乎在衡量自己說話的速度。「目前簽署文件的工作暫時由基金會監管會處理，等妳滿二十一歲，就會移交給妳，就和我外公留下來的其他東西一樣。」

無法掌管基金會讓他大受打擊，任何遺囑條款都無法與之相比。我想起絲凱稱格雷森為「法定繼承人」（雖然她堅稱詹姆森是霍桑先生的最愛）。他特地延後入學，將那年空檔奉獻給基金會。他的攝影作品就掛在大廳裡。

他外公卻選擇了我。「我——」

「不用說對不起，」格雷森又盯著地圖牆看了好一陣子，然後轉身面對我。「也不要感到抱歉，葛蘭斯小姐。要讓一切變得值得。」

他還不如叫我變成火、土或風。一個人怎麼值得、配得擁有數百億美元？完全不可能，尤其是我。

「要怎麼做？」我問他。我要怎麼讓自己變得夠格？

他思索良久。真希望我是那種很會找話聊來活躍氣氛的女孩，那種放肆大笑、髮鬢插著鮮花的女孩。

「我無法教妳成為什麼樣的人，葛蘭斯小姐。但如果妳願意，我可以教妳培養一種思維方式。」

我努力克制自己不要想起艾蜜莉的臉。「我準備好了，開始吧。」

「捐贈給熟人，或是捐款給一個背後故事賺人熱淚的組織，」格雷森經過一張又一張地圖，走向會議室另一端。「感覺可能比捐給陌生人更好，但這不過是大腦玩的把戲。一個行為的道德價值，最終視行為結果而定，其他都不重要。」

他的言語談吐與舉手投足在在充滿力量，讓人完全無法移開目光、停止聆聽。相信我，我試過了。

「我們不該憑感受捐贈，」格雷森說。「而是要進行客觀分析，找出最能發揮影響力的場域，將資源集中到那裡。」

他大概以為我對他講的話一知半解，但他提到「客觀分析」時，我揚起微笑。「霍桑先生，你眼前這位正是未來的精算學專家。讓我看看你的圖表吧。」

格雷森解說完畢之際，我的腦袋飛快旋轉，充斥著一大堆數字和投影圖。我完全明白他的心智與思維模式，因為跟我的實在太像了。

「我明白為什麼分散資源行不通了。」我說。「面對大問題時，眼光要放遠，要採取更多的介入——」

「全方位介入措施，」格雷森糾正。「策略很重要。」

「可是也要分散風險吧。」

「這部分就透過經驗性成本效益分析進行評估。」

每個人都有自己的喜好，覺得某些事物充滿莫名吸引力。以我而言，顯然就是一個有著銀灰色眼睛的西裝男說「經驗性」這個詞，還一副理所當然，認為我一定聽得懂的樣子。

別胡思亂想了，艾芙瑞。格雷森．霍桑不適合妳。

就在這個時候，他的手機響了。他低頭瞄螢幕一眼。「是奈許。」

「去吧，快接。」此刻我真的需要喘息一下，暫時遠離他，遠離這一切。數學？我懂。投影圖？還可以試著理解。可是這個？

這是玩真的。這就是權力。每年一億美元。

格雷森接起電話，離開會議室。我走來走去，看著牆上的地圖，試著記住每個國家、每個城市、每個小鎮的名字。我可以幫助所有人，也可以誰都不幫。我的選擇可能會影響他人的生死，決定他們的未來是好是壞。

我有權做出這些選擇嗎？

紛亂的思緒讓人難以招架。我在最後一幅地圖前停下腳步。這是一張手繪地圖，和其他的不一樣。我看了好一陣子才意識到上面繪製的是霍桑莊園及其周邊環境。我的視線首先飄向一棟坐落在莊園後角、名叫「幽靜居」的小屋。我記得宣讀遺囑那天，律師提到托比亞・霍桑同意讓勞夫林夫婦一輩子住在這裡。

蕾貝卡和艾蜜莉的外公外婆，我心想。不知道這對姐妹小時候會不會來探望他們，在霍桑莊園裡度過了多少時光？艾蜜莉與詹姆森、格雷森初識時又是幾歲？

她去世多久了？

會議室的門應聲敞開。幸好我背對著門口，所以格雷森看不到我的臉。我不想讓他知道我一直在想艾蜜莉。我假裝研究眼前的地圖，細察莊園地形，從北方一座名為「黑森林」的樹林一路看到流過莊園西側的小溪。

黑森林。我又讀了一次地標名稱，血液在血管裡奔流的聲音突然變得震耳欲聾。黑森林的英文（Black Wood）音近布萊克伍德（Blackwood）。此外，那條蜿蜒的溪流旁也用小字標上說明。上面寫的不是小溪，而是小河。

一條位於莊園西側（west）的小河（brook）。英文音近威斯布魯克（Westbrook）。

布萊克伍德、威斯布魯克。

「艾芙瑞。」格雷森的聲音從後方傳來。

「怎麼了？」我的心思依舊繫著地圖及其潛藏的暗示。

「是奈許打來的。」

「我知道啊。」他接電話前不就說過了嗎？

格雷森輕輕把手放在我肩上。

我腦中警鈴大作。他為何突然這麼溫柔？「奈許要幹嘛？」

「是妳姐姐的事。」

第四十三章

「妳不是說妳會處理德瑞克，跟他玩玩嗎?!」我緊抓著手機，另一隻手下意識握拳。

我一上車就打電話給愛麗莎，格雷森也跟著鑽進後座坐在我旁邊。我沒時間，也沒心神細想他的存在。奧倫在開車。我氣炸了。

「我確實有處理，」愛麗莎再三保證。「妳們姐妹倆現在都有暫時保護令。若德瑞克出於任何原因企圖聯繫，或距離妳們任一人不到三百公尺，就會被逮捕。」

「那他為什麼現在會在霍桑莊園門口？」我勉強鬆開拳頭，抓著手機的手依舊緊繃。

德瑞克就在這裡，在德州。奈許打給格雷森時，莉比安全地待在屋內，但德瑞克一直用簡訊轟炸加奪命連環叩，要求和她見面。

「我會處理，艾芙瑞。」愛麗莎幾乎是立刻恢復鎮定。「事務所在當地警方有幾個熟人，他們會保持低調，謹慎行事。」

現在低調謹慎不是重點，重點是莉比。「我姐姐知道有保護令嗎？」

「她有在文件上簽名。」愛麗莎沒有正面回應。「艾芙瑞，我會處理，妳不要出面。」

她掛斷電話，我拿手機的手垂落到膝上。

「可以開快點嗎？」我問奧倫。

莉比有專屬的維安人員，德瑞克不太可能有機會對她造成身體上的傷害。

「奈許陪著妳姐姐，」這是我們上車後，格雷森首度開口。「若這位先生想動她一根寒毛，我保證，奈許會很樂意把他的手拿開。」

我不確定格雷森指的是把手從莉比身上拿開，還是從德瑞克本人身上拿開。

「德瑞克不是什麼好人，」我告訴格雷森。「而且我不只擔心他變得暴力。」我還擔心他表現深情，怕他非但不發脾氣，反倒溫柔體貼，讓莉比開始懷疑自己是不是誤會他，忘了眼周逐漸消退的瘀青。

「如果能讓妳比較安心，我可以直接把他轟出莊園。」奧倫表示。「但這麼做可能會讓記者有素材作文章。」

記者？我的腦袋開始運轉。「基金會那裡沒有狗仔隊，」抵達基金會時我特別注意到這一點。「是因為他們全都跑回莊園？」

莊園圍牆能將記者阻擋在外，但大街這類公共場所，他們可以隨心所欲合法聚集，沒理由不去。

「要我賭的話，」奧倫回答。「我猜德瑞克打了幾通電話給記者，事先安排觀眾。」

奧倫轉進莊園車道，一路上經過大批媒體，場面一點也不低調。我瞥見德瑞克的身影在前方的鍛鐵大門外徘徊，旁邊還站了兩個人。即便隔了一段距離，還是能看出他們穿著警察制服。

狗仔隊當然也看得出來。

愛麗莎的警察朋友還真不張揚。我氣得咬牙切齒。若德瑞克被拖下車道的影片在媒體上瘋傳，莉比一定會很歉疚。

「停車！」我厲聲說。

奧倫照辦，從駕駛座轉頭看我。「我建議妳留在車上。」他不是建議，而是命令。

我探向車門把手。

「艾芙瑞，」奧倫的口氣讓我停下動作。「如果妳要下車，最好讓我先下車。」

我想起今天早上和他一對一「小聊」的事，決定還是別挑戰他比較好。

格雷森解開安全帶，溫柔地抓住我的手腕。「奧倫說得對。妳應該留在車上。」

我垂眼看著他圈在我腕上的手，旋即抬頭。「你會怎麼做？」我問他。「為了保護家人，你願意付出多少代價？」

格雷森一時語塞。他很清楚，這局我贏了。他慢慢把手抽回去，我能感覺到他的指腹輕輕掠過我的指關節。我做好心理準備，伴著愈趨急促的呼吸打開車門。關於霍桑家族遺產風波，德瑞克是媒體目前掌握到最大的新聞，因為我們還沒丟出其他更值得追的消息——只是還沒。

我揚起下巴，抬頭挺胸踏出車外。快看我，你們要的話題就在這裡。我穿著有跟的靴子和學校百褶裙，沿著車道走回大街，制服外套隨著步伐繃緊，貼著身體。新的髮型，新的妝容，還有新的態度。

我就是新聞。今晚大家不會聊德瑞克。他不再是萬眾矚目的焦點，我才是。

「這是臨時記者會？」奧倫用氣音問道。「身為妳的保鑣，我有義務警告妳，愛麗莎會殺了妳。」

以後的問題以後再說。我甩甩完美的大波浪鬈髮，挺起胸膛。隨著我們一步步走近，記者的呼喊和吼叫也愈來愈大聲。

「艾芙瑞！」

「艾芙瑞，看這邊！」

「艾芙瑞，關於那些傳聞，妳有什麼話要說——」

「艾芙瑞，笑一個！」

我站在記者面前，牢牢抓住眾人目光。奧倫舉起一隻手，大家全都安靜下來。講話啊。我得說點什麼才行。

「我……呃……」我清清喉嚨。「這是一個很大的轉變。」

人群中傳來零星的笑聲。加油，我做得到。一冒出這個想法，宇宙就立刻要我付出代價。德瑞克和警察在後方突然爆發衝突。我看到幾支長焦距鏡頭轉向大門、拉近畫面，攝影機開始轉移角度，不再對著我。

別光是說話，要講故事，讓他們想不聽都難。

「我知道托比亞・霍桑為什麼要變更遺囑。」我提高音量。記者群爆出一陣驚呼，開始鼓譟。這件事之所以成為十年來最轟動的新聞是有原因的，大家都想一探背後的祕辛。「我知道他為什麼選我當繼承人。」大家的視線全落在我身上。「除了我，沒有人知道真相。」我放手一搏，努力讓大家相信我的謊言。「若各位媒體朋友持續報導後面那名男子可悲、不實的言論，我就會將真相埋藏在心底一輩子，永遠不可能公諸於世。」

第四十四章

直到安全踏進莊園，我才意識到自己剛才闖的禍有多嚴重。我跟記者說我有他們想要的答案。這是我第一次對媒體喊話，也是他們第一次掌握到我本人的真實畫面，我卻在鏡頭前撒謊。

奧倫說得沒錯。愛麗莎一定會殺了我。

我來到廚房找莉比，發現她被上百個杯子蛋糕團團包圍，不誇張，真的那麼多。她之前在家都會烤蛋糕當作賠罪，一間有三個烤箱的專業級廚房讓她整個人火力全開。

「莉比？」我小心翼翼地靠近。

「妳覺得接下來要做紅絲絨還是鹹焦糖口味？」莉比雙手拿著擠花袋，藍色髮絲從馬尾上鬆落，披散在臉上，不願與我眼神交會。

「她已經做好幾個小時了。」奈許往後靠著不鏽鋼冰箱，大拇指勾住破舊牛仔褲的褲耳。「手機也響了這麼久。」

「不要大剌剌地談論我，好像我不在場一樣。」正在塗糖霜的莉比從杯子蛋糕上抬起頭，瞇眼瞪著奈許。

「遵命，夫人。」奈許緩緩揚起一個大微笑。不曉得他陪在她身邊多久了，又為什麼會和她在一起？

「德瑞克走了，」我告訴莉比，默默希望奈許能聽出其中的暗示，知道這裡不需要他。「我處理好了。」

「應該是我要處理，好好照顧妳才對。」莉比撥開臉上的頭髮。「不要再那樣看我了，艾芙瑞。我才不會崩潰。」

「當然不會，親愛的。」奈許靠在冰箱上說。

「你……」莉比看著他，眼裡閃過一絲惱怒。「給我閉嘴。」

我長這麼大沒聽過莉比叫別人閉嘴，但至少她的語氣不像是脆弱或受傷，應該不太可能回德瑞克簡訊。我想到愛麗莎說，奈許有救世主情結。

「正在閉，」奈許拿起一個杯子蛋糕，像吃蘋果般咬了一口。「至於接下來要做什麼口味，我舉雙手投紅絲絨。」

莉比轉向我。「好，就做鹹焦糖。」

第四十五章

當天晚上，愛麗莎打電話來，狂飆了一堆基本上就是「妳這樣插手我沒辦法好好做事」之類的話。最後她簡短說聲再見，感覺接下來會有更多懲罰。我掛斷電話，坐到電腦前。

「到底是多糟啊？」我自言自語。答案是——「變成所有新聞網站頭條」那麼糟。

霍桑遺產風波真相？繼承人保密到家。

艾芙瑞．葛蘭斯究竟知道什麼內幕？

我看著狗仔隊拍的照片，差點認不出自己。畫面上的女孩很漂亮，感覺內心充滿正義的怒火，看起來就跟霍桑家的人一樣高傲又危險。

我覺得自己一點都不像那個女孩。

我以為美心一定會傳簡訊給我問東問西，急著知道一切，但她連我傳的訊息都沒回。我伸手想闔上筆電，卻又改變了主意。我記得先前告訴美心，我之所以不曉得艾蜜莉出了什麼事，是因為艾蜜莉這個名字很常見，要找她簡直就像大海撈針。

不過現在我知道她姓什麼了。「艾蜜莉．勞夫林。」我一邊說，一邊在搜尋欄輸入她的名字，再加上「高地中學」四個字以縮小搜尋範圍。我的手指懸在刪除鍵上方，猶豫了好一陣子。嗯，該做的還是得做。

我按下確定鍵。

螢幕上跳出一則訃聞，就這樣。沒有新聞報導，沒有文章指出在地一名優秀美麗的女孩死因可疑，也沒有提到格雷森或詹姆森．霍桑。

訃聞上有張照片。這次艾蜜莉不是燦笑，而是微笑。我仔細端詳照片，將先前遺漏的細節刻印在腦海裡。她有一頭層次分明的長髮，除了隨興彎翹的髮梢外，其他地方都是直的，如絲般柔順光滑。她的眼睛在小臉襯托下顯得格外地大，上唇形狀類似愛心，雙頰帶有一點點雀斑。

叩、叩、叩。

我飛快抬頭，啪一聲闔上筆電，不想讓別人知道我在搜尋什麼。

叩。這一次，我決定採取行動，打開床頭燈走向聲音來源。我在壁爐前停下腳步，很確定是誰在另一邊。

「你有用過門嗎？」我扳動燭臺打開通道，沒好氣地問詹姆森。

「妳想要我用門嗎？」他昂首挑起一邊眉毛。

我覺得他其實是在問我「是不是想要他當個正常人」。我想起坐在他身旁和他一起驅車飆速，想起攀岩——還有他及時伸手抓住我。

「我看了妳的記者會。」詹姆森臉上又出現那種表情，好像我們在下西洋棋，而他剛走了難纏的一步想挑戰我。

「與其說是記者會，不如說是超爛的壞主意。」我用挖苦的語氣自嘲。

「我有沒有告訴過妳，」他輕聲呢喃，用一種很故意的眼神目不轉睛地看著我。「我對壞主意毫無招架之力？」

起先我覺得他似乎是被我搜尋艾蜜莉的舉動召喚過來，但現在我明白背後的真意了。詹姆森．霍桑深夜跑來我房間。我穿著睡衣，而他身子微傾，慢慢靠向我。

這一切絕非偶然。

妳不是玩家。妳是玻璃芭蕾女伶——或是小刀。

「你想幹嘛？」我的身體渴望靠向他，理性腦卻喊著要我退後。

「妳對記者說謊。」詹姆森依舊直視著我，沒有眨眼。我也沒有。「妳跟他們說的……不是真的，對吧？」

「當然不是啊。」如果我知道托比亞．霍桑為什麼把遺產留給我，我就不會和他一起尋找解答。

在基金會看到那張地圖時，就不會驚訝到差點喘不過氣。

「有時很難看穿妳的心思，」詹姆森說。「妳不太好捉摸。」他的眼神落在我唇邊，慢慢湊近我的臉。

千萬別愛上霍桑家的人。

「不要碰我。」我急忙退後，一種奇怪的感覺拂掠心頭，就像我在基金會與格雷森擦身而過時一樣。

那種感覺……我對他們倆都不該有。

「昨晚那場刺激的兜風很值得，」詹姆森說。「讓我得以跳脫自身框架，用新的眼光來看待這道謎題。來，問我，關於我們四兄弟的中間名，我有什麼發現。」

「不用，」我回答。「我也解開了。布萊克伍德、威斯布魯克、達文波特、溫徹斯特，這些不只是名字，也是地點。至少前兩個是。布萊克伍德意指黑森林，威斯布魯克則是莊園西邊的小河。」我努力專注在謎題上，不去想房間裡只有昏暗的床頭燈光，我們又站得好近好近。「另外兩個我還不確定，但是……」

「但是……」詹姆森露齒一笑。「妳會找出答案，繼承人。」他把唇湊到我耳邊。「我們會找出答案。」

我們？才沒有什麼「我們」。我不過是你達成目的的手段罷了。我暗自心想，也真的這麼認為，但不知怎的，說出來的話完全是另一回事。

「想散散步嗎？」

第四十六章

我們倆都很清楚，這不是單純的散步。

「黑森林占地遼闊，漫無目的尋找只會落得徒勞。」詹姆森配合我的步伐，緩慢穩定地往前走。「相較之下，小河比較容易，其流域涵蓋了大部分莊園。不過，如果我對外公的了解沒錯，我們要找的東西不在水裡，而是在橋上或橋下。」

「什麼橋？」我用眼角餘光瞄到一些動靜。是奧倫。他就那樣默默站在陰影處。

「那座橋，是我外公向我外婆求婚的地方，就在幽靜居附近。」詹姆森回答。「當年我外公只有那間小屋，隨著企業帝國版圖擴張，他買下周圍的土地，蓋了現在這幢大宅，但始終保留著幽靜居。」

「就是勞夫林夫婦住的地方，」我在腦海中描繪那間坐落在地圖上的小屋。「艾蜜莉的外祖父母。」光是說出她的名字都讓我覺得內疚，但我仍持續觀察詹姆森的反應。你愛她嗎？她是怎麼死的？席雅為什麼責怪你的家人？

詹姆森嘴唇扭曲。「桑德說妳跟蕾貝卡聊了一下。」他終於開口。

「其他同學都不跟她講話。」我低聲說。

「不對，」他糾正。「是蕾貝卡不跟別人講話。她已經好幾個月沒說話了。」他沉默一會兒，周遭除了我們的腳步聲外，一片靜謐。「蕾貝卡從小就害羞內向，很有責任感，是那種讓爸媽放心的孩子。」

「艾蜜莉不是。」我填補他話語中的空白。

「艾蜜莉……」詹姆森的聲音聽起來不太一樣。「艾蜜莉只想玩得開心。她患有先天性心臟病，她的父母非常保護她，簡直到了荒謬的程度，從小就不准她做這個、做那個。十三歲那年，她接受了移植手術，之後就只想享受人生。」

不只是活著或撐過去，而是要享受人生。我腦中浮現她對著鏡頭大笑的模樣：狂野、自由，更多了幾分機靈慧黠，彷彿拍照當下她就知道，大家之後都會看著這張照片，看著她。

我想起絲凱對詹姆森的形容。如饑似渴，總是在追求什麼。

「你有帶她去兜風嗎？」我脫口問道。如果可以，我一定會收回這句話。但這個問題只是於空中飄懸，迴盪在我們之間。

「我和艾蜜莉什麼都做。」詹姆森的口氣有如這些字句是從他嘴裡硬扯出來似的。「我們是同一類人，」說完他隨即改口。「我以為我們是同一類人。」

我想起格雷森說過，詹姆森喜歡追求感官刺激。恐懼、痛苦、喜悅——艾蜜莉對他而言屬於哪一種？

「她怎麼了？」我又問。網路搜尋沒有答案，席雅又說得好像是霍桑一家害的，艾蜜莉是因為常待在莊園才會死。「她住在小屋裡嗎？」

「她遇見了格雷森。」詹姆森忽略第二個問題，回答第一個。從我當著格雷森的面說出艾蜜莉名字那一刻起，我就知道她對他來說很重要。但就詹姆森的話聽來，他才是那個和艾蜜莉交往的人。我和艾蜜莉什麼都做。

「遇見格雷森？什麼意思？」我繼續追問，回頭瞄了一眼。奧倫不見蹤影。

「我們來玩個遊戲。」詹姆森的語氣透著一絲陰鬱。我們沿著山丘往上走，他的步調比先前快了一倍。「我會說三件跟我有關的事，其中一個是真相，另外兩個是謊言，至於哪個是哪個，由妳決定。」

「不是兩個真相，一個謊言嗎？」我是沒參加過多少派對，但也稱不上與世隔絕。

「遵守別人的規則有什麼意思？」詹姆森看我的眼神彷彿希望我能理解這個想法。理解他。

「第一個真相，」他飛快開口。「早在妳來之前，我就知道我外公的遺囑內容。第二個真相，是我派格雷森去接妳的。」

我們抵達山頂。從那裡可以看到遠處有棟小屋，一座橋橫亙在我們與小屋之間。

「第三個真相，」開口那瞬間，詹姆森如雕像般動也不動地站定。「我看著艾蜜莉‧勞夫林死去。」

第四十七章

我沒有玩詹姆森的遊戲。我猜不出他講的哪句是真的，只知道他說最後幾個字時喉嚨緊繃，好像卡著什麼。

我看著艾蜜莉．勞夫林死去。

這句話並沒有告訴我艾蜜莉出了什麼事，也沒有解釋他為何要說她遇見了格雷森。

「繼承人，我們把注意力放在橋上好嗎？」詹姆森沒有跟我要答案。我不知道他是不是真的想讓我猜。

我強迫自己集中精神，專注眼前。此處樹林相對稀疏，幽微的月光得以自葉隙間灑落，景色優美如畫。

我能隱約辨識出橋面拱起，橫跨過小河，但看不清底下的流水。橋身是木製的，欄杆及其下的立柱感覺是煞費苦心、手工打造而成。「這座橋是你外公自己搭建的嗎？」

我從未見過托比亞．霍桑，卻開始覺得自己好像認識他。無論是在這個謎團，在莊園，在四兄弟身上，都能看見他的身影。他無處不在。

「我不知道，」詹姆森咧嘴一笑，牙齒在月光下閃爍著晶亮。「如果是的話，這座橋大概百分之九十九點九暗藏玄機。」

詹姆森很會假裝。假裝我沒問過艾蜜莉的事，假裝他沒告訴我，他看著她死去。假裝午夜後發生的一切會留滯在黑暗中，無人知曉。

他踏上橋面，我也跟了上去。這座橋如岩石般堅固，只是有點老舊，木板會發出輕微的嘎吱聲。詹姆森走到另一頭，又張開雙臂沿原路折返，指尖輕輕拂過欄杆。

「知道我們在找什麼嗎？」我問他。

「我看到就會知道了。」這種回答還不如說「我看到就會跟妳講」。詹姆森提到他和艾蜜莉很像，是同一類人。我始終甩不掉這種感受，覺得艾蜜莉在他眼中是個積極的行動派玩家，而非遊戲的一部分，更不是一顆妥善安排、只為最後派上用場的棋子。

我是個有能力的人。此刻我就在這裡，玩這場遊戲。我掏出大衣口袋裡的手機，點開手電筒往回走，尋找欄杆上的凹陷、刻痕等任何可能是線索的東西。我一邊數算木頭上有幾根釘子，一邊目測釘子之間的距離。

看完欄杆後，我蹲下來檢查立柱。詹姆森也在我對面做出同樣的舉動，感覺我們好像在跳舞。一場奇怪的午夜雙人舞。

我就在這裡。

「我看到就會知道了。」詹姆森喃喃重複，像是再三保證，又像在誦唸咒語。

「也可能是我先發現什麼。」我直起身子。

「有時候，」詹姆森抬頭望著我。「只需要換個角度。」

他一躍而起，跳到欄杆上。橋下的小河幽晦難辨，只能聽見流水潺潺。詹姆森開始在欄杆上行走，腳步聲劃破了寂靜冷清的夜。

眼前的畫面似曾相識，就跟之前看著他在陽臺上搖搖晃晃一樣。

這座橋沒有很高，河水應該不深。我站了起來，用手電筒照著他。橋面在我腳下嘎吱作響。

「我們來看看橋底。」詹姆森爬到欄杆外，在木橋邊緣保持平衡。「抓住我的腿。」但我還搞不清楚要抓哪裡，或是他打算要做什麼，他就改變了主意。「不行，我太重了，妳抓不住。」他一眨眼就翻過欄杆，回到橋上。「應該是我抓妳才對。」

媽媽去世後，我有好多事想做，卻始終沒去嘗試。第一次約會、第一次接吻……各式各樣的第一次，但眼下這一個完全不在我的人生清單上。這是我第一次被一個剛承認自己目睹前女友死去的男孩抓著腿，倒吊在橋外。

她不是和你在一起嗎？為什麼要說她遇見了格雷森？

「手機不要掉了，」詹姆森叮嚀。「我也不會讓妳掉下去。」

他雙手緊抓著我臂部兩側。我臉朝下，從立柱間的空隙探出去，軀幹懸掛在木橋邊緣。要是他不小心鬆手，我就完蛋了。

垂吊遊戲，我隱約聽見媽媽的聲音在我耳邊迴盪。

詹姆森調整重心，充當我的固定架。他牢牢抓著我，兩人膝蓋相碰。我突然明顯察覺到自己的身體與皮膚的存在，這種強烈的感受前所未有。

別管什麼感覺，看就對了。我飛快瞄了橋底一眼。詹姆森沒有鬆手。

「有看到什麼嗎？」

「陰影，」我回答。「還有一些藻類。」我扭動身體，微微拱背，血液往下直衝腦門。「橋底的木板和橋面上的不太一樣，至少鋪了兩層木頭。」我數數木板，共有二十一塊，然後又花了幾秒檢查木板與立柱的銜接處。「這裡什麼都沒有，詹姆森。拉我上去吧。」

橋底有二十一塊木板。我剛才算了一下，橋面也有二十一塊，兩者相符，沒什麼不對勁的地方。詹姆森在橋上走來走去，但我覺得最好還是站著別動。

應該說，若不是我一直看著他踱步，我會覺得最好還是站著別動。他走路的方式散發出一種難以言喻的氣場，優雅到不可思議。「已經很晚了。」我別開目光。

「一直都很晚，」詹姆森回答。「灰姑娘，妳要是會變回南瓜早就變了。」

又一天，又一個新綽號。我不想費心解讀他的話。老實講，我連要從何解起都不知道。

「我們明天還要上學欸。」我提醒他。

「也許要，」詹姆森走到木橋盡頭，又轉身往回走。「也許不用。妳可以遵照他人的規則，也可以自己制定規則。我很清楚自己喜歡哪一個，繼承人。」

是艾蜜莉喜歡哪一個吧！我就是忍不住往那裡想。我甩開這些念頭，試著專注當下。

木橋嘎吱作響，詹姆森來回踱步。我淨空思緒。橋又發出嘎吱聲。

「等一下，」我歪著頭。「別動。」令人驚訝的是，詹姆森居然乖乖照做。「退後，慢慢來。」我靜靜等待，側耳聆聽。嘎吱聲再度響起。

「發出聲音的是同一塊木板。」他的結論與我的想法不謀而合。「每次都一樣。」詹姆森蹲下來細看，我也跪在旁邊。那塊木板看起來與其他木板無異。我撫觸板面，想看看有沒有什麼特別的地方。至於是什麼？我不知道。

詹姆森也開始摸木板。他的手輕輕擦過我的手。我努力壓抑內心的感受，以為他會馬上縮回去，沒想到他的手指滑進我指間，與我十指交疊，掌心貼著板面。

接著他往下壓。

我也照做。

木板嘎吱作響。我俯身細探，詹姆森開始緩緩轉動我們的手，從木板一邊移向另一邊。

「板子在動，」我抬頭瞥他一眼。「只有一點點。」

「一點點還不夠。」他慢慢把手指從我指間抽回，動作如羽毛般輕柔，透著一絲溫暖。「我們要找的是類似門鎖的東西。木板鎖死了，所以轉不動。」

我們檢視了好一陣子，終於在那塊木板與立柱銜接處發現兩個小小的節瘤。詹姆森負責左邊，我負責右邊，像按按鈕一樣同時壓下去。啪！一個物體彈開的聲音傳來。我們回到中間再試一次，發現木板鬆動了不少，於是便一同旋轉木板，直至板底朝上。

我和詹姆森各自打開手機的手電筒，照著木板底部。只見木頭表面刻著一個圖騰。

「∞，代表無窮、無限大的數學符號。」詹姆森用大拇指沿著刻痕描畫。

我歪著頭，從更務實的角度切入。「或是8。」

第四十八章

轉瞬間，早晨翩然降臨。不知道為什麼，我居然有辦法爬出被窩，換好衣服。我實在很懶得化妝、弄頭髮，但桑德的話言猶在耳。若不自己講故事，別人就會替你講。

我昨天才與媒體正面交鋒，實在沒本錢展現出柔弱的一面。

就在我化好所謂的「戰鬥妝」時，房外響起一陣敲門聲。我去應門，發現是那天跟著愛麗莎一起來的女傭，也就是「奈許的人」。她端著早餐托盤。打從我住進霍桑莊園以來，勞夫林太太就沒替我送過早餐，一次也沒有。

真不曉得我到底是哪裡得罪她，要這樣對我。

「清潔團隊每週二都會針對整座莊園進行大掃除，」女傭擺好托盤後告訴我。「若妳不介意，我就先從浴室開始。」

「那我先把毛巾掛起來。」我回答。

她看我的眼神好像我說要在她面前做裸體瑜伽一樣。

「妳可以把毛巾丟在地上沒關係。我們會洗。」

嗯……總覺得那樣不太好。「我叫艾芙瑞。」她應該知道我的名字，但我還是自我介紹。「妳呢？」

「梅莉。」她簡單回答。

「謝謝妳，梅莉。」她一臉茫然地望著我。「謝謝妳的幫忙。」我想起托比亞・霍桑不太喜歡讓外人踏進莊園，儘管如此，每週二還是會有一群人來整理屋宅內外。其實這也沒什麼好大驚小怪的，不是每天都有清潔團隊來打掃還比較讓人訝異。不過……

我穿過走廊，來到莉比的房間。我知道她一定懂我的感受，明白這一切有多超現實、多讓人不自在。我怕她還在睡，所以輕輕敲門。門微微往內開，露出一條縫，正好寬到能瞥見一張椅子和腳凳——還有坐在上面的人。

奈許・霍桑沉入椅背，一雙長腿伸出來放在腳凳上，連靴子都沒脫，臉上還蓋著一頂牛仔帽。他在睡覺。

睡在我姐姐的房間裡。

奈許・霍桑睡在我姐姐的房間裡。

我忍不住驚呼，往後退了幾步。奈許被突如其來的騷動吵醒，發現我在門外。他拿著牛仔帽從椅子上悄悄起身，來到外面的走廊。

「你在莉比的房間幹嘛？」我問道。雖然他沒有躺在她床上，但還是很怪。霍桑家的老大為什麼要特地守在我姐姐身邊，守了一夜？

「她最近過得不太好。」

奈許講得好像我不知道一樣，好像昨天應付德瑞克的人不是我。

「莉比不是你的計畫。」我告訴他。我不曉得過去幾天他們共處了多久，可是昨天在廚房裡，莉比似乎覺得他很煩。她就像一縷（哥德式）陽光，給人帶來快樂和希望，不是那種容易被惹毛的人。

「我的計畫？」奈許瞇起眼睛。「麗麗到底跟妳說了什麼？」

他一直用暱稱來稱呼愛麗莎，只會讓我想起他們訂過婚的事。他是愛麗莎的前男友，不曉得拯救了多少莊園員工，而且……他在莉比的房間過夜。

這件事不可能有好的結果。但我還來不及表明想法，梅莉就從我房裡走出來。她應該沒辦法在這麼短的時間內掃完浴室，想必是聽到我們在講話，聽到奈許的聲音。

「早。」奈許對她打招呼。

「早安。」她微笑回應，然後看看我，又看看莉比的房間和敞開的房門，臉上那抹笑意倏然消逝。

第四十九章

奧倫拿著咖啡站在車子旁邊等我。關於昨晚我和詹姆森的小冒險，他一個字也沒提，我也沒問他看見了多少。他打開車門，斜著身子湊過來。「別說我沒警告妳。」

我不懂他的意思，直到我發現愛麗莎坐在副駕駛座。「妳今天早上看起來很沉穩。」她開口。

我想她所謂的「沉穩」指的是「沒那麼魯莽，因此醜聞不至於躍上八卦小報」。不曉得她會怎麼描述我在莉比房間撞見的情景。

這很不妙，真的不妙。

「希望妳這個週末沒有其他安排，艾芙瑞，」愛麗莎在奧倫啟動引擎時說。「還有下個週末。」詹姆森和桑德都沒出現，表示沒有人可以居中緩和氣氛，而且愛麗莎顯然很火大。

她是我的律師，不能要我禁足吧？我暗暗心想。

「我原本想讓妳保持低調，別那麼快成為鎂光燈焦點。」愛麗莎語氣尖銳地說。「但既然計畫失敗，本週六晚上妳要參加粉紅絲帶乳癌防治募款活動，下週日要出席一場比賽。」

「比賽？」

「美國職業美式足球聯賽。」她冷冷地回答。「妳是球隊老闆。我希望安排一些高調的社交活動，讓八卦媒體有足夠的素材發新聞，爭取一點時間，等妳受過專業媒體訓練後再進行第一場專訪。」

我還在試著消化美式足球聯賽的事，愛麗莎就立刻投下「媒體訓練」這顆震撼彈，一股恐懼立刻湧上喉頭。

「我一定要——」

「對，」愛麗莎無情地回答。「一定要參加這週末的募款，一定要出席下週末的比賽，一定要接受媒體訓練。」

我沒有再抱怨。畢竟這把火是我為了保護莉比放的，遲早都要承擔後果。

我到了學校，發現好多人盯著我看，讓我不禁懷疑過去兩天那種無人聞問的校園生活其實是一場夢。上學第一天，我以為自己會面臨當前這種情況。席雅就像那天一樣，是第一個走向我的人。

「妳紅了。」從她的語氣聽得出來，她覺得我做了一件很壞又很讚的事。我的思緒莫名飄向詹姆森，回到他在橋上和我十指交纏那一刻。

「妳真的知道托比亞．霍桑為什麼把遺產留給妳嗎？」席雅的眼睛閃閃發光。「全校都在討論這件事。」

「全校愛討論什麼就討論什麼。」

「妳對我沒什麼好感。」席雅說。「沒關係，我是個好勝心超強的雙性戀完美主義者，很喜歡贏，而且從外表就看得出來。我不是沒被討厭過。」

「我沒有討厭妳。」我翻翻白眼。我跟她還沒熟到會討厭她的地步。

「那就好，」席雅露出自滿的微笑。「因為我們會有更多時間相處。我爸媽要出遠門，他們似乎認為，我獨自在家可能會做出一些不明智的事，所以我會暫時跟我叔叔一起住。我知道他和札拉搬進霍桑莊園了。他們應該還沒準備好將自家田宅割讓給陌生人。」

札拉一直在裝好人，應該說，至少比之前好一點，但我完全不曉得她搬進來了。再次重申，霍桑莊園奇大無比，說不定有一整支職業棒球隊住在那裡，我都不知道。

根據目前的情況來看，我搞不好真的有一支職業棒球隊。

「妳為什麼會想住在霍桑莊園？」我問道。畢竟是她警告我，要我離開的。

「大家都以為我能一味地隨心所欲，其實不然。」席雅將黑髮甩到肩後。「再說，艾蜜莉是我最好的朋友。經過去年那些事後，我對霍桑兄弟的魅力早就免疫了。」

第五十章

我終於聯絡上美心，但她好像沒心情閒聊。我感覺得到有地方不對勁，卻又說不上來。關於席雅搬進莊園的事，她一句招牌的錯字髒話都沒說，也沒評論霍桑兄弟的體格外貌，只是簡短回應幾聲，似乎有些不耐煩。我問她一切都還好嗎？她說她該掛電話了。

相較之下，桑德倒是對席雅的事很感興趣。「如果席雅在這裡，」那天下午，他壓低聲音對我說，好像莊園牆壁有耳朵似的。「她一定會搞鬼。」

「『她』是指席雅，還是你阿姨？」我尖銳提問。

札拉放我鴿子，叫格雷森帶我認識基金會，現在還帶席雅住進莊園。我不曉得她在檯面下玩什麼把戲，但我看得出來，有人想搞事。

「妳說得有道理。」桑德回答。「我很懷疑席雅是自願搬進來。她希望禿鷲吃掉我的內臟都來不及了。」

「你？」我有點訝異。席雅和霍桑兄弟之間的問題似乎都繞著艾蜜莉打轉，也就是說，應該跟詹姆森和格雷森有關。「你做了什麼？」

「這個故事——」桑德嘆了口氣。「牽涉到命運多舛的愛情、假約會、悲劇、懺悔……

可能還有禿鷲。」

我想起之前問桑德關於蕾貝卡的事，他完全沒提到她是艾蜜莉的妹妹，只是喃喃說出和剛才差不多的話。

我還來不及細想，桑德就把我拖到聲稱是他在莊園裡第四喜歡的房間。「如果妳要跟席雅正面對決，就得做好準備。」

「我沒有要跟誰正面對決。」我堅定表示。

「妳真的這麼認為？太可愛了。」桑德停在兩條走廊交會處，探出全長一九〇的身軀摸摸天花板角落的飾條。他一定是觸動了什麼機關，因為接下來我只知道他拉開飾條，露出後方的缺口。他把手伸進縫隙摸索一陣，牆壁就像門一樣緩緩敞開。

我永遠不可能習慣這種事。

「歡迎來到……我的祕密基地！」桑德興高采烈地說。

我踏進他的祕密基地，看到一臺……機器？應該說「奇怪的裝置」比較貼切。機械上頭裝了一堆齒輪、滑輪和鏈條，還有一連串設計複雜、互相銜接的坡道，外加幾個水桶、兩條輸送帶、一把彈弓、一個鳥籠、四具風車，以及四顆以上的氣球。

「那是鐵砧嗎？」我皺眉俯身向前，想看清楚一點。

「這是一臺魯布．戈德堡機械，」桑德自豪地介紹。「碰巧的是，我很會打造這類構造繁複、用迂迴的方式完成簡單工作的裝置，還拿過三次世界大賽冠軍。」他遞給我一顆彈珠。「把這個放進風車裡。」

我照做。風車開始旋轉，吹起一顆氣球，氣球慢慢膨脹，帶動水桶傾斜……

「這跟席雅搬進來有什麼關係？」我看著裝置環節一個接一個啟動，用眼角餘光瞄了桑德一眼。

他要我做好準備，把我帶來這裡，其中是不是有什麼隱喻？難道他想警告我，札拉的舉動乍看複雜，目的其實很簡單？還是這一切關係到席雅的指控，背後暗藏訊息？

桑德斜睨著我，咧嘴一笑。「誰說跟席雅有關了？」

第五十一章

當天晚上，勞夫林太太為了歡迎席雅，做了一道鮮嫩多汁、入口即化的烤牛肉，搭配綿密滑順的蒜香馬鈴薯泥、鮮烤蘆筍、花椰菜和三種不同口味的烤布蕾。

我總覺得勞夫林太太如此費心全都是為了席雅，不是為我。

我不想顯得小家子氣，於是便到餐廳（應該說是宴會廳才對）坐下，準備吃一頓正式的晚餐。巨大的餐桌上擺了十一人份的餐具，參加這場小型家庭晚宴的有霍桑四兄弟、絲凱、札拉與康斯坦汀、席雅、莉比、奶奶，還有我。

「席雅，」札拉的語氣似乎有點愉快過頭。「曲棍球打得怎麼樣？」

「本賽季未嚐敗績。」席雅轉向我。「艾芙瑞，妳決定要選哪種運動了嗎？」

我強忍住想發出哼聲的衝動。「我不運動。」

「所有高地中學的學生都要選修一種運動。」桑德說完便把烤牛肉塞進嘴裡，一邊咀嚼，一邊滿足地翻白眼。「這是真實存在的規定，不是席雅那迷人又充滿報復心的臆想。」

「桑德。」奈許語帶警告地說。

「我有說她迷人啊。」桑德故作無辜地回答。

「假如我是男的，」席雅揚起南方美人特有的微笑。「大家就會說我很有上進心。」

「席雅。」康斯坦汀對她皺眉。

「知道了，」席雅用餐巾輕擦嘴唇。「餐桌上不談女權主義。」

這一次，我忍不住從鼻子裡噴出笑聲。席雅得一分。

「我們來舉杯敬酒。」絲凱莫名其妙拋出一句。她高舉酒杯，口齒含糊不清，顯然已經醉了。

「絲凱，親愛的，」奶奶的口氣很強勢。「妳要不要先去睡一下？」

「舉杯，」絲凱又說了一遍，杯子依舊舉得老高。「敬艾芙瑞。」

她總算有那麼一次講對我的名字。我以為她接下來會開始酸言酸語，但她什麼也沒說。札拉舉起杯盞，其他人也逐一跟進。

在座的人大概都明白，企圖讓遺囑作廢沒有好處。我雖是敵人，卻也是掌握霍桑家財產的人。

所以札拉才會讓席雅來？為了接近我？難道這就是她在基金會爽約，把我丟給格雷森的原因？

「敬妳，繼承人。」詹姆森在我左邊低聲說。我轉頭看他。昨晚過後我們就沒再碰面。他一定是蹺課。不曉得他是不是整天待在黑森林尋找下一個線索。沒有等我。

「敬艾蜜莉，」席雅突然開口。她仍高高舉杯，直望著詹姆森。「願她安息。」

詹姆森放下酒杯，粗暴地推開椅子站起來。坐在另一邊的格雷森緊握著玻璃杯腳，指關節微微泛白。

「席雅！」康斯坦汀嘶聲喝斥。

席雅喝了一口飲料，擺出全世界最天真無邪的表情說：「怎麼了？」

我全身上下每一個細胞都想立刻離席去找詹姆森，但我還是多坐了幾分鐘才跟大家說失陪，好像這樣他們就不知道我要去哪裡似的。

我來到門廳，將掌心貼在鑲板上依序拍打，好打開隱藏的衣帽間。我得先拿大衣再去黑森林。我很確定詹姆森就在那裡。

正當我伸手拿衣架時，一個嗓音從背後傳來。「我不會問妳詹姆森在做什麼，妳又在做什麼。」

我轉身看著格雷森。「你不會問我，」我打量他的下顎和那雙精明的銀色眼眸。「因為你已經知道了。」

「昨晚我也在那裡，在橋上。」格雷森的語調有稜有角，尖銳而不粗暴。「今天早上，我去看了紅色遺囑。」

「濾光片還在我這裡。」我盡量不去想他看到我和詹姆森在橋上的畫面，還有——他聽起來好像不太高興。

「紅色醋酸鹽不難找。」格雷森聳聳肩，俐落的西裝肩線隨之揚動。

他讀了紅色遺囑，想必知道他們的中間名就是線索。我忍不住好奇，不曉得他當下是否立刻聯想到父親？不曉得他是否像詹姆森一樣覺得受傷？

「你說你昨晚在那裡，」我重複他剛才的話。「在橋上。」他看到了多少？知道多少？詹姆森和我肢體接觸時，他又是怎麼想的？

「威斯布魯克、達文波特、溫徹斯特、布萊克伍德，」格雷森上前一步。「是姓氏，也是地點。妳和我弟弟離開後，我找到了藏在橋上的線索。」

他跟蹤我們到那裡，發現我們發現的東西。

「你到底想怎樣？」

「妳要是夠聰明，就離詹姆森遠一點，離這場遊戲遠一點。」格雷森柔聲警告，低頭看著我。「離我遠一點。」他臉上閃過一絲情緒，但我還來不及解讀，他就立刻戴上掩飾的面具。「席雅說得沒錯，」他語氣尖厲，轉身離開。「這個家——凡我們接觸的一切，都會毀在我們手上。」

第五十二章

我在基金會看過莊園地圖，大概知道黑森林在哪裡。我發現詹姆森就站在森林外緣動也不動，感覺有點詭異，好像動不了一樣。下一秒，他毫無預警劃破周圍的寧靜，出拳猛揍附近的樹，力道之大，速度之快，手都被樹皮割傷了。

席雅只是提起艾蜜莉而已。光是講到她的名字，就對他造成這麼大的影響。

「詹姆森！」我朝他走去。他飛快轉頭望著我。我立刻停下腳步，一種不知所措的感覺吞沒全身。我覺得自己不該來這裡，覺得自己無權目睹霍桑四兄弟中任何一人這麼難受、這麼傷心。

我唯一能做的就是輕描淡寫帶過。「最近有弄斷手指嗎？」我一派輕鬆地說。裝沒事遊戲開始。

詹姆森早就做好準備，也願意陪我玩下去。「還是很完整。」他舉起雙手彎彎指關節，低聲咕噥。

我把目光從他身上移開，仔細觀察周遭環境。這裡的樹木非常濃密，若是枝葉繁茂的季節，陽光肯定無法穿透、照射到林地。

「我們在找什麼？」我問道。也許他不把我視為尋找線索的搭檔，也許從來就沒有什麼「我們」，但他還是回答了。

「我也不知道。」

光禿禿的樹枝在我們周圍向上伸展，直探天際，如骷髏般嶙峋，歪斜而扭曲。

「你做了點推測，」我說。「所以今天才蹺課去忙別的事。」

詹姆森笑了起來，彷彿感受不到鮮血從手上汩汩湧出。

「四個中間名，四個地點，四個線索。我猜八成是雕刻。若橋上的記號代表無限大，那就是符號；如果是八，那就是數字。」

我很好奇他從昨晚到剛才踏入黑森林這段時間，究竟做了什麼來釐清思緒。攀岩、賽車、跳躍。

溜進牆後的密道。

「妳知道一．六公頃的地能種多少棵樹嗎？繼承人。」詹姆森的語氣充滿活力，透著一絲得意。「以健康的森林來說，可以種兩百棵。」

「那黑森林呢？」我邊問邊走向他。

「至少翻兩倍。」

先前的情況再度重演，就和那一大串鑰匙，還有在藏書室裡找書一樣。一定有什麼竅門或捷徑，只是我們沒注意到而已。

「給妳。」詹姆森彎下腰，把一卷夜光膠帶放在我掌上，手指輕輕拂過我的指尖。「我一直在檢查這些樹，看過的就做個記號。」

我盡量專心聽他講話，不去想他的觸摸印在肌膚上的感受。只是盡量。「一定有更好的方法。」我把玩膠帶，眼神再次飄向他。

「有什麼建議嗎？謎樣的女孩。」詹姆森揚起嘴角，泛起一抹慵懶又漫不在乎的笑。

兩天後，詹姆森和我還是在土法煉鋼，逐一檢視林中的樹木，目前依舊沒有任何發現。他愈來愈投入，一心只想解開這道難題。詹姆森．溫徹斯特．霍桑會不斷前進，直到遇上瓶頸。我不知道這一次他會怎麼突破這個障礙，只知道他三不五時就在看我，那種眼神讓我覺得他似乎有些想法。

此刻就是最好的例子。「不是只有我們在找下一條線索。」他在黑夜逐漸吞噬暮色時說。「我看見格雷森拿著一張森林地圖。」

「席雅一直纏著我。」我邊說邊撕下一段膠帶。林中的寂靜濃烈到讓人難以忽略。「我只有在她逮到機會鬧桑德時才能甩掉她。」

「席雅懷恨在心，」詹姆森輕輕擦過我身旁，在另一棵樹上做記號。「她和桑德分手分得很難看。」

「他們有在一起喔？」我從他身旁溜過，來到下一棵樹前，伸手撫摸樹皮。「席雅算是你們的親戚吔。」

「康斯坦汀是札拉的第二任丈夫。他們是最近才結婚，而桑德一直很愛鑽漏洞。」講到霍桑四兄弟，除了複雜還是複雜，我和詹姆森當前在做的事也不例外。我們一路來到黑森林中央，樹木間的距離愈來愈遠。前方有一片遼闊的空地，是林間唯一能讓小草扎根安身的地方。

我背對著詹姆森察看另一棵樹，用手撫觸樹皮，幾乎是一摸就摸到刻痕。

「詹姆森。」天色還沒全黑，但林中光線非常晦弱，詹姆森過來提供額外的光源後，我才知道自己發現了什麼。我伸手慢慢撫過刻在樹上的字。

托比亞．霍桑 II

這些字的線條很粗糙，雕刻的手藝不像之前發現的第一個符號那麼精緻，看起來像小孩子刻的。

「最後的II是羅馬數字，」詹姆森的語調流露出一絲興奮。「托比亞．霍桑二世。」

托比，我心想。接著只聽見一聲，砰！震耳欲聾的回聲隨之而來，感覺整個世界瞬間爆炸。樹皮四處飛濺。我猛地往後倒。

「趴下！」詹姆森大喊。

我愣在原地，感覺他的聲音只是左耳進右耳出。我的大腦無法處理接收到的訊息和剛才發生的一切。我在流血。

疼痛來襲。

詹姆森一把抓著將我壓倒在地，整個人趴在我身上。林間傳來第二聲槍響。有人對我們開槍。我的胸口一陣刺痛。我中槍了。

這時，我聽見重重踩踏林地的腳步聲，然後是奧倫大喊：「趴下！」他拔出佩槍，擋在我們與槍手之間。這一刻感覺無止境的漫長。奧倫朝射擊方向衝去，但我心裡有種無法解釋的預感，我知道，槍手已經跑了。

「艾芙瑞，妳沒事吧？」奧倫匆匆跑回來。「詹姆森，她沒事吧？」

「她流血了。」詹姆森從我身上起來，低頭看著我。

我的鎖骨正下方陣陣抽痛，胸口劇烈起伏。

「妳的臉。」詹姆森輕觸我的皮膚，指尖掠過我的顴骨。我的臉部神經頓時活躍起來。好痛。

「他們對我開了兩槍？」我茫然地問道。

「槍手沒射中妳。」奧倫迅速取代詹姆森的位置，熟練地觸摸我的身體檢查傷勢。「妳被幾塊樹皮刺傷。」他細查我鎖骨下方的傷口。「另一個只是輕微擦傷，但胸前傷口裡的樹皮卡得很深。先不要動它，等我們準備好縫合再說。」

「縫合。」我一陣耳鳴，不想單純重複他說的話，但此刻我的嘴巴只能做到這樣。

「妳很幸運，」奧倫站起來，快速檢查子彈射中的樹幹。「再往右幾公分，我們要從妳身上取出的就是子彈，不是樹皮了。」他悄悄繞過被擊中的林木，走向另一棵矗立在我們身後的樹，俐落地抽出腰帶上的小刀，刺進樹幹裡。

我過了好一陣子才意識到他是在挖子彈。

「槍手早就跑得不見蹤影。」他用類似手帕的東西包住子彈。「但我們也許能用這個循線找到嫌犯。」

他所謂的「這個」，指的就是子彈。剛才有人對我們開槍。我的大腦終於開始運轉，試著理解眼下的情況。他們的目標不是詹姆森。

「到底怎麼回事？」詹姆森的口氣難得嚴肅，沒有那種玩世不羈的調調，感覺他的心跳就跟我的一樣快、一樣猛。

「怎麼回事？」奧倫瞥了遠方一眼。「就是有人看到你們兩個在這裡，認為你們是容易攻擊的目標，隨後扣動扳機，開了兩槍。」

第五十三章

有人對我開槍。我覺得……「麻木」這個詞好像不太貼切。我口乾舌燥，心跳加速，傷口陣陣刺痛，但那股痛楚感覺起來好遙遠。

震懾。

「我需要一組人馬即刻前往東北象限。」奧倫在講電話。我試著專心聽他在說什麼，卻始終無法集中精神聚焦於任何事物，連自己的手臂也沒辦法。「莊園裡有槍手，幾乎可以肯定對方已經逃逸，但我們還是要在森林進行地毯式搜索，以防萬一。順便帶急救箱過來。」

奧倫掛斷電話，將注意力轉向我和詹姆森。「跟我來。我們要待在有掩護的地方等支援小組抵達。」他帶我們回到森林南端，那裡的樹木更濃密。

沒多久，支援小組就開著全地形四人座越野車趕到現場。兩名男子，兩部車。他們一停車，奧倫就飛快說出一連串座標，表明我們案發時的位置、子彈射擊的方向和彈道。

另外兩名男子一語不發，立刻拔出武器。奧倫爬上越野車，等我和詹姆森上車。

「你要回莊園嗎？」其中一個人問道。

奧倫迎上下屬的目光。「去小屋。」

前往幽靜居的路上，我的大腦重新啟動，開始運轉，胸口疼痛難當。奧倫已經替我簡單包紮壓住傷口，但還沒縫合。他的首要任務是護送我們前往安全處。他要帶我們去幽靜居，不是回霍桑莊園。小屋愈來愈近，我卻始終無法擺脫這個念頭，覺得奧倫其實是在對他的手下說，他不信任莊園裡的人。

他再三保證我在這裡很安全，霍桑家的人不會對我造成威脅。整座莊園，包含黑森林在內都有圍牆。任何能踏進大門的人都經過詳細的背景調查，獲得安全部門許可。

奧倫不認為這是外部威脅。我花了點時間消化這個想法，細數有限的嫌犯，覺得胃裡沉甸甸的。**霍桑一家——還有莊園的員工。**

去幽靜居感覺很冒險。我和勞夫林夫婦的互動不多，只覺得他們似乎不太喜歡我。他們對霍桑家族究竟有多忠誠？我想起愛麗莎曾說，奈許的人願意為他而死。

他們也願意為他殺人嗎？

我們抵達幽靜居時，勞夫林太太在家。她不是槍手，我心想。她不可能及時趕回這裡。還是我錯了？

勞夫林太太依序看了奧倫、詹姆森和我一眼，帶我們三人進屋。有個流血的人在她廚房桌旁接受縫合，於她而言好像是件稀鬆平常的事。我不知該對她的反應感到安心還是可疑。

「我來泡茶。」勞夫林太太說。我的心怦怦狂跳，不確定喝她給我的飲料是否安全。

「由我來縫合，妳可以接受嗎？」奧倫扶我坐到椅子上。「我相信愛麗莎一定能替妳安排整形外科名醫。」

我對這一切完全無法接受。大家都很確定我不會被斧頭砍殺，以致我放鬆戒心，逐漸忘卻人會為了各種雞毛蒜皮的小事殺人，遑論這筆遺產，同時對霍桑四兄弟卸下防備。

絕對不是桑德。無論我怎麼努力，就是無法冷靜下來。詹姆森當時就在我旁邊，奈許根本不想要錢，格雷森也不會……

他不會的。

「艾芙瑞？」奧倫再度出聲，語氣中透著一絲擔憂。

我努力壓下飛快旋轉的思緒，覺得好不舒服。生理上的不舒服。別慌了。有一塊木頭嵌在我的肉裡，我不想這樣。振作點。

「交給你吧，反正止血就是了。」我告訴奧倫，聲音微微顫抖。

把樹皮拔出來很痛，消毒更是痛到不行。急救箱裡備有局部麻醉劑，但奧倫替我縫合傷口時，我的大腦實實在在感受到縫針刺穿皮膚，無論多少麻醉劑都無法緩解那種痛楚。

專注當下，就讓它痛吧。過了一會兒，我的目光從奧倫轉移到勞夫林太太身上，觀察她的一舉一動。她在熱茶裡加了很多威士忌，把杯子遞給我。

「好了，」奧倫對茶杯點點頭。「喝吧。」

他帶我來這裡是因為比起霍桑家族，他更信任勞夫林夫婦。他向我保證，那杯茶沒問題。可是他之前也做過很多保證。

有人對我開槍，有人想殺我。我可能會死。我的手不停顫抖。奧倫穩住我的雙手，給我一個會意的眼神，將杯子舉到嘴邊喝了一口。

沒事。他在用行動告訴我，要我放心。我不確定自己能否擺脫當前這種「戰或逃」的模式，只得勉強喝下那杯茶。熱燙的茶裡摻了濃烈的威士忌。

我的喉嚨一陣灼燒。

勞夫林太太帶著近似母愛的神情望著我，隨後沉著臉對奧倫說：「勞夫林先生一定會想了解情況。」她似乎一點也不好奇我怎麼會帶著血淋淋的傷口坐在她的廚房裡。「得有人幫這個可憐的女孩擦擦臉。」她咂咂舌頭，同情地看我一眼。

之前我對她而言不過是個外人，如今她卻像母雞擔心小雞一樣圍著我轉。只要幾顆子彈就有這種效果。

「勞夫林先生呢？」奧倫的口氣像是閒聊。但在我聽來，他似乎話中有話。勞夫林先生不在這裡。他的槍法準嗎？他會不會——

就在這個時候，勞夫林先生有如被我的念頭召喚般出現，砰一聲關上身後的門，踩著沾滿泥濘的靴子走進來。

是黑森林裡的泥巴嗎？

「出事了。」勞夫林太太平靜地告訴他。

勞夫林先生看看奧倫，再看看詹姆森，最後目光落到我身上，順序和他太太來應門時一模一樣。「安全協議呢？」他粗聲粗氣地問奧倫。

「全體人員準備就緒。」奧倫飛快點頭。

「蕾貝卡呢？」他問妻子。

「蕾貝卡來了？」詹姆森從茶杯上抬起頭。

「她是個好孩子，」勞夫林先生低聲咕噥。「身為外孫女，自然該來探望外公外婆。」

那她人呢？我心想。

「親愛的，如果妳想梳洗整理一下，」勞夫林太太搭著我的肩膀，輕聲說：「浴室就在那裡。」

第五十四章

勞夫林太太指的那扇門並沒有直接通往浴室。門後其實是一間臥房，裡面除了兩張單人床外幾乎空無一物。牆壁漆成淺紫色，兩件被子都是用薰衣草色和紫羅蘭色的方形拼布縫製而成。

浴室的門微微敞開。

我提步向前，瘋狂察看周遭環境，彷彿能聽見大頭針在幾公里外掉落的聲音。房間裡沒人。我很安全。放心，沒事。

我小心翼翼踏進浴室，檢查一下浴簾後方。沒事，我再次對自己喊話。這裡沒人。我拿出口袋裡的手機打給美心。我需要她接電話，需要有人陪我面對這一切，但最後回應我的只有語音信箱。

我打了七次，她都沒接。

也許她沒辦法接，或是根本不想接。這個想法對我造成很大的打擊，幾乎就跟照鏡子看見血跡斑斑、臉上滿是汙泥的自己一樣嚴重。我盯著鏡中的映影。

槍聲在我耳邊迴盪。

別再胡思亂想了。我得好好整理一下自己，把臉、雙手和胸前的血痕洗乾淨。打開水龍頭，拿毛巾。我厲聲命令自己，努力想讓身體動起來。

可是我做不到。

這時，有雙手從我旁邊伸過去，轉開水龍頭。照理說我應該要嚇一跳，應該要驚惶不安，但不知怎的，我卻身子一軟，倒在後面那個人身上。

「沒事了，繼承人，」詹姆森輕聲低語。「有我在。」

我完全沒聽見他走進來。我不太確定自己僵在原地多久了。

詹姆森拿了一條淡紫色毛巾，用水沾溼。

「我沒事。」我很堅持。既是在對他說，也是在對自己說。

「妳說謊的技術很爛。」詹姆森用毛巾輕擦我的臉頰，一路往下到擦傷處。我痛得倒抽一口氣。他把毛巾洗乾淨，汙血和泥土染髒了洗臉盆。他再度用毛巾替我擦洗。

一次

又一次。

他幫我擦臉，握著我的手在水龍頭下沖洗，輕輕搓去我臉上的血漬。我的皮膚對他的觸摸有反應。這是我的身體第一次全然臣服於他，一點也不想逃。他很溫柔，沒有表現得好像這一切不過是場遊戲——好像我只是個遊戲。

他拾起毛巾，順著我的脖子往下擦過肩膀，拂過鎖骨。水好溫暖。我身子微傾，貼著他的體溫。這是個壞主意。我知道，我一直都知道。但此時此刻，在這個當下，我只是全心全意感受詹姆森的撫觸，還有毛巾擦過皮膚的感覺。

「我沒事。」我喃喃自語，彷彿多說幾次就能成真。

「妳比沒事更好。」

我閉上眼睛。案發當時，詹姆森和我一起待在樹林。我能感覺到他趴在我身上，用肉身護著我。我需要這個。我需要點什麼。

我睜開雙眼，集中全身上下每一分精神，直直凝視著他。我想起時速三百二十公里的快感，想起第一次看到他在陽臺上的時候。當一個追求感官刺激的人真有那麼壞嗎？想感受到「糟糕」以外的事物真有那麼不正常嗎？

每個人都有失常的時候。

我內心深處有什麼在蠢動。我輕輕將他往後推，靠著浴室的牆。我需要這個。他的墨綠色眼眸迎上我的目光。他也需要。「可以嗎？」我啞著嗓子問他。

「可以，繼承人。」

我的唇覆上他的唇。他回吻我，起初很溫柔，後來一點也不溫柔。也許是震驚過後的餘波吧，但當我撫挲他的頭髮，他抓住我的馬尾，讓我仰起臉那一刻，我能在腦海中看見千百種的他：坐在陽臺欄杆上的他；於日光室赤裸上身，沐浴在陽光下的他；微笑的他；揚起一邊嘴角壞笑的他；在橋上與我十指交纏的他；在黑森林用肉身保護我的他；拿著毛巾輕輕擦過我頸肩的他……

吻他的感覺宛若吻火。現在的他不像剛才替我洗淨血跡和髒汙時那樣溫柔體貼，但我不需要溫柔體貼。我需要的是這個。

或許我也能成為詹姆森需要的那個人。或許這未必是個壞主意。或許那些複雜和混亂都很值得。

他停下動作，嘴唇離我的唇不到三公分。「我一直都知道妳很特別。」

我感覺到他的鼻息拂上我的臉，我感覺到他說的每一個字。我從不認為自己特別。我已經隱身在人群裡太久太久，成了如壁紙般的存在。就算躍身為全球新聞焦點，我依舊不覺得有人在關注我。那個真正的我。

「我們很接近了，我感覺得到……」詹姆森低聲呢喃，嗓音透著一種能量，就像霓虹燈的嗡嗡聲。「顯然有人不想讓我們看那棵樹。」

什麼？

他又開始吻我。我別過頭，心猛然一沉。我以為……我不太清楚自己是怎麼想的。我以為他說我很特別的時候，不是在指遺產或謎題。

「你認為對方開槍是為了一棵樹？」我硬是擠出卡在喉間的話語。「而不是為了你家人覬覦的那筆遺產？或是百萬種霍桑家族恨我的理由？」

「別想這個，」詹姆森捧著我的臉輕聲說。「想想那棵樹上刻著托比的名字，橋上刻著代表無窮的符號。」他的臉離我好近，我依舊能感受到他每一次呼吸。「要是這道謎題想告訴我們，我舅舅沒死呢？」

難道槍擊事件發生當下，他一直在想這個嗎？還有奧倫在廚房裡用針替我縫合傷口的時候？剛才吻我的時候？如果他滿腦子都是這個謎團……

妳不是玩家。你是玻璃芭蕾女伶——或是小刀。

「你要不要聽聽自己在講什麼？」我的心揪成一團，胸口比在濃密的黑森林裡更緊繃。詹姆森的反應其實是意料之中，那我為什麼會覺得受傷？

為什麼要讓自己受傷？

「奧倫才剛從我胸前挖出一大塊樹皮，」我低聲說：「假如事態不同，他挖出來的可能就是子彈。」我給了詹姆森一秒鐘的時間回應，就那麼一秒。他什麼也沒說。「要是我在遺囑認證期間去世，這筆錢會怎麼處理？」我冷冷問道。根據愛麗莎的說法，霍桑一家不會從中受益，但他們知道嗎？「要是槍手把我嚇跑，我還沒住滿一年就離開莊園，那會怎樣？」他們知道若我提前離開，遺產會全數捐給慈善機構嗎？「不是每件事都是遊戲，詹姆森。」

我看見他眼底閃過什麼。他閉上雙眼，旋即張開，俯身向前貼近我，一雙唇離我好近好近。「就是這麼回事，繼承人。要說艾蜜莉教會我什麼，那就是一切都是遊戲，連這個也不例外。尤其是這個。」

第五十五章

詹姆森離開房間。我沒有跟著出去。

席雅說得沒錯，格雷森的低語在我腦海中盤旋。這個家——凡我們接觸的一切，都會毀在我們手上。我強忍著淚水。我遭到槍擊，受了傷，接了吻，但我很確定自己沒有崩毀。

「我很堅強，足以應付這一切。」我轉向鏡子，看著自己的眼睛。若要在恐懼、受傷與憤怒間抉擇，我很清楚自己會選什麼。

我又撥了一次電話給美心，再傳簡訊給她：有人想殺我。我和詹姆森．霍桑接吻了。要是連這些事都無法得到回應，那就真的沒辦法了。

我回到臥室。儘管現在稍微冷靜了一點，我仍舊下意識察看四周，尋找潛在的威脅。我看到了。蕾貝卡．勞夫林就站在門口。她的臉比平常更蒼白，頭髮像血一樣紅，看起來好像受到很大的驚嚇。

會不會她無意間聽到我和詹姆森的對話？還是她的外公外婆告訴她，剛才發生槍擊事件？我不知道。她穿著厚重的登山靴和工作褲，上面濺滿泥巴。我望著她，滿腦子都在想，就算艾蜜莉只有蕾貝卡一半漂亮，那種美貌依舊驚為天人，也難怪詹姆森會看著我，心裡卻想著外公的遊戲了。

一切都是遊戲，連這個也不例外。尤其是這個。

「外婆要我來看看妳。」蕾貝卡溫柔的嗓音裡挾著一絲猶豫。

「我沒事。」我算是很認真地說。我非沒事不可。

「外婆說妳中槍了。」蕾貝卡一直站在門口，好像很怕走進來。

「是有人對我開槍。」我澄清。

「太好了。」蕾貝卡話才一脫口，立刻露出尷尬的表情。「我的意思是，幸好妳沒中槍，這是好事，不是嗎？有人對妳開槍，而不是中槍。」她緊張地別開目光，望向那兩張單人床和拼布棉被。「艾蜜莉會要妳把句子簡化，說妳中槍了。」蕾貝卡說這些話時感覺多了幾分把握，不如剛才那麼猶疑。「有子彈，妳又受了傷，艾蜜莉會說妳有權把事情鬧大。」

我有權將每個人當成嫌疑犯看待。我有權因腎上腺素激增而判斷錯誤。也許這一次，就這麼一次，我有權逼出答案。

「這是妳和艾蜜莉的房間嗎？」我看著兩張單人床，顯然她們姐妹倆來探望外公外婆時就住在這裡。「紫色是妳小時候最喜歡的顏色，還是她的？」

「她的。」蕾貝卡微微聳肩。「她以前常說我最喜歡的顏色也是紫色。」

之前我看過的那張合照裡，艾蜜莉直視鏡頭中央，蕾貝卡則處在畫面邊緣，別開眼神。

「我好像應該警告妳。」蕾貝卡連看著我的臉都沒有，逕自走向其中一張床。

「警告我什麼？」我一邊問，一邊將她靴上沾了泥濘，以及案發當時她在莊園，卻沒和外祖父母在一起的事記在心底。

她感覺不像危險人物，不代表她不是危險人物。

蕾貝卡再次開口，但講的東西跟槍擊事件無關。「其實我應該要說我姐姐很棒。」她感覺不是在轉移話題，比較像是想警告我關於艾蜜莉的事。「只要她想，她可以當個很棒的人。她的笑容很有感染力，笑聲更厲害，只要她說某件事是好主意，大家就會相信她。她大多時候都對我很好，」蕾貝卡正面迎上我的目光。「但對那幾個男孩就不一樣了。」

那幾個男孩，所以不止一個。「她做了什麼？」我追問。照理說我應該要先想辦法找出槍手，但一部分的我實在無法忘卻詹姆森離開前提及艾蜜莉的事。

「艾蜜莉不喜歡做選擇，」蕾貝卡看起來似乎小心翼翼地在腦海中搜尋文字，措辭很謹慎。「她想要的東西很多，比我還多。有一次，我想要……」她搖搖頭，沒有說完。「我的責任是讓姐姐開心。小時候，爸媽常告訴我，艾蜜莉生病了，我沒有，所以我應該盡己所能地讓她笑。」

「那幾個男孩呢？」我又問。

「他們讓她笑了。」

我仔細思索蕾貝卡說的話。艾蜜莉不喜歡選擇。「她同時跟他們兩個交往？」我試著搞清楚情況。「他們知道嗎？」

「一開始不知道。」蕾貝卡小聲回答，好像有點擔心艾蜜莉會聽到我們講話。

「格雷森和詹姆森發現她腳踏兩條船之後呢？」

「妳要是認識艾蜜莉就不會這麼問了。」蕾貝卡說。「她不想選擇，他們也都不想放手，所以她把這段關係變成一場比賽。一個小遊戲。」

然後她就死了。

「艾蜜莉是怎麼死的？」我進一步追問。要是現在不問，未來可能再也沒機會從蕾貝卡或霍桑兄弟口中得知真相。

「格雷森說是她的心臟出問題。」蕾貝卡看著我，但我總覺得她看不見我。她的心不在這裡。

格雷森。我不敢再想下去。直到蕾貝卡離開，我才意識到她完全沒告訴我，剛才究竟要警告我什麼。

第五十六章

又過了三個小時，奧倫和維安團隊才同意讓我返回霍桑莊園。我在三名保鑣陪同下，乘著越野車回到大宅。

一路上只有奧倫開口說話。「由於莊園內外裝了很多監視器，我的團隊得以追蹤、覈實所有霍桑家族成員和席雅．卡利加斯小姐案發當下的位置與不在場證明。」

他們有不在場證明。格雷森有不在場證明。我鬆了一口氣，然而沒多久，胸口又再度抽緊。「康斯坦汀呢？」我問道。嚴格來說，他不算霍桑家的人。

「排除嫌疑，」奧倫回答。「他個人沒有使用那把槍。」

個人。埋藏在字裡行間的含義讓我大為震驚。「所以他有可能雇用槍手？」我赫然意識到，所有人都有買凶的可能。格雷森的話音在我耳邊響起。他曾告訴我，一定會有人爭先恐後，搶著幫助霍桑家的人。

「我認識一位鑑識科調查員，」奧倫的口氣平靜。「他會跟一個同樣技術純熟的駭客合作，深入探查每個人的財務狀況和通聯紀錄。同時，我的團隊會著眼於其他莊園員工。」

我吞了一口口水。大部分員工我連見都沒見過，不知道整座莊園究竟有多少人，也不知道誰有機會犯案，或是有何動機。「全體員工嗎？」我問道。「包括勞夫林夫婦？」我梳洗完畢後，他們一直很照顧我，但此刻我真的無法信任自己和奧倫的直覺。

「他們沒有嫌疑。」奧倫回答。「案發當下，勞夫林先生人在莊園，監視器畫面也證實了勞夫林太太在幽靜居。」

「蕾貝卡呢？」她跟我談完後就離開了霍桑莊園。

我看得出來奧倫想說蕾貝卡不是什麼危險人物，但他沒有。「我們一定會不遺餘力，找出犯案的凶手，」他保證。「但據我所知，勞夫林家的孩子沒學過射擊。她們來訪的時候，勞夫林先生甚至不准小屋裡有槍。」

「今天還有誰在莊園？」我又問。

「泳池維護人員、一名前來升級劇院設備的音響技術人員、一位按摩治療師和一名清潔人員。」

我把這些資訊記在心底，嘴巴突然好乾。「是哪一個清潔人員？」

「梅莉莎．文森。」

我對這個名字完全沒印象，想了一下才恍然大悟。「是梅莉嗎？」

「妳認識她？」奧倫瞇起眼睛。

我想起她在莉比房間外看見奈許的那一刻。

「有什麼我該知道的嗎？」奧倫不是提問，而是要求。我把愛麗莎提到關於梅莉和奈許的事告訴他，還有我在莉比房間看到什麼，梅莉又看到什麼。這時，越野車返抵霍桑莊園，愛麗莎的身影就在門口。

「我只有放她進來，」奧倫向我保證。「坦白說，短期內除了她，我不打算讓其他人進入莊園。」

我好像該對此感到安慰，但內心還是免不了憂懼。

「她怎麼樣了？」我們一下車，愛麗莎就急著問奧倫。

「氣炸了！」奧倫還來不及回答，我就搶先開口。「很痛，還有點害怕！」看到她和奧倫站在一起讓我情緒潰堤，忍不住破口大罵。「你們兩個不是說我很安全嗎?!你們不是再三保證，說我沒有危險！我提到謀殺的時候，你們還表現得好像我很可笑一樣！」

「嚴格來說，」愛麗莎回答。「妳是具體指出擔心自己被斧頭砍殺。嚴格來說，」她咬牙繼續講。「法律上可能存在一些疏漏。」

「什麼疏漏？妳不是說如果我死了，霍桑家的人一毛錢也拿不到！」

「這個結論還是不變，」愛麗莎強調。「但是……」她顯然非常不想承認自己的錯誤。「我也說過，若妳在遺囑認證期間死亡，原先繼承的財產就會變成妳的遺產。一般情況下是這樣。」

「一般情況。」我重複她的話。若說過去一週我學到什麼，那就是托比亞·霍桑及其家人完全稱不上「一般」。

「然而，」愛麗莎的聲音聽起來很緊繃。「在德州，立遺囑人生前或可於遺囑內增加一項條件，要求繼承人在立遺囑人死後一定時間才能繼承遺產。」

那份遺囑我已經讀過好幾遍了。「要是有提到我必須撐多久沒死才能繼承遺產，我一定會記得。霍桑先生唯一的條件是——」

「妳必須在霍桑莊園住一年。」愛麗莎接話。「我承認，一旦妳死了，就很難滿足這個要件。」

這就是她所謂的疏漏？如果我死了，就沒辦法住在霍桑莊園？

「所以，要是我死了……」我吞吞口水，潤溼舌頭。「遺產就會全數捐給慈善機構？」

「這是一個選項，但妳的繼承人也可能會以霍桑先生的遺願為依據，質疑這種詮釋。」

「我沒有繼承人，」我說。「我連遺囑都沒寫。」

「妳不需要立遺囑就有繼承人，」愛麗莎瞥了奧倫一眼。「她姐姐也排除嫌疑了嗎？」

「莉比？」我不敢相信自己的耳朵。他們是沒見過我姐姐嗎？

「姐姐沒問題，」奧倫回答。「案發當時她和奈許在一起。」

接下來的情況簡直是災難。他還不如引爆一枚炸彈算了。

「從法律上來說，妳必須年滿十八歲才能簽立遺囑。」愛麗莎終於恢復冷靜。「基金會監管會目前負責的文件簽署工作亦然。這是另一個疏漏。起初我只注意遺囑，但若妳不能或不願履行監管權，監管權就會移交給——」她停頓了好一陣子。「霍桑四兄弟。」

假如我死了，基金會所有資產、權柄和潛力都歸托比亞·霍桑的孫子所有。每年一億美元的捐贈額度。這筆錢可以買到很多好處。

「有誰知道基金會監管會的條款？」奧倫的口氣非常嚴肅。

「札拉和康斯坦汀。」愛麗莎立刻回答。

「還有格雷森。」我啞著嗓子補上一句，傷口陣陣抽痛。以我對他的了解，他一定會要求親自審視監管會的文件。他不會傷害我的。我想這麼相信。他的所作所為只是想警告我，要我離他們遠一點。

「若艾芙瑞死亡，妳最快什麼時候能起草文件，將基金會控制權轉移給她姐姐？」奧倫問道。如果他們想搶基金會的控制權，這麼做可以保護我，但也會讓莉比身陷危險。

「都沒人想問我的意見嗎？」我插嘴。

「我明天就能把文件準備好，」愛麗莎不理我，直接對奧倫說。「但要等艾芙瑞年滿十八歲簽署，這項協議方具效力。然而，目前還不清楚她在年滿二十一歲、完全掌控基金會之前，是否有權做出這樣的決定。因此這段期間……」

我額頭上會一直有個靶子。

「有什麼辦法動用遺囑中的保護條款？」奧倫決定改變策略。「如遇特殊情況，艾芙瑞可以將霍桑家的人視為房客，要他們搬走對嗎？」

「需要證據，」愛麗莎回答。「將一個或多個特定個人與騷擾、恐嚇或暴力行為連結起來的東西。即便如此，艾芙瑞也只能將該名肇事者趕出莊園，其他人不受影響。」

「她不能暫時住在別的地方嗎？」

「不行。」

奧倫不喜歡這樣，但他沒有浪費時間進行不必要的評論。「若沒有我陪同，妳哪裡都不能去。」他堅決表示。「莊園、主屋，哪裡都不行，明白嗎？之前我都待在附近，現在得明著來了。」

「你是不是知道什麼我不知道的事？」愛麗莎瞇起眼睛看著他。

奧倫停頓片刻，終於開口。「我的人檢查過槍械室，沒有遺失任何物品。槍手持有的武器很可能不是霍桑家所有。但我還是要他們調出過去幾天的監視器畫面。」

當前的資訊實在太多，我完全無法騰出心思去想霍桑莊園裡有槍械室的事。

「有人進出槍械室嗎？」愛麗莎的嗓音平靜得驚人。

「有兩個。」奧倫似乎想為了我就此打住，但他決定繼續說。「詹姆森與格雷森。兩人都是去看步槍，但案發時都有不在場證明。」

「霍桑莊園裡有槍械室？」我只能擠出這麼一句話。

「這裡是德州。」奧倫回答。「霍桑家的人都是學射擊長大的，霍桑先生本身也是個收藏家。」

「槍枝收藏家。」我點明。我在差點被槍殺前就對槍械沒什麼好感。

「我留下的資料夾裡詳列了妳所繼承的資產。」愛麗莎打岔。「如果妳有看，就會知道霍桑先生收藏了許多十九世紀末到二十世紀初的溫徹斯特步槍，藏品非常豐富，堪稱世界之最。其中幾支價值超過四十萬美元。」

居然有人願意花那麼多錢買一支步槍，讓人難以置信。但我並沒有留意價格，因為我一心只想著詹姆森和格雷森去槍械室看步槍——一支與槍擊事件無關的步槍——是有原因的。

詹姆森的中間名就是溫徹斯特。

第五十七章

儘管夜深人靜，我還是要奧倫帶我去槍械室。我跟著他穿過一條又一條迂迴曲折的走廊，滿腦子都在想，說不定有人永遠躲在這棟房子裡。

這還不包含祕密通道喔。

「到了。」奧倫終於在一條長廊上停下來，站在一面裝飾華麗的金色鏡子前。他順著鏡框側面撫過，接著喀噠一聲，鏡子就像門一樣往長廊敞開，露出一道鋼製大門。

他走上前，一道紅線映在他臉上往下移。「臉部辨識系統。」他解釋。「這只是備用安全措施。防止入侵者闖進保險庫最好的方法，就是別讓他們知道保險庫在哪裡。」

所以才用鏡子當掩護。「整間槍械室都內襯鋼筋。」他推開門走進去，我緊跟在後。

聽到「槍械」一詞的時候，我還以為這裡會像電影演的那樣，牆上掛著超多藍波風格的黑色彈藥，沒想到眼前的畫面比較像鄉村俱樂部。牆壁上釘著一排排深櫻桃色木櫃，房間中央有一張雕飾繁複的桌子，桌面材質為大理石。

「這裡是槍械室？」我不敢置信。地上還鋪了一塊昂貴奢華的絨毛地毯，看起來比較適合擺在餐廳。

「跟妳想的不一樣？」奧倫關上門。待門喀噠歸位，他就以飛快的速度連續撥動另外三枚固定門閂。「屋裡有許多安全室分散各處，槍械室同時也是龍捲風避難所。我晚點會告訴妳其他安全室的位置，以防萬一。」

萬一有人想殺我。這個念頭在我心底盤旋，但很快就被其他事物取代。我來這裡是有原因的。「溫徹斯特步槍在哪裡？」我問道。

「藏品中至少有三十支溫徹斯特步槍。」奧倫朝牆上的陳列櫃點點頭。「妳想看這些槍有什麼特別的緣故嗎？」

如果時間回到昨天，我可能會選擇隱瞞，但詹姆森並沒有跟我說他在找、也可能找到了與其自身中間名對應的線索。我現在什麼也不欠他，沒必要保密。

「我在找東西，」我告訴奧倫。「是托比亞．霍桑留下的訊息，應該說一條線索，可能是數字或符號刻印。」

黑森林那棵樹上的雕刻既不是數字，也不是符號。接吻時，詹姆森似乎很確定托比的名字就是下一個線索，但我對此存疑。樹上的字跡很粗糙，像出自孩童之手，與橋上的刻痕不符。如果那是托比小時候自己刻的呢？如果真正的線索還藏在森林裡呢？

查明槍手的身分前，我不能回去。奧倫可以檢查房間，跟我說這裡很安全，但他無法徹底翻遍整座森林。

我硬是壓下腦中迴盪的槍響，甩開槍擊事件後發生的一切，打開其中一個櫃子。「你知道你的前老闆可能會把訊息藏在哪裡嗎？」我全神貫注，一心只想找出答案。「哪一把槍？或是槍的哪一部分？」

「霍桑先生很少對我吐露心事，」奧倫回答。「有時我不太清楚他在想什麼，但我尊重他，而這種尊重是互相的。」奧倫從抽屜裡拿出一塊布攤開，鋪在大理石桌面上，走到我打開的木櫃前拿出一支步槍。

「這些槍都沒上膛。」他的神情非常專注。「但一定要當成上膛一樣小心，沒有例外。」他把槍放在布上，手指輕輕拂過槍管。「霍桑先生是個技術高超的射手。這是他最愛的藏品之一。」

我覺得奧倫的話語背後似乎有什麼故事。一個他可能永遠不會告訴我的故事。奧倫退後一步。我將這個舉動視為「可以接近」的暗號，走到桌旁。我全身上下每一個細胞都想遠離那把槍。差點中彈的回憶如此鮮明，讓我心有餘悸。雖然傷口陣陣抽痛，我還是強打起精神仔細檢查槍枝，尋找可能的線索。看了好一陣子後，我轉頭問奧倫：「子彈裝在哪裡？」

終於，我在第四把槍上發現了我要找的東西。替溫徹斯特步槍填裝子彈時，必須扳下槍托上的槓桿。第四把槍的槓桿下有O. N. E.三個字母，蝕刻在金屬上，表面看起來像字首縮寫，但我將之解讀為數字，與我們在橋上找到的雕刻一致。

那不是代表無限大的數學符號「∞」，而是「8」。現在又多了個「1」。

8、1。

第五十八章

奧倫護送我回到側廳。我想敲莉比的房門，可是現在太晚了，總不能突然跑進去說：「有人想謀殺我喔！晚安！」

奧倫掃視我的房間，確認沒問題後便站到門口，雙腳打開與肩同寬，雙手垂在身體兩側。他總得找時間睡覺，但房門關上那一刻，我知道今晚他會徹夜不眠地守在那裡。

我掏出口袋裡的手機，盯著螢幕發呆。還是沒有美心的消息。她是個夜貓子，加上時差的關係，那邊的時間比我慢兩個小時，一定還沒睡。我複製先前的訊息，傳到她每一個社群帳號。

快回我，美心，我在心裡苦苦央求。拜託。

「什麼都沒有。」我不小心脫口而出。為了減輕內在的孤寂感，我走進浴室，將手機放在洗臉臺上，脫掉衣服，望著鏡中一絲不掛的自己。除了臉部擦傷和縫線上的繃帶外，其他地方看起來完好無缺。我撕開繃帶，底下的傷口又紅又腫，縫線平整乾淨，面積不大。我注視著那道傷。

有人要我死，而且很可能是霍桑家的人。要不是走運，我搞不好早就沒命了。我在腦海中逐一刻畫他們的臉。事發當時，詹姆森和我在一起；奈許一開始就說他不想要錢；桑德一直都很熱情友善；但是格雷森……

妳要是夠聰明，就離詹姆森遠一點，離這場遊戲遠一點，離我遠一點。他警告過我，還說凡是他們接觸的一切，都會毀在他們手上。我問起蕾貝卡艾蜜莉的死因時，她提到的不是詹姆森。

格雷森說是她的心臟出問題。

我打開蓮蓬頭，盡可能調高水溫，然後踏進淋浴間轉過身，讓熱水沖打我的背。很痛，但我只想滌淨這一夜，洗刷掉黑森林裡發生的事、和詹姆森之間的事，讓一切順水流逝。

我徹底崩潰。但洗澡時哭不算。

過沒多久，我總算控制住情緒，關掉水龍頭，正好聽到手機鈴響。我全身溼答答地衝向洗手臺。

「喂？」

「關於暗殺和接吻的事，妳最好別騙我。」

「美心。」我彎下腰，鬆了一口氣。

她想必從我的語氣聽出我沒說謊。「不會吧！有沒有搞錯?!到底他馬的出什麼事了？」

我開始描述事情經過，把每一個細節、每一個片段、每一個我努力不去感受的瞬間，全都一五一十告訴她。

「妳非離開不可。」美心難得嚴肅。

「什麼？」我渾身發抖，抓了一條毛巾。

「有人想要妳的命，」她誇張地耐著性子解釋。「所以妳必須離開那個凶殺之地。立刻，馬上。」

「我不能離開莊園。」我回答。「我必須在這裡住一年，否則就會失去一切。」

「大不了回到一週前的生活啊。真的有那麼不堪嗎？」

「算吧，」我語帶懷疑地說。「我住在車上，前途一片黯淡。」

「至少還活著吧。」

「妳的意思是妳會放棄數百億美元？」我拉緊毛巾裹住身體。

「這個嘛，我的另一個建議是先下手為強，把整個霍桑家族幹掉。怕妳誤會，所謂的『幹掉』是字面上的意思，不是委婉說法。」

「美心！」

「幹嘛，跟詹姆森．霍桑接吻的人又不是我。」

「妳怎麼消失了？」其實我想跟她分享事情的前因後果，嘴巴卻吐出這句話。

「妳說什麼？」

「槍擊事件發生後我有打給妳，就在和詹姆森接吻前。美心，我很需要妳。」

話筒另一端傳來一陣漫長又耐人尋味的沉默。「我沒事，」她終於開口。「這裡一切都好，多謝關心。」

「什麼意思？」

「我就知道。」美心壓低聲音。「妳有注意到來電顯示根本不是我的號碼嗎？這是我弟的手機。因為妳，我現在處於封鎖狀態，完全對外斷聯。」

「因為我？什麼意思？」上次我們講電話時，我就覺得不太對勁。

「妳真的想知道？」

「當然想啊。」這是哪門子的問題啊？

「因為自從發生這些事後，妳根本沒問過我好不好。」她深呼吸。「老實說，艾芙瑞，妳以前就很少主動關心我。」

「不是這樣。」我的胃緊揪成一團。

「妳媽媽去世了，妳需要我。莉比和那個爛人又怎麼了，妳也需要我。接著妳繼承了數百億美元，當然更需要我！我很願意也很樂意陪在妳身邊，艾芙瑞，但妳知道我男友叫什麼名字嗎？」

我絞盡腦汁，試著翻尋記憶。「傑拉德？」

「錯，」美心過了幾秒才開口。「答案是，我沒男友了。因為我抓到傑克森偷拿我的手機，想把妳傳給我的簡訊截圖下來，寄給他自己。有記者願意付錢跟他買消息。」她又停頓了一下。話筒那端的無聲讓人好難受。「妳想知道對方開價多少嗎？」

我的心一沉。「對不起，美心。」

「我也是。」美心聽起來很受傷。「但我更難過的是，我曾經讓他拍我的照片，很私密的照片。我跟他分手後，他把那些照片寄給我爸媽。」美心和我一樣，只會在洗澡時大哭。但此時她的聲音愈來愈急促。「現在我連出門約會都不行。妳覺得我有多慘？」

我完全無法想像。「妳需要什麼嗎？」我問她。

「我需要回歸原來的生活。」她安靜一下，再度開口。「妳知道最爛的是什麼嗎？我連氣妳都氣不起來，因為有人想殺妳。」她的語調變得很柔和。「妳需要我。」

這句話讓我的心隱隱作痛，因為這是真的。我需要她遠大於她需要我，她是我唯一的朋友，而我只是她眾多好友中的一個。「對不起，美心。」

「好啦，知道了。」她故作輕蔑地回答。「下次要是有人對妳開槍，妳得買些很讚的東西來補償我。例如澳洲。」

「妳是說付錢讓妳去澳洲旅行嗎？」我覺得好像可以安排一下。

「不是，」她直率地回答。「是買下整個澳洲給我。妳買得起。」

「那應該是非賣品喔。」我哼了一聲。

「那我想妳別無選擇，只能盡量不要中槍。」

「我會小心。」我答應。「無論是誰想殺我，都不會再有機會下手了。」

「很好，」美心沉默了幾秒。「艾芙瑞，我該走了。但我不確定什麼時候才能借到另一支手機或是上網之類的。」

都是我的錯。我在心裡拚命告訴自己，這不是永別，我們一定還會再聯絡。「愛妳，美心。」

「我也愛妳，三八。」

我掛斷電話，包著毛巾坐在那裡，感覺體內好像有什麼東西被割裂、剝離出來。最後我終於回到臥室，套上睡衣，躺在床上思考美心說的每一句話，不曉得自己究竟是自私還是黏人。就在這個時候，我聽見一個像是刮牆壁的聲音。

我屏住呼吸凝神細聽。那個怪聲又出現了。祕密通道。

「詹姆森？」我大喊。他是唯一一個利用這條密道進出我房間的人，至少據我所知是這樣。「詹姆森，別鬧了，一點都不好玩。」

沒有回應。我下床走向壁爐，靜靜站在那裡。我發誓，我真的有聽到呼吸聲，就在牆的另一邊。我抓著燭臺準備啟動機關，面對壁爐後方可能出現的人事物，但常識以及對美心的承諾讓我重新接回理智線。我打開房門。

「奧倫？」我說。「有件事應該要讓你知道。」

奧倫仔細搜查密道，關上入口，「建議」我去莉比的房間過夜。那裡沒有祕密通道。

那完全不是建議。

我去找莉比時，她已經睡了。她被我的敲門聲吵醒，帶著濃濃的睡意和我一起爬上床，沒問我為什麼跑來。跟美心聊完後，我決定還是別讓她知道槍擊的事。因為我，莉比的人生徹底被打亂，而且還兩次。一次是我母親去世，接著又是這場遺產風暴。她為我付出了一切，也有自己的問題要處理，不應該再煩惱我的事。

我緊抱著一顆枕頭，在被窩下翻身滾向莉比。即便不能告訴她原因，我還是想靠近她。莉比的眼皮微微顫抖，依偎在我身旁。我試著靠意志力淨空腦袋，什麼都不去想，無論是黑森林還是霍桑家族都一樣。黑暗逐漸籠罩四周，我沉沉睡去。

我夢見自己回到小餐館。夢裡的我年紀很小，大概五、六歲左右，看起來很快樂。

我把兩個糖包邊對邊垂直放在桌上，形成一個可站立的三角形。

「好了。」我邊說邊拿起另外兩個糖包，重複剛才的動作，再把第五個糖包水平放上去，將兩個三角形連接起來。

「艾芙瑞．凱莉．葛蘭斯！」媽媽出現在桌子另一端，臉上掛著微笑。「關於用糖包蓋城堡，我說過什麼？」

「要疊到五層樓高才厲害！」我對媽媽綻出笑容。

我瞬間驚醒，隨後翻了個身，以為會看見莉比，但她那一側空無一人。晨光自窗戶流瀉而下，染亮了房間。我起床走到浴室，她也不在那裡。正當我準備回自己的套房時，發現莉比的手機放在洗手臺上。她有好幾十封未讀簡訊，全都來自德瑞克。螢幕鎖定畫面顯示出最近三條訊息，不用密碼就能看到。

我愛妳。

妳知道我愛妳，莉比寶貝。

我也知道妳愛我。

第五十九章

我一踏出莉比房門口，就瞥見奧倫在走廊守候。他看起來完全不像整晚沒睡。

「警方報告已經出爐了，」他說。「過程低調進行。負責本案的警探與我的團隊協調合作，我們都同意，霍桑家族不知道調查一事對我們比較有利，至少當前是這樣。詹姆森和蕾貝卡已經明白保密的重要性。我希望妳能盡量正常生活，彷彿什麼都沒發生。」

假裝昨晚我沒有和死神擦肩而過。假裝一切都好。「你有看到莉比嗎？」我問道。莉比一點也不好。

「她大約半小時前去吃早餐了。」奧倫的語氣沒有透露出任何資訊。

「她看起來還好嗎？」我回想起那些簡訊，胃猛然抽緊。

「沒有受傷。四肢及其他身體部位皆完好無損。」

其實我不是在問這個，但考量到眼下的景況，我好像該問才對。「如果她下樓遇見一大群霍桑家的人，這樣安全嗎？」

「她的維安人員了解情況。目前他們不認為她有危險。」

莉比不是繼承人。她不是目標。我才是。

我穿了一件高領上衣遮住縫線，盡可能用化妝品蓋住臉頰上的擦傷，換好衣服下樓。

餐廳邊櫃上擺著許多精緻糕點。莉比蜷縮在角落一張醒目的大型單人椅上，奈許則坐在她旁邊，直直伸出長腿，穿著牛仔靴的腳互相交叉，守護在側。

餐廳裡還有另外四名霍桑家族成員。我經過他們身旁暗自心想，所有人都有犯案動機。札拉和康斯坦汀坐在餐桌一端，她在看報紙，他在滑平板，兩人都視我為空氣。奶奶和桑德坐在另一端。

這時，我感覺到身後有些動靜，於是飛快轉頭。

「有人今天早上神經兮兮的喔，」席雅勾住我的手臂，拉著我走向邊櫃。奧倫像影子一樣跟在後面。「妳很忙呢。」她在我耳邊喃喃低語。

我知道她一直在監視我，說不定還奉命緊隨左右，回報我的一舉一動。昨晚她離我有多近？又知道些什麼？根據奧倫的說法，開槍的人不是席雅，但她住進莊園的時間點似乎不是巧合。

札拉帶她姪女來這裡是有原因的。

「少裝無辜了，」席雅拿起一個可頌湊到嘴邊。「蕾貝卡有打電話給我。」

我忍住回頭瞪奧倫的衝動。他不是說蕾貝卡會守口如瓶，不對外提起槍擊案嗎？他還有哪些地方判斷錯誤？

「妳和詹姆森，」席雅繼續說，口氣好像在罵小孩。「在艾蜜莉以前的房間。妳不覺得有點沒禮貌嗎？」

她不曉得有人襲擊我。我恍然大悟。蕾貝卡一定是看見詹姆森走出浴室。她一定是聽見我們在裡面，一定是察覺到我們……

「大家又趁我不在的時候沒禮貌啦？」桑德突然從我和席雅中間冒出來，擠開她挽著我的手。「太過分了。」

我真的不想懷疑他，可是再這樣下去，我還沒被人弄死，懷疑和不懷疑的壓力就會先把我搞瘋。

「蕾貝卡昨晚留在小屋過夜，」席雅饒富興味地說。「她終於打破一年來的沉默，傳簡訊把事情全都告訴我。」席雅一副握有王牌的模樣，但我不確定那張牌究竟是什麼。

難道是蕾貝卡？

「蕾貝卡也有傳簡訊給我，」桑德告訴席雅，帶著歉意瞄了我一眼。「有人跟霍桑男孩的消息傳得很快。」

蕾貝卡雖然對槍擊案隻字未提，但她這樣還不如在路邊立個廣告看板，大肆宣揚我和詹姆森接吻算了。

那個吻不代表什麼。問題根本不是那個好嗎?!

「妳，小妞！」奶奶用拐杖狠狠戳我一下，再指指那盤糕點。「別讓老人家站起來。」

若是別人用這種態度跟我講話，我會直接無視對方，但奶奶年事已高又很可怕，所以我乖乖去拿托盤。等我想起自己帶傷時已經來不及了。痛楚如閃電般劃過我的皮肉，我忍不住咬牙倒抽一口氣。

奶奶盯著我，旋即用拐杖戳戳桑德。「幫她一下，你這個笨蛋。」

桑德接過托盤。我任由手臂落下，垂在身側。有誰看見我痛得瑟縮一下？我盡量避開眼神，不要直視其他人。有誰發現我受傷了？

「妳受傷了。」桑德在我和席雅中間轉過身。

「我沒事。」

「妳顯然有事。」

我完全沒注意到格雷森悄悄走進餐廳，站在我旁邊。

「有空嗎？葛蘭斯小姐。」他直直凝視著我。「到走廊借一步說話。」

第六十章

我好像不該跟著格雷森走，但我知道奧倫會守在左右，再說我也想從格雷森那裡得到一些資訊。我想直視他的雙眼，想釐清槍擊案是否和他有關，或是他知不知道什麼內情。

「妳受傷了。」格雷森的語氣不是詢問。「妳要告訴我出了什麼事。」

「哦，我要？是喔？」我瞪他一眼。

「請妳告訴我出了什麼事。」格雷森似乎覺得說「請」是件很痛苦或令人厭惡的事，也可能兩者兼有。

我不欠他什麼。奧倫要我別提起槍擊案。最近一次和格雷森談話時，他還簡單扼要地警告我。如果我死了，基金會控制權會落在他手上。

「我中槍了，」出於某種無法解釋的原因，我決定說出真相，觀察他的反應。「應該說是有人朝我開槍。」我飛快澄清。

格雷森的下顎瞬間繃緊。看來他不知道這件事。我還來不及鬆口氣，格雷森就轉身望著奧倫。「什麼時候的事？」他厲聲問道。

「昨天晚上。」奧倫簡短回答。

「當時你人呢？」格雷森質問。

「不像現在離她這麼近。從這一刻起，我會一直維持這樣的距離。」奧倫低頭看著他，向他保證。

「喂，還記得我嗎？」我舉起手，隨即付出痛苦的代價。「你說話的對象，一個有能力自理的個體？」

格雷森想必注意到舉手讓我疼痛難耐，立刻轉過來輕輕壓低我的手。「妳要讓奧倫做他該做的事。」他雖然是用命令的口吻，聲音卻很溫柔。

「你覺得他是在保護我不受誰傷害？」我沒有進一步細想格雷森的語氣和觸碰，反而瞄了餐廳一眼，等著他斥責我懷疑他的至親，再次重申在我和家人之間，他會選擇後者。

沒想到，格雷森逕自轉向奧倫。「如果她出事，我一定會追究你個人的責任。」

「個人責任先生，」詹姆森大聲說，慢慢走向格雷森。「真有魅力。」

格雷森咬牙沉默，接著好像突然想到什麼。「你們倆昨晚都在黑森林，」他盯著弟弟。「槍手很可能會射中你。」

「如果我出事，」詹姆森繞著格雷森走動。「那可是天大的諷刺。」

旁人明顯能感受到他們之間關係緊張，隨時都有可能爆炸。看得出來格雷森覺得詹姆森太魯莽，而詹姆森又以行動挑釁來證明這一點。詹姆森要過多久才會提到我？那個吻。

「希望我沒打擾到你們。」奈許突然插話，對兩個弟弟露出慵懶又危險的笑容。「詹姆森，你今天不能蹺課。給你五分鐘的時間換制服，上我的卡車，不然你就要倒大楣了。」他靜待詹姆森離開，接著轉過身。「格雷森，老媽找你。」

處理完兩個弟弟後，奈許的目光落到我身上。「我想妳應該不需要搭便車去學校吧？」

「不需要。」奧倫雙臂交叉抱胸。奈許注意到他的語氣和姿勢，但他還來不及回應，我就搶先插嘴。

「我今天不去上學。」這對奧倫來說可是新聞，但他沒有提出異議。

相反的，奈許用他剛才盯著詹姆森、威脅他要倒大楣的眼神看著我。「妳姐姐知道妳打算在這美好的禮拜五下午蹺課嗎？」

「我姐姐不關你的事。」一提到莉比，我腦海中立刻跳出德瑞克的簡訊。雖然她跟霍桑家的人交往不是什麼好主意，但還有比這更糟糕的事。前提是奈許不想要我的命。

「我很關心莊園裡每一個人，包含員工在內。」奈許說。「不管我離開多少次，離開多久，大家還是需要照顧。所以……」他又露出那種慵懶的笑容。「妳姐姐知道妳蹺課嗎？」

「我會跟她說。」我回答，很好奇他粗獷不羈的牛仔外表下究竟藏著什麼樣的靈魂。

「去吧，親愛的。」奈許簡單回應我打量的眼神。

第六十一章

我告訴莉比今天我請假，還試著套話想問她德瑞克傳簡訊的事，結果一無所獲。要是德瑞克不只傳簡訊呢？這個想法悄悄潛入我的意識，在心底蜿蜒而行。要是她有跟他碰面呢？要是他說服她，讓他偷偷溜進莊園怎麼辦？

我打消這個念頭。他不可能偷溜進來。莊園的維安措施極其嚴密，而且若德瑞克案發當時人在這裡，奧倫一定會告訴我，他也會變成頭號嫌疑犯。就算不是頭號，起碼也是二號。如果我不幸死了，財產可能會由跟我血緣關係最近的親人繼承，也就是莉比——以及我們的父親。

「妳是不是身體不舒服？」莉比用手背貼著我的額頭問道。她穿著新的紫色靴子和蕾絲長袖黑洋裝，看起來好像要去什麼地方。

該不會是去見德瑞克吧？恐懼慢慢沉入我的胃。還是跟奈許出去？

「今天是心理健康日。」我硬是掰出一個藉口。莉比相信了，決定要和我一起好好享受姐妹時光。若她真有別的計畫，也是二話不說就為我放棄本來的約。

「想去做水療嗎？」莉比熱切地問道。「我昨天有按摩，真的好舒服喔。」

我昨天差點沒命。我心想，但沒說出口，也沒告訴她按摩師今天——或應該說近期都不會來。我腦中蹦出一個念頭，唯有這件事能讓我分心，不去想自己對她隱瞞了哪些祕密。

「妳想不想幫我一起找出達文波特究竟是什麼意思？」

根據我們在網路上的搜尋結果，這個音近「達文波特」的字（Davenport）可用來指稱兩種家具，分別是沙發或書桌。沙發泛指一般沙發，就像面紙和廁紙都可以叫「衛生紙」，路邊垃圾箱和居家垃圾桶都可以叫「垃圾桶」一樣。但若是「書桌」的用法，則特指一種有隔間和隱藏抽屜的書桌，這種桌子有傾斜的活動桌面，可以抬起來露出底下的置物空間。

以我對托比亞·霍桑的了解，我們要找的應該不是沙發。

「可能要找好一陣子，」莉比說。「妳知道這個地方有多大嗎？」

「超大。」我去過音樂室、健身房、保齡球館、車庫、日光室……這些還不到房子的四分之一。

「簡直跟皇宮一樣。」莉比嘰嘰喳喳地說。「畢竟我出現只會招致負面抨擊，所以我過去一週閒到沒事做，每天都在屋裡亂逛。」什麼「負面抨擊」之類的話一定是愛麗莎說的。不曉得她私下和莉比聊過多少次。「這裡還有一個真正的舞廳和兩間劇院，一個是用來看電影的，另一個是有包廂和舞臺的那種。」

「包廂那個我去過，」我說。「保齡球館也是。」

「妳有打球嗎？」莉比化著煙燻妝的眼睛睜得好圓好大。

「有啊。」她的敬畏之情很有感染力。

「房子裡居然有保齡球館，」莉比搖搖頭。「真的有夠怪。」

「這裡還有一座高爾夫練習場，」奧倫在我身後補充。「還有壁球室。」

不曉得莉比有沒有注意到他離我們有多近。如果有，她倒是沒表現出來。「我們要怎麼找到那張小書桌啊？」她問道。

「我去過側廳的辦公室。」我轉向奧倫。他都在這裡了，不如也來幫忙。「托比亞·霍桑還有其他辦公室嗎？」

另一間辦公室的書桌不符合條件。辦公室裡還有三個房間，根據奧倫的介紹，一個是雪茄室，一個是撞球間，至於第三個空間較小，而且沒有窗戶，房間中央擺著一個類似巨型豆莢的白色艙室。

「感覺剝奪室。」奧倫解釋。「霍桑先生喜歡不時放空，與世隔絕。」

最後，我和莉比決定分區尋找，就像我和詹姆森搜索黑森林那樣。我們穿過一個又一個側廳，看過一個又一個房間，奧倫始終緊隨在後。

「好了，現在……做水療吧！」莉比砰地打開門，看起來好像很開心，不然就是在試圖掩飾什麼。

我硬是甩掉這個念頭，環顧水療中心。那張書桌不可能在這裡，但我依舊仔細察看周遭環境。房間呈L形，長的那一側鋪著木地板，短的那一側是石地板，上頭還嵌著一座小小的正方形水池，在溫熱的霧氣中蒸騰。水池後方有一個大小和小型臥室差不多的玻璃淋浴間，但水龍頭不是裝在牆上，而是在天花板上。

「那是熱水按摩池，那是蒸氣室。」一個聲音從背後傳來。我立刻轉頭，原來是絲凱。她穿著一件衣襬拖地的黑色浴袍，大步走到木地板區，然後褪下浴袍，躺在灰色天鵝絨窄床上。「這是按摩臺，」她打了個呵欠，隨便用床單蓋著身體。「我預約了按摩師。」

「霍桑莊園暫時不接受訪客。」奧倫冷冷地說，似乎很習慣絲凱就是這副德性。

「這樣啊，」絲凱閉上雙眼。「那你就讓馬格努斯進來吧。」

馬格努斯。不曉得昨天來的那名按摩師是不是他。他會不會就是槍手？而且是奉絲凱之命攻擊我？

「霍桑莊園不接受訪客，」奧倫再次重申。「攸關安全問題。維安人員接獲指示，在得到進一步通知前，只有特定重要人士准予放行。」

「約翰·奧倫，我告訴你，」絲凱像隻貓一樣地打了個呵欠。「這個按摩至關重要，非做不可。」

一排蠟燭在附近的架上燃燒。陽光透過薄紗窗簾映照進來，輕柔悅耳的音樂在水療中心迴盪。

「什麼安全問題？」莉比突然問道。「出什麼事了嗎？」

我對奧倫使眼色，希望他不要回答。結果證明我完全搞錯對象。

「根據格雷森的說法，」絲凱告訴莉比。「有人在黑森林裡幹些骯髒的勾當。」

第六十二章

「黑森林裡到底發生什麼事？」莉比一直等我們回到走廊才問。

我在心裡暗罵格雷森大嘴巴，也很氣自己幹嘛把槍擊的事告訴他。

「妳為什麼需要額外的安全措施？」莉比追問。下一秒，她把目標轉向奧倫。「她為什麼需要額外的安全措施？」

「昨晚發生一起事故，」奧倫回答。「有顆子彈打中森林裡的樹。」

「子彈？」莉比重複。「你是說從槍裡射出來的子彈嗎？」

「我沒事啦。」我告訴她。

「所謂子彈打中一棵樹的事故到底是什麼事故？」莉比不理我，一個勁兒地問奧倫，藍色馬尾氣沖沖地彈來彈去。

「目前還不清楚對方開那幾槍是為了嚇唬艾芙瑞，」奧倫沒辦法，也不想再含糊其辭。「還是把她視為真正的目標。槍手沒有得逞，但她被碎片割傷了。」

「莉比，」我再次強調。「我真的沒事。」

「那幾槍？所以不止一槍？」莉比似乎完全沒聽見我說的話。

奧倫清清喉嚨。「我還是讓妳們私下談談好了。」他退到走廊另一邊，依舊不出視線範圍，近到可以聽見我們講話，又遠到可以假裝聽不見。

膽小鬼。

「有人對妳開槍，妳卻沒告訴我？」莉比很少生氣，但一氣起來就很嚇人。「也許奈許說得對。可惡！我說妳懂得照顧自己，他說他還沒見過有哪個身價上億的青少年不需要人家教訓。」

「奧倫和愛麗莎在處理了。我不想讓妳擔心。」

「那誰來照顧妳呢？」莉比摸摸我的臉頰，看著我用化妝品遮蓋的擦傷。

我忍不住想起美心說「妳需要我」，這句話不斷在我腦海中重播。「妳已經有夠多事要煩了。」我垂下頭。

「什麼意思？」莉比問道，隨即倒抽一口氣，然後嘆氣。「妳是說德瑞克嗎？」

她提起他的名字。現在已經沒什麼好不能說了。「他一直傳簡訊給妳。」

「我不會回他。」莉比聽起來像是在自我辯護。

「可是妳也沒阻止他。」

她沒有回答。

「妳大可以封鎖他啊，」我啞著嗓子說。「或是請愛麗莎幫妳辦一支新的號碼，也可以報警說他違反保護令。」

「保護令又不是我要求的！」莉比似乎話才一出口就後悔了。她吞了一口口水。「我也不想換號碼。我的朋友，還有爸爸，都知道這個號碼。」

「爸爸？」我看著莉比。我已經有兩年沒見到瑞奇．葛蘭斯了。我的社工一直和他保持聯絡，但他連打通電話給我都沒有，甚至沒來參加媽媽的葬禮。「爸爸有打給妳？」

「他只是……想問我們過得好不好。」

他應該是看到新聞了。

我知道他沒有我的新號碼，也知道他現在有一大堆理由希望我回到他身邊。他過去根本不在乎，也不想陪伴我們兩姐妹。

「他想要錢，」我淡淡地說。「就像德瑞克和妳媽一樣。」

我不該提起她母親。太過分了。

「奧倫認為槍手是誰？」莉比努力保持冷靜。

「對方當時在莊園，」我也裝沒事，把知道的消息告訴她。「所以是得以進出的人。」

「難怪奧倫要加強安全措施，只放重要人士進來。」莉比的腦袋在化著煙燻妝的大眼後方飛快轉動，搽著深色口紅的嘴唇抿成一條線。「妳應該早點告訴我才對。」

我頓時想起那些她沒告訴我的事。「拜託跟我說妳沒和德瑞克見面，他沒來這裡，妳也絕對不會讓他踏進莊園。」

「當然沒有，我也不會這麼做！」莉比陷入沉默。我不確定她是不是想對我大吼大叫，還是在忍住不哭。「我要走了。」她的聲音很穩，卻又充滿怒火。「但我要告訴妳，小妹，妳還未成年，我依舊是妳的法定監護人。下次若有人企圖槍殺妳，妳他媽最好讓我知道。」

第六十三章

我和莉比吵架時說的每一句話、每一個字，奧倫一定都聽在耳裡，但我很確定他不會多說什麼。

「我要繼續找那張書桌。」我簡單表示。現在的我比剛才更需要分散注意力。少了莉比的幫忙，我實在沒辦法在莊園裡四處遊蕩，一個個房間慢慢看。辦公室已經檢查過了。還有哪裡會擺書桌呢？

我專心思考這個問題，不去想我和莉比吵架，還有我說了什麼，她又沒說什麼。

「莊園裡有多間藏書室，」我轉向奧倫，吐了長長一口氣。「你知道在哪裡嗎？」

歷經兩個小時、去過四間藏書室後，我踏進第五號藏書室。這間藏書室位於二樓，天花板角度傾斜，牆上嵌著許多書架，每個高度都正好可放一排平裝書。架上的書籍多半破舊不堪，除了東邊有一片很大的彩繪玻璃窗外，每一寸牆都被書遮住了。陽光透過玻璃窗灑落進來，在木地板上投下色彩繽紛的光點。

沒有書桌。我開始覺得這樣找下去沒用。這些線索不是留給我的。托比亞・霍桑的謎題不是為我設計的。

我需要詹姆森。

我立刻甩掉這個念頭，步出藏書室來到樓下。我數過，這棟房子裡至少有五種不同的樓梯。腳下這座是螺旋梯。我拾級而下，聽見遠處傳來鋼琴的聲音。我循著琴聲而去，奧倫緊跟在後。我來到一個寬敞的開放式空間入口，只見另一邊的牆壁上嵌著許多拱形大窗。每扇窗戶都開著。

牆上掛著許多畫作，房間中央佇立著一架我這輩子見過最大的鋼琴。奶奶閉著眼睛坐在琴椅上。我以為她在彈琴，走近後才發現是這架鋼琴自動奏出樂音。

一聽見我的腳步聲，奶奶飛快睜開雙眼。

「對不起，我——」

「噓，」奶奶要我安靜，又闔上眼皮。鋼琴繼續演奏，樂聲漸強，堆疊至高點，旋即歸於寧靜。「妳知道可以用這架鋼琴聽音樂會嗎？」奶奶睜開眼睛伸手拿拐杖，吃力地站起來。「某個大師在世上某個地方演奏，只消按下按鈕，音符就會自此流轉傾瀉。」

她的目光在鋼琴上徘徊，眉眼間流露一絲惆悵與渴望。

「妳會彈鋼琴嗎？」我問道。

「年輕時會彈，」奶奶哼了一聲。「但引起太多注意，所以我先生打斷我的手指，從此再也沒辦法彈了。」

她說這段話時那種不疾不徐、一派從容的態度，幾乎就和言語內容本身一樣令人不快。

「太過分了。」我激動地說。

奶奶看看鋼琴，又看看自己瘦骨嶙峋的手，然後揚起下巴凝望遠處的拱形大窗。「不久之後，他就遇上悲慘的意外。」

聽起來很像她刻意安排了那樁「意外」。她該不會殺了她先生吧？

「奶奶，」門口傳來一個責備的嗓音。「妳嚇到人家了。」

奶奶嗤之以鼻。「要是她那麼容易被嚇到，那在這裡也撐不了多久了。」說完，她便走出了房間。

「妳有跟妳姐姐說妳今天蹺課嗎？」奈許把注意力轉向我。

一講到莉比，我就想起剛才和她吵架的事。她和爸爸聯絡，又不想針對德瑞克申請保護令。她一定不會封鎖他。不曉得這些事，奈許知道多少。

「莉比知道我在哪裡。」我語氣生硬地回答。

「這對她來說很不容易，小鬼。」奈許看了我一眼。「妳身在颱風眼中心，一切風平浪靜，她卻得承受來自四面八方的衝擊。」

我不認為被槍擊稱得上「風平浪靜」啦。

「你對我姐到底有什麼企圖?」

他顯然覺得我的提問很有趣。

「那妳對詹姆森又有什麼企圖?」

現在是莊園裡所有人都知道我們接過吻嗎?

「關於你外公的遊戲,你是對的。」我說。奈許曾試著警告我,還清楚點出為什麼詹姆森跟我走那麼近。

「我很少有錯的時候。」奈許用大拇指勾住褲耳。「妳愈接近終點,情況就愈糟。」理性的做法是別再玩這場遊戲,閃遠一點。可是我想要答案。而某一部分的我——那個跟喜歡把一切變成挑戰的媽媽一起長大、六歲時第一次下西洋棋的我——想贏。

「你知道你外公會把那種有很多隔間的書桌放在哪裡嗎?」我問奈許。

他噴出一聲不耐的鼻息。「小鬼,妳就是學不到教訓欸?」

我聳聳肩。

奈許想了一下,把頭歪向一邊。「妳找過藏書室了嗎?」

「圓形那間、瑪瑙那間、有彩繪玻璃窗那間、有地球儀那間,還有像迷宮那間……」我瞥了奧倫一眼。「就這樣?」

奧倫點點頭。

「不盡然。」奈許歪著頭說。

第六十四章

我跟著奈許往上爬了兩層樓梯，穿過三條走廊，經過一個用磚塊堵住的門口。

「那是哪裡？」我問道。

「我舅舅的側廳。」他放慢腳步。「他死後，外公就用牆把那裡封起來了。」

這種做法還真正常，我暗暗心想。就和二十年前剝奪全家人的繼承權，卻什麼都沒說一樣正常。

奈許再次加快腳步，帶我來到一扇鋼製大門前。門上有個轉盤密碼鎖，下方還有個五角形握把，看起來很像保險庫的門。奈許漫不經心地轉動轉盤，往左、往右、再往左，速度實在太快，我完全無法判別數字。最後，一個響亮的喀噠聲傳來，他轉動握把，大門緩緩朝走廊敞開。

究竟是什麼樣的藏書室需要這種安全——

奈許踏進門口時，我的大腦正準備完成這個句子，怎知映入眼簾的不是房間，而是另一個側廳。

「我出生後，外公就開始在這一區施工。」奈許告訴我。只見走廊兩側布滿各式各樣的轉盤、鍵盤、鎖頭和鑰匙，如藝術品般鑲在牆上。「霍桑家的人從小就學會怎麼撬鎖。」他在我們經過走廊時說。我探頭察看左邊的房間，發現裡面有一架小飛機——不是玩具，是一架貨真價實的單人駕駛飛機。

「這是你的娛樂室？」我看著其他門，很想知道那些房間藏著什麼驚喜。

「絲凱生我時才十七歲，」奈許聳聳肩。「她試著扮演好父母的角色，但沒多久就放棄了。外公想補償我。」

補償的方式就是幫你蓋間……超大娛樂室。

「來吧，」奈許帶我來到走廊盡頭，打開另一扇門。「大型遊戲機。」他完全沒必要解釋。房間裡有一張桌上型足球檯、一座吧檯、三個彈珠檯，以及一整面牆的大型電玩機臺。

我走到其中一個彈珠臺前按下按鈕，機器立刻亮起來。我回頭瞄了奈許一眼。

「不急，妳玩。」他說。

我應該專心解謎才對。他要帶我去最後一間藏書室，那裡可能有我要找的書桌和下一條線索。但打一場彈珠不會死吧？我握住彈簧拉桿，把彈珠打出去。

儘管我離最高分還遠得很，機器依舊在遊戲結束後要我輸入姓名字首縮寫。下一秒，螢幕就閃過一條熟悉的歡迎訊息。

艾芙瑞．凱莉．葛蘭斯，歡迎來到霍桑莊園！

跟我在保齡球館看到的一模一樣。我突然覺得托比亞．霍桑的幽魂在我身旁遊蕩。就算妳自以為在耍手段操控我外公，相信我，妳才是被他操控的那個。

「冰箱裡裝滿了含糖飲料。」奈許走到吧檯後面。「妳最愛的毒藥是？」

我湊上前，他說「裝滿」還真的很滿，沒在開玩笑。每個層架上都擺著一排排繽紛多彩的玻璃瓶裝汽水，所有想得到的顏色都有。「棉花糖？」我看著冰箱裡的飲料，皺起鼻子。「刺梨？培根和墨西哥辣椒醬？」

「格雷森出生時我六歲。」奈許說得彷彿那是一個解釋。「新弟弟回家的那天，外公送我這個房間。」他拿了一瓶綠得不太自然的汽水，擰開瓶蓋，灌了一大口。「詹姆森出生，我七歲；桑德出生，我八歲半。」他停頓了一下，好像在思考要對我透露多少。「札拉阿姨和她第一任丈夫一直生不出小孩。絲凱會離家幾個月，大著肚子回來。一而再，再而三，不斷重複。」

這大概是我聽過最亂七八糟的事了。

「要來一瓶嗎？」奈許朝冰箱點點頭。

其實我想來個十瓶，但最後只選了奶油餅乾口味。我回頭瞄了奧倫一眼。他就像沉默的影子一路跟隨左右，而且沒有暗示我不該喝，所以我轉開瓶蓋，喝了一大口。

「藏書室呢？」我提醒奈許。

「快到了，」奈許推開下一扇門。「這裡是遊戲室。」

房間中央擺著四張形狀各異的桌子，長方形、正方形、橢圓形和圓形各一，四面牆中有三面嵌著層架，除了桌子是黑色外，整個空間包含牆壁、地板和架子一片純白。

架上放的不是書，而是遊戲。房間裡大概有上百種甚至上千種桌遊。我忍不住走到最近的層架前，輕輕撫過那些盒子，其中大多數遊戲我連聽都沒聽過。

「我外公，有點像收藏家。」奈許輕聲說。

眼前的景象讓我萬般敬畏。我和媽媽經常玩桌遊度過午後時光，那些都是我們去人家車庫大拍賣撿便宜買回來的遊戲。每逢陰雨天，我們就會挑選三、四種，隨意拼湊出一個超大型桌遊。可是這個？這裡收藏了來自世界各地的桌上遊戲，其中有一半外盒都沒寫英文。我腦海中突然浮現霍桑四兄弟一起玩桌遊的畫面：他們四人圍坐在其中一張桌子旁哈哈大笑，講垃圾話，彼此鬥智，為了爭奪掌控權而互相角力（很可能是真人摔角那種角力）。

我硬是壓下這些幻想。我是來找下一條線索的，那才是我們當前在玩的遊戲。「藏書室呢？」我把目光從架上移開，轉向奈許。

他對那面沒有層架的牆點點頭。那裡沒有門，只有一根類似消防滑桿的東西，還有看起來像是滑道底部的結構。是溜滑梯嗎？

「藏書室在哪裡？」我又問。

奈許站在滑桿旁，抬頭望著天花板。「在上面。」

第六十五章

奧倫先上去查看，再從滑桿溜下來。「藏書室安全。」他告訴我。「但若妳想爬上去，傷口可能會裂開。」

奧倫當著奈許的面提到我的傷，感覺別有用意。不是他想看奈許會如何回應，就是他很信任奈許。

「什麼傷口？」奈許上鉤了。

「有人對艾芙瑞開槍。」奧倫言詞非常謹慎。「你不會碰巧知道這件事吧？」

「要是我知道，那應該早就處理好了。」奈許低沉的嗓音夾雜著致命的氣息。

「奈許。」奧倫看他一眼，似乎要他別插手。但以我目前對他們的認識，「置身事外」並非霍桑家族的特質。

「我先走了，」奈許淡淡地說。「我有些問題要問我的人。」

他的人——包括梅莉。我望著奈許悠閒自若地離開，隨後轉向奧倫。「你知道他會去跟員工談。」

「我知道他們會跟他談。」奧倫糾正。「再說，妳今天早上已經講出去了。」

我把槍擊事件告訴格雷森，而他又告訴他母親。就連莉比也知情。「對不起嘛。」我望向上方的房間。「我要上去了。」

「我沒看到上面有書桌。」奧倫說。

「我還是要上去。」我走上前，抓住滑桿使勁爬，不一會兒就痛得停下來。奧倫說得沒錯，我爬不上去。我退後一步，瞥向左邊。

沒辦法爬桿，那就只能從滑梯上去了。

霍桑莊園最後一間藏書室很小。天花板角度傾斜，在頭頂上方形成一座金字塔，而且書架非常樸素，沒什麼裝飾，高度只到我的腰。架上擺滿破舊磨損、廣受喜愛的兒童讀物，其中幾本是我很熟悉的故事，讓我忍不住想坐下來翻閱。

但我沒有。因為站在那裡時，我感覺到一陣微風，可是窗戶關著，不可能是從外面吹進來，比較像來自後方那堵牆。不會吧？我走近一看，氣流是從兩個書架間的縫隙散出來的。

後面有東西。我的心跳漏了一拍。我轉向右側書架，抓著頂層一拉，裝有鉸鏈的架子就往外旋轉，不費吹灰之力，露出一個狹小的洞口。

這是我自己發現的第一條密道。一種奇怪的興奮感在體內奔流，有如站在壯闊的大峽谷邊緣，或是親手捧著一件無價的藝術品。

我揣著一顆怦怦狂跳的心，穿過洞口，發現一道樓梯。

一個又一個陷阱，一道又一道謎題。

我小心翼翼地下樓。上方的光源愈來愈遠，我不得不拿出手機，打開手電筒，好看清前方的路。我知道自己應該回去找奧倫，但我只是加快腳步順著梯級蜿蜒而下，來到最底層。

格雷森就拿著手電筒站在那裡。

他立刻轉向我。我的心跳得厲害，但沒有退縮。我的視線越過他肩頭望向樓梯平臺，停駐在唯一一樣家具上。

一張書桌。達文波特。

「葛蘭斯小姐。」格雷森向我打招呼，轉回去看著桌子。

「你找到了嗎？」我問他。「關於達文波特的線索？」

「我在等。」

「等什麼？」我聽不太出來他的語氣是什麼意思。

「詹姆森。」格雷森將目光從桌上移開，一雙銀色眼眸在黑暗中凝視著我。

距離我上次見到格雷森已經過了好幾個小時，詹姆森也早就被奈許抓去上學了。他究竟在這裡等了多久？

「這麼明顯的提示，他不可能沒發現。無論這場遊戲目的為何，都和我們四兄弟有關。

我們的名字就是線索，當然會在這裡找到什麼。」

「你是說樓梯底部？」

「我們的側廳，」他回答。「我、詹姆森和桑德從小在這裡長大。奈許應該也是，但他年紀比我們大得多。」

我記得奈許曾說過，詹姆森和格雷森會聯手對付他，等快到終點時再背棄對方、互相使詐，搶著拿第一。

「奈許知道槍擊的事，」我說。「我告訴他了。」

格雷森露出微妙的表情。

「怎麼了？」

「現在他會想拯救妳。」他搖搖頭。

「這樣不好嗎？」

這一次，他淡漠的面具下流露出更多情緒。「方便讓我看一下妳哪裡受傷嗎？」他的聲音裡透著一點什麼。不是緊張，但就是不太一樣。

他可能只是想看看傷勢有多嚴重，我默默告訴自己。只是這個請求依舊讓我有種觸電的感覺，四肢莫名沉重。我能清楚意識到自己每一次呼吸。這裡空間很小，我們站得很近，離書桌也很近。

我從詹姆森身上學到了教訓，但這次感覺不同。好像格雷森想成為那個拯救我的人，好像他很需要成為那個人。

我拉下襯衫領口，露出鎖骨下方的傷。

「很抱歉妳遇上這種事。」格雷森握著我的肩頭。

「你知道槍手是誰嗎？」我不得不這麼問，因為他道歉了，而格雷森．霍桑不是那種會道歉的人。如果他知道……

「不知道。」

我相信他，應該說我想相信他。「若我沒住滿一年就離開莊園，這筆遺產會全數捐給慈善機構。若我死亡，就會捐給慈善機構或由我的繼承人繼承。」我停頓了一下。「基金會則歸你們四兄弟所有。」

他應該明白事情看起來有多不單純。

「我外公本來就該把基金會交給我們，」格雷森別過頭，將目光從我傷口上移開。「或是札拉。我們從小受的教育就是為了長大後能發揮影響力，而妳……」

「什麼都不是。」我替他說完。這些話語刺痛了我的心。

「我不知道妳是什麼。」格雷森搖搖頭。雖然手電筒的光線非常微弱，我還是能看見他的胸膛隨著呼吸不斷起伏。

「你覺得詹姆森是對的嗎？」我問他。「你外公留下的這道謎題有解答？」

「最後總有個結束。外公的遊戲向來如此，」他停頓了一下。「妳找到幾個數字了？」

「兩個。」

「我也是，」他說。「只差這個和桑德的。」

「桑德的？」我皺起眉頭。

「布萊克伍德，桑德的中間名。威斯布魯克是奈許的線索，溫徹斯特是詹姆森的。」

「達文波特是你的。」我轉頭望向書桌。

「妳先請，繼承人。」他閉上雙眼。

他用詹姆森對我的暱稱叫我，感覺在暗示什麼，我說不上來。我將注意力轉向眼下的任務。這張書桌是用古銅色木頭製成，四個抽屜與桌面垂直。我逐一拉開查看。全是空的。我伸出右手探入抽屜摸索，沒發現什麼不尋常的地方。

我能感覺到格雷森在一旁觀察、評斷我的一舉一動。我抬起桌面研究下方的置物隔間。也是空的。我重複剛才檢視抽屜的動作，用手指撫過隔間底板和兩側，發現右邊似乎有一道突起。我目測了一下，側板約有四到五公分厚。

剛好可以裝個隱藏隔間。

我不知道怎麼觸發機關，只好再摸摸那道突起。也許那是兩塊木板的接縫處，也許……我用力按壓木板，板子就這樣彈出來。我拉開那塊木板，發現後方有個小洞，裡面有個鑰匙圈，但上面沒掛鑰匙。

鑰匙圈是塑膠的，形狀看起來像「1」。

第六十六章

8、1、1。

那晚，我又去莉比的房間睡，可是她沒回來。我請奧倫向她的維安人員確認她沒事，而且人在莊園。

她在，但他沒透露她的確切位置。

沒有莉比，也沒有美心，只有我獨自一人，感覺比搬來後更孤單。詹姆森早上離開後我就沒見過他，格雷森在我們找到線索後沒多久就走了。

1、1、8。這些就是我要專心探究的一切。於我而言，這三個數字證明了黑森林裡那棵刻著托比姓名的樹只是棵普通的樹，沒有特別的含義。若有第四個數字，那肯定還藏在某個地方。黑森林（布萊克伍德）的線索可能會以任何形式呈現，不一定是雕刻，畢竟都有個鑰匙圈了。

夜漸趨深沉，我在恍惚欲睡間聽見一陣腳步聲。好像是從後面還是下面傳來的？冷風自窗外呼嘯而過，槍聲潛伏在我的記憶深處。至於牆裡，不知道蟄踞著什麼。

我一直到天亮才睡著，還做了一個和睡覺有關的夢。

「我有一個祕密，」媽媽開心地跳上床把我吵醒。「想猜猜看嗎？我剛滿十五歲的寶貝女兒。」

「才不要……」我低聲嘟囔，拉起被子蒙住頭。「我每次都沒猜中。」

「今天妳生日，所以我會給妳一個提示。」媽媽一邊哄我，一邊把被子拉下來，撲通一聲倒在我的枕頭上。她的笑容很有感染力。

我終於忍不住破功，笑了起來。「好吧。給我一個提示。」

「我有一個祕密……跟妳出生那天有關。」

愛麗莎用力拉開百葉窗，我赫然驚醒，頭隱隱作痛。「起床了。」她講話猶如在法庭上答辯，自信又充滿力量。

「走開。」我和夢中那個年輕的我一樣，用被子蓋住頭。

「抱歉，」她聽起來一點也不抱歉。「但妳真的該起床了。」

「我什麼都不用做啊，」我喃喃地說。「我是億萬富翁吔。」

這句話的效果和我預期的差不多。「如果妳還記得，」愛麗莎用愉快的語氣回答。「為了替妳本週稍早搞出的臨時記者會止損，我安排妳這個週末在德州社交圈首度亮相。今晚妳要參加一場慈善募款活動。」

「我昨天晚上幾乎沒睡，」我試著打悲情牌。「有人對我開槍吔！」

「我們會替妳準備一些維他命C和止痛藥。」愛麗莎無情地說。「半小時後，我會帶妳去治裝。下午一點妳要接受媒體訓練，四點要弄妝髮。」

「也許我們該重新安排行程，」我說。「因為有人想殺我。」

「奧倫准許我們離開莊園。」愛麗莎看了我一眼。「妳還有二十九分鐘。」她打量我的頭髮。「妳一定要打扮得漂漂亮亮，展現出最好的一面。我會在車上等妳。」

第六十七章

奧倫護送我到休旅車旁。車上除了愛麗莎和兩名保鑣外，還有另一個身影。「逛街怎麼能少了我，」席雅向我打招呼。「有時尚精品店的地方就有席雅。」

我看著奧倫，希望他能把她踢下車。但他沒有。

「另外，」席雅繫上安全帶，態度傲慢地輕聲說：「我還要跟妳談談蕾貝卡的事。」

這輛休旅車有三排座位。奧倫和一名保鑣坐前排，愛麗莎和另一名保鑣坐後排，席雅和我坐在中間。

「妳對蕾貝卡做了什麼？」席雅等到確定車上其他人沒仔細聽才低聲問。

「我沒有對她做什麼。」

「我接受妳落入詹姆森．霍桑的陷阱不是為了喚起他和艾蜜莉的回憶。」席雅顯然認為自己很寬宏大量。「但我的慷慨僅此而已。蕾貝卡美得令人心碎，哭起來卻很醜。我知道她哭了一整晚之後是什麼樣子。不管她怎麼了，都不只和詹姆森有關。那天在小屋裡究竟發生了什麼事？」

蕾貝卡知道槍擊的事，奧倫也禁止她對外透露消息。我努力思考各種關聯和可能性。她為什麼要哭？

「講到詹姆森，」席雅改變戰術。「他顯然很痛苦。只能說我欠妳一次。」

他很痛苦？我心口突然閃過一個「要是……」的念頭，硬是壓了下去。「妳為什麼這麼討厭他？」我問席雅。

「妳為什麼不討厭他？」

「妳來這裡到底有何目的？」我瞇起眼睛。「不是說這輛車，」我連忙在她提起時尚精品店前補上一句。「是霍桑莊園。札拉和妳叔叔要妳來這裡做什麼？」

為什麼要黏著我不放？他們到底想怎麼樣？

「妳為什麼覺得他們交派任務給我？」從席雅的語氣和舉止看得出來，她是那種天生就占上風的人，而且未曾居於劣勢。

凡事總有第一次，我在心裡默唸，但還來不及闡明想法，車子就在精品店前停下來。狗仔隊發出震耳欲聾的腳步聲蜂擁而上，將我們團團包圍，四周的人牆密到幽閉恐懼症患者大概會崩潰。

「我的衣櫃裡已經有整間百貨公司了，」我癱倒在座位上，對愛麗莎拋了一個惱怒的眼神。「要是穿我原來就有的衣服，還需要應付這些嗎？」

「這些，」愛麗莎在奧倫下車時開口。記者的吶喊和提問愈來愈大聲。「就是重點。」

我來這裡是為了被拍，為了控制敘事脈絡。

「笑得漂亮一點。」席雅在我耳邊呢喃。

為了這場精心設計的媒體秀，愛麗莎選了那種每樣花色款式都只有一件的精品店，商家還配合封館，讓我一個人慢慢逛。

「綠色，」席雅從衣架上拿起一件晚禮服。「翡翠綠，跟妳的眼睛很配。」

「我的眼睛是淡褐色。」我看著那件洋裝冷冷地說，然後轉向店員。「你們有沒有沒那麼低胸的啊？」

「妳喜歡領口高一點的剪裁？」店員的語氣很小心，似乎不想摻雜任何批判，但我很確定她在批判我。

「能蓋住鎖骨就好。」我瞄了愛麗莎一眼。還有我的傷口縫線。

「妳聽到葛蘭斯小姐說的話了，」愛麗莎強硬表示。「還有，席雅說得對，拿些綠色系的來。」

第六十八章

最後我們選了一件洋裝。奧倫護送我們回到休旅車上，周圍的狗仔隊不停猛按快門。車子駛離路邊時，他瞥了照後鏡一眼。

「安全帶都繫好了？」

我好了。「妳有想過要做什麼樣的髮型，化什麼樣的妝嗎？」席雅扣好安全帶。

「無時無刻不在想。」我面無表情地反諷。「這幾天我滿腦子都是這些事，一個女孩子總得安排生活的優先順序嘛。」

「我猜妳的優先事項都姓霍桑。」席雅揚起微笑。

「沒這回事。」是嗎？我任憑他們盤踞心頭多少片刻？詹姆森說我很特別的當下，我有多希望他是認真的？

格雷森檢查我傷口時的那種感覺，我記得有多清楚？

「其實妳的保鑣今天不想讓我跟，」席雅在我們轉進一條蜿蜒的長街時低聲說：「妳的律師也是，但我很堅持，妳知道為什麼嗎？」

「不知道。」

「這跟我叔叔或札拉無關。」她撥弄著黑色髮梢。「記住，我只是在做艾蜜莉會要我做的事。」

就在這個時候，車子毫無預警地急轉彎。我的身體陷入恐慌，激起「戰或逃」反應，但被綁在後座上既不能戰，也逃不了。我飛快望向正在開車的奧倫，注意到副駕駛座的保鑣手握著槍，進入警戒狀態。

出事了。我們根本不該出門。我不該相信自己很安全，哪怕只有一瞬間。都是愛麗莎的主意。她想讓我離開莊園。

「抓緊！」奧倫大吼。

「怎麼回事？」這些話卡在我喉嚨裡，化成細小的聲音。這時，窗外閃過一絲動靜。只見一輛車朝我們疾駛而來。我放聲尖叫。

我的潛意識對著我嘶吼，要我立刻逃跑。

奧倫再次轉向，及時避開對方的撞擊。我能聽見刺耳的金屬磨擦聲。有人想把我們逼出馬路。奧倫猛踩油門。一陣響亮的警笛聲傳來，勉強穿透我腦中驚慌躁亂的雜音。是警察。

不會吧？拜託不要這樣。拜託。

奧倫猛地切進左車道，開在襲擊我們的車前面，接著急轉掉頭，沿中間車道朝反方向加速行駛。

我想尖叫，卻只能發出微弱的呼喊，眼淚如斷了線的珍珠不停落下，完全止不住情緒。警笛聲愈來愈多，此起彼落。我做好最壞的打算望向車後，準備承受撞擊。只見那輛想撞我們的車瞬間急煞，在路上劃下一道長長的輪胎痕。不到幾秒，對方就被警察重重包圍。

「沒事了。」我嘴上喃喃自語，身體卻不相信。感覺從頭到腳每一個細胞都在吶喊，嚷著一切再也無法回歸正常。

奧倫放慢車速，但沒有停下來，也沒有轉頭看。

「剛才到底是怎樣？」我扯開喉嚨大叫，音調和音量都高到足以將玻璃震個粉碎。

「剛才，」奧倫平心靜氣地回答。「有人上鉤了。」

誘餌？我把目光轉向愛麗莎。「他在說什麼？」

飛車追逐的當下我一時激動，以為這件事全是愛麗莎的錯，還懷疑她的意圖，但就奧倫的回答來看，也許他們倆都有責任。

「這些，」愛麗莎雖不如以往沉著冷靜，卻也不算失態。「就是重點。」她看到精品店外的狗仔隊時也是這麼說。

狗仔隊。一定要公開亮相，讓別人看見我們。就算最近出了這些事，還是非得要我離開莊園，出門買衣服不可。

就是因為出了這些事。

「你們用我來當誘餌?!」我不是一個會大吼大叫的人，但此刻的我正在大吼大叫。

「到底是怎麼回事？」席雅插嘴問道。

奧倫下了高速公路，減速停在紅燈路口。「對，」他語帶歉意地告訴我。「我們用妳和我們自己來當誘餌。」他瞥了席雅一眼，回答她的問題。「兩天前艾芙瑞遭到攻擊。我們在警局的朋友同意按我的方式處理。」

「你的方式可能會害死我們！」我呼吸困難，一顆心怦怦狂跳。

「我們有後援。」奧倫安撫我。「我的人馬還有警方都是。我不會說剛才那樣很安全，但就目前的情況來看，妳隨時都有可能面臨危險，加上妳又不能搬離莊園，實在無所謂好的做法。愛麗莎和我沒有被動等待另一次攻擊，而是精心策劃、創造出一個相較之下最好的機會。現在或許可以得到一些解答。」

他們先是告訴我霍桑一家不是威脅，現在又利用我來剷除威脅。「你們可以早點告訴我啊！」我生氣地說。

「妳不知道——應該說沒人知道比較好。」愛麗莎回答。

對誰比較好？我還來不及追問，奧倫就接到一通電話。

「蕾貝卡知道妳前幾天被攻擊的事嗎？」席雅問我。「所以她才那麼難受？」

「奧倫，」愛麗莎無視我和席雅。「他們抓到駕駛了嗎？」

「抓到了，」奧倫停頓了一下。我注意到他透過照後鏡看著我，逐漸軟化的眼神讓我的胃扭絞在一起。「艾芙瑞，是妳姐姐的男友。」

德瑞克。「前男友。」我急忙澄清，聲音卻好像卡在喉嚨裡。

「他們在後車廂找到一支步槍。」奧倫忽略我的回答。「初步研判和案發當晚的子彈相吻合。警方會找妳姐姐問話。」

「什麼?!」我驚呼，劇烈跳動的心臟無情撞擊胸腔。「為什麼？」某種程度上，我很清楚這個問題的答案，只是我無法接受。

也不願接受。

「若德瑞克是槍手，一定有人做內應，把他偷偷帶進莊園。」愛麗莎的聲音異常溫柔。

絕對不是莉比，我心想。「莉比不會——」

「艾芙瑞，」愛麗莎把手放在我肩上。「如果妳在沒立遺囑的情況下出事，妳姐姐和妳父親就是妳的法定繼承人。」

第六十九章

事實就是，德瑞克企圖把我的座車撞出馬路，持有的武器很可能與奧倫案發當晚找到的子彈相吻合。此外，他還有重罪前科。

警察替我做了筆錄，詢問關於槍擊案、德瑞克和莉比的問題。結束後，我在維安人員的護送下回到霍桑莊園。

我和愛麗莎還沒踏上門廊，前門就砰地敞開。

奈許怒氣沖沖地走出來，一見到我們便放慢腳步。「妳要解釋一下為什麼我剛才得知莉比被警察拖出去嗎？」他問愛麗莎。

我知道南方口音習慣拖腔拉調，但從沒聽過像他這樣的。

「除非她被逮捕，否則沒有義務跟他們走。」愛麗莎揚起下巴。

「她又不知道！」奈許大吼，隨後看著她的眼睛低聲說：「如果妳想保護她，大可早點出手。」

這句話蘊藏了太多弦外之音，但我滿腦子都在想別的事，根本沒心思解清那些複雜的隱意。莉比。莉比。莉比被警察抓走了。

「保護每一個悲傷的故事不是我的作風。」愛麗莎對奈許說。

我知道她指的不光是莉比，但這不重要。「她不是什麼悲傷的故事，」我氣憤地說：「她是我姐姐！」

「或是殺人未遂的幫凶。」愛麗莎伸手想碰我的肩膀。我退後一步。

莉比不會傷害我，也不會讓任何人傷害我。我心裡這麼相信，卻怎麼也說不出口。為什麼？

「那個混帳傳簡訊傳個不停。」奈許說。「我一直叫她封鎖他，但她覺得很內疚——」

「為什麼？」愛麗莎逼問。「她為什麼要內疚？要是她沒什麼好隱瞞，你何必這麼擔心警方找她問話？」

「我和妳從小就被告誡，絕對不要在沒有律師的陪同下接受警方訊問。妳真的要站在那邊表現得好像沒這回事一樣？」奈許眼神閃爍。

我腦海中浮現出莉比一個人孤零零在牢房裡的身影。她可能根本不在牢房，但我就是擺脫不了這個畫面。「派人過去，」我顫抖著對愛麗莎說。「事務所的人。」她張嘴想反對，我硬是打斷她。「快點。」

雖然我現在尚未掌握經濟大權，但總有一天會。而她為我做事。

「馬上辦。」愛麗莎回答。

「現在離我遠一點，」我惡狠狠地對她說。她和奧倫一直瞞著我，把我當成棋盤上的棋子恣意擺弄。「所有人都一樣。」我轉頭看著奧倫。

我需要一個人靜一靜。我需要竭盡所能阻止他們播下懷疑的種子。因為要是連莉比都不能信任……

那我就真的沒有人可以相信了。

「麗麗，」奈許清清喉嚨。「妳要告訴她媒體顧問在會客室等嗎？還是我來說？」

第七十章

我答應和愛麗莎重金聘請的媒體顧問見面，不是因為我打算參加今晚的慈善活動，而是因為這是我知道唯一一個讓其他人別來煩我的方法。

「艾芙瑞，今天我們要做三件事。」這名顧問是一位舉止高雅的黑人女性，講話帶有優雅的英國腔，散發出上流社會的氣息。她說她叫蘭登。我不知道那是她的名字還是姓氏。「今早的襲擊事件過後，大家會比以往更加好奇妳——和妳姐姐的故事。」

莉比不會傷害我，我拚命告訴自己。她絕對不會讓德瑞克傷害我。下一秒，另一個念頭閃過腦海。她沒有封鎖他的電話號碼。

「我們今天要練習的三件事是說什麼，怎麼說，以及如何判斷什麼不該說、不該反駁。」蘭登非常嚴謹穩重，比那對兄妹造型師更有格調。「現在，很明顯，民眾會對今天上午發生的憾事感興趣，但妳的法律團隊希望妳盡量不要談及這個部分。」

那個部分，指的是三天內第二次被人攻擊、企圖殺害的部分。莉比不可能涉案。絕對不可能。

「跟著我重複一遍，」蘭登說。「『我很感激自己還活著，也很感謝今晚能夠來到這裡。』」

「我很感激自己還活著，」我盡可能屏除那些干擾的雜念，面無表情地複述。「也很感謝今晚能夠來到這裡。」

蘭登看了我一眼。「妳覺得自己聽起來怎麼樣？」

「很火大？」我冷冷地說。

「試試看讓自己聽起來別那麼生氣。」蘭登給了我一個溫和的建議，然後停頓一下，打量我的坐姿。「挺胸，放鬆肌肉。妳的姿態是觀眾大腦第一個捕捉到的畫面。若妳看起來縮著身子，讓自己變得很渺小，閱聽者就會接收到這樣的訊息。」

我翻翻白眼，稍微挺直腰板，雙手放在身側。「我很感激自己還活著，也很感謝今晚能夠來到這裡。」

「不，」蘭登搖搖頭。「妳要聽起來像個有血有肉、活生生的真人。」

「我是真人啊。」

「對其他人來說還不是。目前妳頂多是個奇觀。」她的語氣並沒有不友善的意思。「假裝妳回到家鄉，回到自己熟悉的舒適圈。」

我的舒適圈是什麼？跟近期人間蒸發的美心聊天？鑽進莉比的床和她一起睡？

「想想妳信任的人。」

這句話帶來的痛應該會讓我有種被掏空的感覺，但我只覺得自己好像快吐了。我硬是吞下那種反胃感。「我很感激自己還活著，也很感謝今晚能來到這裡。」

「妳聽起來好像是被逼著說出這些話，艾芙瑞。」

「我是被逼的啊。」我咬著牙說。

「一定要這樣嗎？」蘭登停頓片刻，讓我有時間沉澱、思考這個問題。「妳難道不感謝有這個機會？不感謝可以住進這座莊園？不感謝無論發生什麼事，妳和所愛的人都會得到妥善的照顧？」

金錢就是安全感的來源，就是保障；你知道自己就算把事情搞砸，還是一樣生活無虞、衣食無缺。如果莉比真的讓德瑞克進入莊園，如果對我開槍的真的是他……但她有可能不知道他的陰謀啊。

「經歷了這一切，妳難道不感激自己還活著？妳想今天就這樣死掉嗎？」

不想。我想活下去。真真切切、好好地活下去。

「我很感謝今晚能夠來到這裡，」我試著投入更多感情，試著再說一次。「也很感激自己還活著。」

「好多了，不過這一次……就讓它痛吧。」

「不好意思，妳說什麼？」

「讓他們知道妳很脆弱。」

我對蘭登皺起鼻子。

「讓觀眾看見妳只是個凡人，就和他們一樣。這就是我要教妳的訣竅。如何在不真正展現脆弱的情況下，讓自己看起來很脆弱、很真實。」

造型團隊來打理我的衣櫃，設計我要講述的故事時，我選擇的可不是「脆弱」。我應該要高人一等、占盡優勢才對。但強悍的女孩同樣有感性的一面。

「我很感激自己還活著，」我說。「也很感謝今晚能夠來到這裡。」

「很好，」蘭登微微點頭。「現在我們來玩一個小遊戲。我會問妳問題，妳只要做一件事，一件必須在今晚的慈善晚會前徹底練就、嫻熟掌握的事。」

「什麼事？」

「不要回答這些問題。」蘭登的表情非常認真。「舉凡言語、表情，通通不能有，除非那個問題某種程度上可以用我們剛才練習過的關鍵句來回答。」

「感恩感激之類的，」我聳聳肩。「聽起來不難嘛。」

「艾芙瑞，妳母親真的和托比亞·霍桑有多年的婚外情嗎？」

我差點就中招回答「沒有」，但我忍住了。

「今天的襲擊事件是妳一手安排的嗎？」

什麼跟什麼啊？

「注意妳的表情。」蘭登提醒，接著拋出下一個問題。「妳和霍桑家族的關係如何？」

我順從地坐著，盡量不去想他們的名字。

「妳打算怎麼使用這筆錢？妳會如何回應那些指稱妳是騙子和小偷的人？妳今天有沒有受傷？」

最後一個問題給了我一個發言的契機。「我沒事，」我說。「我很感激自己還活著，也很感謝今晚能夠來到這裡。」

我以為蘭登會大力稱讚，結果完全沒有。

「妳姐姐真的跟企圖殺害妳的凶嫌是男女朋友嗎？她有沒有涉案？」

我不確定是因為她在我回答完後立刻偷渡問題，還是這個問題本身讓我很受傷，總之我厲聲打斷她。

「沒有，」我脫口而出。「我姐姐跟這件事無關。」

「好，」蘭登看了我一眼，從容不迫地說：「我們從頭再試一次。」

第七十一章

上完媒體訓練課後，蘭登送我回到臥房。造型團隊已經在那裡等我了。我大可跟他們說我不去參加晚會，但蘭登讓我開始思忖：不出席，會傳遞出什麼樣的訊息？

我很害怕？我躲起來，或是在隱瞞什麼？莉比有罪？

她是清白的。我一遍又一遍不斷在心裡告訴自己。莉比走進房間的時候，我正在做妝髮。我的胃猛然抽緊，心臟直竄上喉嚨。她臉上的妝都花了，想必是一直在哭。

她沒做錯什麼，完全沒有。莉比猶豫了三、四秒，整個人撲向我，給了我一個這輩子最大、最緊的擁抱。「對不起，真的很對不起……」

有那麼一刻，就那麼一刻，我嚇到背脊發涼。

「我應該封鎖他的……」莉比繼續說。「現在講這些可能沒用，但總之，我只是把手機丟進果汁機，按下開關。」

她不是為了幫助與教唆德瑞克道歉，而是為了沒封鎖他的號碼，以及我要她這麼做時跟我吵架而道歉。

我垂下頭。她立刻抬起我的下巴。造型師繼續在旁邊替我弄妝髮。

「別不理我好嗎？」莉比懇求。

我很想告訴莉比我相信她，但光是吐出這幾個字都讓我覺得自己好像背叛者，直到現在才真正消除對她的猜疑。「妳需要一支新手機。」我終於開口。

「還有新的果汁機。」莉比笑了起來，用右掌根按按眼周，擦去淚水。

「不准哭！」正在替我化妝的造型師突然大吼。其實他是在跟我說，但莉比也嚇了一跳，飛快直起身子。「妳想看起來和那張照片一樣對吧？」造型師一邊問，一邊用造型慕斯使勁梳理我的頭髮。

「對，」我回答。「隨便。」若愛麗莎有給他們照片參考，我就能少做一個決定，少考慮一件事。

像此刻，我腦海中就有一個價值數百億美元的問題：如果德瑞克是槍手，放他進入莊園的又不是莉比，那會是誰？

一個小時後，我站在鏡子前端詳自己。造型師替我編了髮辮，而且不是普通的髮辮。他們將我的頭髮分成兩部分，每部分各分成三束，每束又分成兩綹，互相交織在一起，讓頭髮變得像螺旋狀麻繩，然後再用超多髮膠和小小的透明髮圈紮起固定，開始進行法式編髮。我不知道接下來確切的步驟為何，只知道過程痛得要命，需要兩位造型師用上四隻手，外加莉比出一隻手幫忙才完成。總之最後我頭上纏繞著精緻的法式髮辮，襯著半邊臉，挽捲的髮絲閃動著繽紛色澤，完美展現出灰褐色頭髮間的深色挑染及自然的金色髮流，創造出一種我從未見過、略帶迷幻的視覺效果，讓人無法移開目光。

至於妝容就沒那麼誇張，走的是自然清新低調風，只有眼妝例外。我不曉得他們施了什麼魔法，但我那雙畫著炭灰色眼線的眼睛看起來比平常大兩倍，而且是翠綠色，不折不扣的綠，漾著偏金，而非褐色的光點。

「還有，最後壓軸……」其中一位造型師替我戴上項鍊。「白金，綴三顆翡翠。」

那些珠寶有我的指甲那麼大。

「妳看起來很美。」莉比說。

我看起來一點也不像我，比較像舞會上的名媛。其實我還是很想臨陣脫逃，不去參加今晚的慈善活動，但有件事讓我拒絕認輸。那就是莉比。

掌控敘事走向的時候到了。

第七十二章

奧倫在樓梯頂端等我。

「警察從德瑞克那裡問出什麼了嗎？」我問道。「他承認他是槍手了沒？他的同夥或幕後主使是誰？」

「深呼吸，」奧倫說。「德瑞克不僅涉案，還企圖將莉比描繪成主謀。但這套說詞不符合邏輯。若真如他所言是莉比暗中接應，監視器一定會拍到他進入莊園，可是完全沒有這段畫面。目前我們推斷他可能是從隧道溜進來的。」

「隧道？」

「類似屋內的祕密通道，只是藏在莊園地底。我知道兩個入口，都安全無虞。」

我聽出奧倫沒說出口的話。「你知道兩個，但這可是霍桑莊園，也許還有更多。」

我前往參加慈善晚會。照理說我應該覺得自己像童話故事裡的公主，但我的馬車是一輛休旅車，與德瑞克今早側撞的那輛一模一樣。沒有什麼比刺殺未遂更像童話故事了。

還有誰知道隧道的位置？這段時間，我一直在想這個問題。我很懷疑德瑞克有辦法在無意間發現連霍桑莊園保全主任都不知情的祕密隧道，當然，莉比也不可能知道。

所以究竟是誰？想必是對霍桑莊園再熟悉不過的人。是他們主動找上德瑞克的嗎？為什麼？最後一個問題沒那麼難解。既然有人願意也準備好替你殺人滅口，何苦親自出馬，讓雙手沾滿鮮血？主使者只要知道德瑞克的存在，知道他有暴力前科、有充分的理由恨我就好。

這三點，霍桑莊園裡無人不知，無人不曉。

也許德瑞克從該名共犯口中得知，一旦我出事，莉比就會繼承遺產，讓他更願意為了這些甜頭鋌而走險。

他們叫一名重罪犯幹那些骯髒事，替他們揹黑鍋。我身穿要價五千美元的洋裝，戴著一條至少能抵一年大學學費的項鍊，坐在防彈休旅車裡，想著德瑞克被捕究竟代表危險警報解除，還是讓他溜進隧道的人有其他陰謀，打算用別的方式來對付我。

「今晚的慈善活動，霍桑基金會贊助兩桌。」坐在前排的愛麗莎告訴我。「札拉原想買下所有席位，但嚴格來說這是妳的基金會，由不得她。」

愛麗莎一副好像什麼事都沒發生過的模樣，彷彿在這種人人皆可疑的節骨眼，我依舊能百分之百完全信任她。

「所以我會和他們同桌，」我面無表情地說。「霍桑家的人。」

而且其中至少有一人可能想要我的命。

「跟他們維持表面和平對妳有好處。」考量到當前的情況，愛麗莎應該明白這句話聽起來有多荒唐。「關於妳為何繼承這筆遺產，外界的質疑與謠言未曾間斷，霍桑家族對妳的接納能有效遏止那些較為不當的言論。」

「那關於他們之中至少有一個人想要我死這類非常不當的言論呢？」我反問。

也許是札拉或她的先生、絲凱，甚至是奶奶。畢竟她或多或少透露出自己弒夫的事。

「目前仍處於高度警戒狀態，」奧倫向我保證。「不讓霍桑一家察覺此事，對我們較為有利。若幕後主使想把責任推到德瑞克和莉比身上，就讓他們自以為成功了。」

上一次，我沒有好好保密；這一次，我會採取不同的做法。

第七十三章

「艾芙瑞，看這邊！」

「妳對德瑞克．桑德斯被捕有什麼看法？」

「妳能不能說明一下霍桑基金會的未來走向？」

「聽說妳母親曾因拉客被捕，真的嗎？」

要不是經過七輪練習題的淬鍊，我可能會敗在最後一題，而且除了回答外還會夾雜好幾句髒話。但我沒有。我只是站在汽車旁默默盼候。

終於，我一直在等的問題出現了。「發生了這麼多事，妳的感覺如何？」

「我很感激自己還活著，」我直視該名發問的記者。「也很感謝今晚能夠來到這裡。」

今晚的活動在一間美術館舉行。我們從二樓進場，走下宏偉壯麗的大理石階梯，步入展廳。才走到一半，我就發現在場所有人不是盯著我看，就是用一種更糟糕的方式無視我。

格雷森就站在樓梯口，手裡拿著一只透明玻璃杯，裡面裝著澄澈的液體。穿著燕尾服的他看起來就和平常穿西裝一樣。看到我的那瞬間，格雷森突然整個人僵在原地，彷彿時間驟然停止。我回想起和他一起站在隱密的樓梯底部，想起他看我的眼神。某種程度上，我以為他此刻就是那樣看我。

我以為自己美得讓他驚嘆。

下一秒，酒杯從他手裡滑落，掉在地上摔得粉碎。細小的水晶碎片四處飛濺。

怎麼了？我做了什麼嗎？

愛麗莎用手肘輕輕推我，要我繼續前進。我走下樓梯，服務生急忙過來清理。

「妳到底在做什麼？」格雷森緊盯著我，聲音好沙啞。

「我不懂你的意思。」

「妳的頭髮，」他語帶哽咽地伸出手，手指幾乎快要碰到我的髮辮，隨即攥成拳頭。

「那條項鍊，那件洋裝……」

「怎麼了？」

他只回了三個字。那個名字。

艾蜜莉。又是艾蜜莉。我走向洗手間，盡量讓自己看起來不像匆匆逃離現場。我胡亂摸索造型師給我的黑色綢緞手提包，硬是想把塞在裡面的手機拿出來，卻又不知道拿出來後要怎麼辦。就在這個時候，有人走到我旁邊的鏡子前。

「妳看起來還不錯。」席雅斜睨我一眼。「事實上，妳看起來很完美。」

我看著她，忽然明白了什麼。「席雅，妳做了什麼好事？」

她低頭看著自己的手機，按了幾下。沒多久，我就收到一封簡訊。我根本不曉得她有我的電話號碼。

我點開訊息和夾帶的圖檔，臉色唰地慘白。那是艾蜜莉的照片。畫面上的她不是燦笑，而是對著鏡頭微笑，一抹掛在嘴角、有點淘氣的微笑，好像下一秒就會做出眨眼的表情。她的妝容很清新，雙眼卻大得不自然，還有她的髮型……

跟我一模一樣。

「妳做了什麼？」我又問席雅，但這次更多的是指責，而非質問。她不請自來地陪我一起購物，還建議我穿綠色，就像艾蜜莉在這張照片上穿的一樣。

連我戴的項鍊也和她的很像。

造型師問我是不是想看起來和照片一樣時，我還以為是愛麗莎提供的參考圖片，以為上頭的人是模特兒，不是一個死去的女孩。

「妳為什麼要這麼做？」我決定換個方式問她。

「艾蜜莉會想要這樣。要說有什麼安慰——」席雅從包包裡拿出一支口紅，沒多久，雙唇就變得如閃耀的紅寶石般明豔。「我不是針對妳。」

是針對他們。

「艾蜜莉的死和霍桑家無關。」我厲聲駁斥。「蕾貝卡說是她的心臟出問題。」

嚴格來講，她是說格雷森說她的心臟出問題。

「妳確定霍桑一家不想殺妳？有多確定？」席雅揚起微笑。今早遇襲時她也在，還嚇得渾身發抖，現在卻表現得好像一切不過是個笑話。

「妳真的有病。」

「初次見面那天我告訴妳，霍桑一家既扭曲、破碎又一團混亂。」她對我的憤怒視若無睹，又照鏡子照了好一會兒。「我可沒說我不是。」

第七十四章

我站在鏡子前摘下項鍊，拿在手上。頭髮比較麻煩。稍早可是動用兩名造型師才編好，我只能求老天保佑，讓我可以順利拆掉髮辮。

「艾芙瑞？」愛麗莎探頭查看洗手間。

「幫我一下。」我說。

「怎麼了？」

「我的頭髮。」

我伸長了手，使勁扯著腦後的髮辮。愛麗莎一把抓住我的手腕，右手牽著我，左手鎖上洗手間的門。「我應該慢慢來，不該逼妳。」她低聲說。「一下子讓妳承受太多了。」

「妳知道我看起來像誰嗎？」我把項鍊塞到她面前。她接過項鍊。

「像誰？」她蹙眉反問。她是那種不喜歡面對問題時答不出來的人，看樣子應該是真的不知道。

「艾蜜莉‧勞夫林。」我忍不住瞥了鏡子一眼。「席雅把我打扮得像她一樣。」

愛麗莎花了點時間消化這件事。「我沒發現，」她想了一下。「媒體也不會。艾蜜莉只是個普通的女孩。」

艾蜜莉．勞夫林一點也不普通。我不知道自己是從什麼時候開始有這種想法。看到她照片的那一刻？和蕾貝卡聊過後？詹姆森第一次提起她的名字，還是我第一次對格雷森說出她的名字？

「要是妳繼續待在這裡，一定會引起注意。」愛麗莎提醒。「已經有人發現妳不見了。無論如何，妳非出去不可。」

今晚我之所以出席，是因為從某種扭曲的心態來說，我認為戴上笑臉假裝快樂可以保護莉比。要是莉比想殺我，我就不會在這裡了，不是嗎？

「好吧，」我咬牙切齒地回答。「這件事我聽妳的，但妳要向我保證，妳會竭盡所能保護我姐姐。我不在乎妳和奈許是怎樣，也不在乎奈許和莉比是什麼關係。總之現在妳不只是為我做事，也為她做事。」

我看著愛麗莎硬是把真正想說的話吞下去，簡短吐出幾個字：「我答應妳。」

我只要撐過晚宴和慈善拍賣會，跳一、兩支舞就好。可是說來容易做來難。愛麗莎帶我走向由霍桑基金會認桌贊助的桌席。奶奶坐在左邊那桌，許多銀髮賓客簇擁在她周圍；右邊那桌有一半都是霍桑家的人，包含札拉、康斯坦汀、奈許、格雷森和桑德。

我直直走向奶奶那桌，但愛麗莎橫步一踏，溫柔地把我引到格雷森旁邊的位子，她自己則在我身旁坐下。整桌只剩三張空椅，我猜其中一個是詹姆森的座位。

格雷森一句話也沒說。我忍不住瞄他一眼，只見他直盯著前方，沒有看我或同桌的人。

「我不是故意要這麼做的。」我用氣音解釋，同時為了觀眾、賓客和攝影師努力保持正常的表情。

「當然。」格雷森機械式回答，語氣非常生硬。

「如果可以，我一定會把髮辮拆開，」我低聲說。「但我自己沒辦法拆。」

「我知道。」他微微點頭，闔上眼睛片刻。

我腦海中浮現出格雷森替艾蜜莉拆髮辮的畫面，他的手一點一點慢慢梳開辮子。

我的手臂撞到愛麗莎的酒杯。她急忙伸手，可是動作不夠快。酒水逐漸將潔白的桌布染成緋紅。我忽然明白一件打從一開始，自宣讀遺囑的那一刻起，就再明顯不過的事。

我不適合這個上流世界。盛大的晚宴派對、坐在格雷森．霍桑旁邊……這些都不屬於我，也永遠不可能屬於我。

第七十五章

我順利熬過晚宴，沒人想殺我，詹姆森也沒出現。我跟愛麗莎說我要透透氣，但我沒離開會場。我實在無法短時間內再次面對大批媒體記者，所以我來到美術館的翼樓，奧倫如影子般跟在我身後。

翼樓已經關閉了。館內燈光昏暗，展廳也不對外開放，但走廊倒是沒限制。我沿著長廊往前走，奧倫的腳步聲緊隨在後。前方透著一縷亮光，與周遭環境形成強烈對比。擋住展廳入口的繩柱被移到一旁。我越過繩柱，感覺就像踏出漆黑的劇院，走進燦爛的陽光。展廳非常明亮，連畫框都是白色。

偌大的空間裡只有一個穿著燕尾服襯衫，沒穿西裝外套的人。

「詹姆森。」我叫他，但他沒有轉身。他站在一幅小小的畫前，從大約一公尺外的地方凝神望著畫作。我朝他走去，他瞥了我一眼，又回頭看那幅畫。

你看到了，我心想。你看到他們幫我做的髮型了。周遭闃然無聲，靜到我能聽見自己的心跳。拜託說點什麼。

「塞尚的〈四兄弟〉，」他對那幅畫點點頭。我走到他身旁站定。「霍桑家最愛的一幅作品，原因顯而易見。」

我強迫自己不要看他，看著那幅畫。畫布上有四個人，外貌特徵模糊不清。我能隱約辨識出人物的肌肉線條，彷彿能看見他們在動。但塞尚走的並不是現實主義風格。我的視線移到畫作下的金色標籤。

〈四兄弟〉，保羅·塞尚，一八九八年。借展自私人收藏家托比亞·霍桑。

「我知道妳解開了達文波特的線索，」詹姆森向我揚起一邊眉毛。「早我一步。」

「格雷森也是。」我回答。

「妳說得沒錯。」詹姆森露出陰鬱的表情。「黑森林裡那棵樹只是普通的樹。我們要找的線索是數字。8、1、1。還剩一個。」

「沒有什麼『我們』，」我反駁。「詹姆森，在你眼中，我究竟是個活生生的人，還是一個工具？」

「妳會這樣問大概是我自找的。」他凝視我的雙眼，又轉頭看著那幅畫。「外公以前常說我的專注力就像雷射，一心不二。我生來就是如此，一次只能在意一件事。」

不曉得那件事是遊戲，還是她？

「我受夠了，詹姆森。」我的話語在白色展廳內迴盪。「無論我們之間是怎樣，我都不想再跟你有任何瓜葛。」我轉身離開。

「我不在乎妳的髮辮與艾蜜莉神似，」詹姆森很清楚該說些什麼好讓我留步。「完全不在乎。」他再次重申。「因為我根本不在乎艾蜜莉。」他啞著嗓子嘆口氣。「那天晚上，我和她提了分手。我厭倦了她的小遊戲，告訴她我不玩了。幾個小時後，她就死了。」

「我很遺憾。」我轉頭望著那雙微帶血絲的綠色眼睛。不曉得他在腦中重播了多少次他們最後的對話。

「跟我一起去黑森林，」詹姆森懇求。他果然一次只能在意一件事。「不必吻我，甚至不必喜歡我，但請不要讓我一個人做這件事。」

我從沒聽過他這麼坦率、這麼真誠。妳不必吻我。他那樣講，好像其實想要我吻他。

「希望我沒打擾到你們。」

我和詹姆森不約而同望向展廳入口。

格雷森就站在那裡。我突然意識到，由於他身高較高，走進來時若往我這邊看，只會看見一頭髮辮而已。

格雷森和詹姆森互相盯著對方片刻。

「繼承人，如果妳想找我，」詹姆森說。「妳知道我會在哪裡。」

他與格雷森擦身而過，踏出展廳。格雷森目送他離開，隔了好一段時間才轉向我。「他看到妳的時候說了什麼？」

他看到我頭髮的時候。我把這句話嚥下去。

「他說，他在艾蜜莉死去那晚和她分手了。」

一陣沉默籠罩四周。

我回頭看格雷森。只見他閉著眼睛，全身肌肉繃緊。

「他有告訴妳是我殺了她嗎？」

第七十六章

格雷森離開後，我又獨自在展廳裡待了十五分鐘，盯著塞尚的〈四兄弟〉。沒多久，愛麗莎就派人來找我。

「我同意，」雖然我根本什麼都沒講，桑德還是自顧自地說：「這場派對爛透了。社交名流和司康的比例之懸殊，簡直令人髮指。」

我沒心情開司康的玩笑。詹姆森說他和艾蜜莉分手了，格雷森聲稱自己殺了她，席雅則利用我來懲罰他們兩兄弟。「我要離開這裡。」我告訴桑德。

「妳還不能走！」

「為什麼不行？」我看了他一眼。

「因為……」桑德挑挑眉毛。「舞池剛開放。妳應該想讓媒體有點東西寫吧？」

就一支舞。這就是我給愛麗莎和那些攝影師的交代，然後我就要離開會場。

「假裝我是妳見過最有吸引力的人。」桑德陪我踏進舞池跳華爾滋。他伸出一隻手示意我牽著，另一隻手摟著我的背。「好了，接下來我會幫妳。從我七歲到十二歲，每年生日，外公都會給我一筆錢投資，我全都拿去買加密貨幣，因為我是天才，完全不是因為我覺得『加密貨幣』四個字聽起來很酷。」他讓我轉一圈。「外公去世前，我以將近一億美元的價格賣掉手上持有的貨幣。」

「你說什麼？」我睜大眼睛看著他。

「看吧？吸引力。我現在吸引妳的注意了。」桑德繼續跳舞，低下頭。「連我三個哥哥都不知道。」

「你哥哥投資了什麼？」我一直理所當然地認為他們從小到大衣食無缺，享有豐沛的資源。奈許提過托比亞·霍桑的生日傳統，但我沒細想過所謂的「投資」究竟是什麼。

「不知道，」桑德的語氣非常活潑。「我們不能討論這件事。」我們繼續跳舞，攝影師在一旁猛按快門。桑德把臉湊向我。

「記者會以為我們在約會啦。」我提醒他，思緒仍飛快旋轉，想著他剛才透露的事。

「那正好，」桑德調皮地說。「我很擅長假約會。」

「你到底是跟誰假約會？」

「我是人類版的魯布·戈德堡機械，」他越過我肩頭望著席雅。「常用複雜的方式做簡單的事。」他停頓了一下。「我和席雅約會是艾蜜莉的主意。艾蜜莉這個人啊，很固執，她不知道席雅當時已經和別人在一起了。」

「那你還答應演一場戲？」我不敢置信。

「再說一次，我是人類版的魯布．戈德堡機械。」他的口氣變得很溫和。「我這麼做不是為了席雅。」

那是為了誰？我花了點時間拼湊細節。桑德先前二度提及假約會，一次是講到席雅，另一次是我問他關於蕾貝卡的事。

「席雅和蕾貝卡？」

「愛得難分難捨。」桑德證實了我的猜測。席雅說過，蕾貝卡美得令人心碎。「她最好的朋友和妹妹。我還能怎麼辦？她們認為艾蜜莉不會懂。她對自己所愛的人有很強的占有慾，我也知道要蕾貝卡挺身違逆她有多難。就那麼一次，蕾貝卡想為自己做點什麼。」

我很好奇桑德對席雅到底有沒有動情——如果「假約會」只是他扭曲的魯布．戈德堡式說法的話。「席雅和蕾貝卡說中了嗎？」我又問。「艾蜜莉真的無法理解？」

「不僅如此，」他停頓一下。「那天晚上，艾蜜莉發現她們在一起的事，覺得那是一種背叛。」

那天晚上。她死的那天晚上。

音樂畫下句點，桑德鬆開我的手，另一手仍摟著我的腰。「對鏡頭微笑。」他小聲說。「給他們一個故事，深深看進我眼底，感受我魅力的重量，想想妳最愛的甜點。」

很滿意。

我揚起嘴角。桑德陪我踏出舞池去找愛麗莎。「如果妳想的話可以離開了。」她看起來

求之不得。「要一起走嗎？」我問桑德。

這個邀請似乎讓他很意外。「我不行，」他停頓一下。「我解開了黑森林的線索。」這句話讓我豎起耳朵，全神貫注地聆聽。「我大可贏得這場遊戲，」桑德低頭望著腳上那雙時髦的皮鞋。「但詹姆森和格雷森更需要這個。回霍桑莊園吧，會有一架直升機在那裡等妳。叫飛行員載妳飛過黑森林。」

直升機？

「無論妳去哪裡，」他又說。「他們都會跟著妳。」

他們。指的是他兩個哥哥。「我以為你想贏。」我對桑德說。

他用力吞了一口口水。「我是想贏。」

第七十七章

桑德說有直升機時我還半信半疑，但霍桑莊園前院草坪上真的停了一架尚未啟動引擎的直升機。奧倫仔細檢查了一遍才讓我上機，而且還堅持要接替飛行員的位置，親自駕駛。我鑽到後座，發現詹姆森已經在那裡了。

「買了一架直升機啊？」他的口氣彷彿這麼做很正常。

「真沒想到你居然會等我。」我坐到他旁邊，繫上安全帶。

「我說過了，繼承人。」他給了我一個歪斜的微笑。「我不想一個人做這件事。」

有那麼一瞬間，我們倆彷彿回到賽道極速狂飆，衝向終點線。這時，直升機外閃過一道黑影，攫住了我的目光。

是燕尾服。格雷森上機時的表情很微妙，難以解讀。

他有告訴妳是我殺了她嗎？這個問句在我腦海中響起，話音迴盪不絕。詹姆森飛快轉向格雷森，好像聽見那個聲音似的。「你來這裡做什麼？」

桑德說無論我去哪裡，他們倆都會跟著我。詹姆森並沒有跟著我，我默默提醒自己，全身上下每根神經都活躍起來。他比我先到。

「我可以加入你們嗎？」格雷森一邊問我，一邊朝空位點點頭。我能感覺到詹姆森的目光，希望我拒絕他。

我頷首同意。

格雷森坐到我後面。奧倫又檢查了一番，確定我們安全無虞，接著啟動引擎。不到一分鐘，螺旋槳就開始旋轉，發出震耳欲聾的聲響。直升機緩緩升空，我的心懸在喉頭，差點跳出來。

第一次搭飛機時我覺得很好玩，但直升機完全是另外一回事。周圍的噪音、震動和強烈的感官衝擊，讓我覺得自己好像不是坐在機上，而是整個身體飛離地表，在空中翱翔。我的心怦怦狂跳，但我聽不見那些節奏，也聽不見自己的思緒，聽不見格雷森問那個問題時破碎的嗓音，還有詹姆森說我不必吻他或喜歡他的口氣。

我唯一想到的就是往下看。

我們飛過黑森林外緣。我能隱約辨識出底下那片盤根錯節的樹林，之濃之密，連陽光都無法穿透。我的視線轉向森林中心，只見樹木漸趨稀疏，慢慢過渡成深處的林間空地。槍擊事件發生當下，詹姆森和我就在空地附近。當時我有注意到那片草原，卻沒看出個所以然。至少不是從現在這個角度切入。

自高空俯瞰，可以看見那片空地、環繞其周的寥落樹林及濃密的外圍森林構成了一個細長的英文字母O。

或是數字0。

直升機著陸時，我內心的激動難以言喻。螺旋槳還沒完全靜止，我就跳下機，腎上腺素狂飆，讓人有種飄飄然的感覺。

8、1、1、0。

「我們成功了，繼承人！」

詹姆森跑到我面前舉起雙手，掌心朝上，被直升機弄得暈頭轉向的我也做出同樣的舉動。他緊握著我的手，和我十指交扣。「四個中間名，四個數字。」

吻他是個錯誤，此刻牽著他的手也一樣，但我不在乎。

「8、1、1、0，」我說。「這是我們發現的順序，即遺囑裡的線索排序。」四個數字依序對應到威斯布魯克、達文波特、溫徹斯特、布萊克伍德。「會不會是密碼？」

「莊園裡至少有十幾個保險庫，」詹姆森若有所思地說。「而且還有其他可能，像是地址、座標……說不定連順序都打亂了。也許需要重新排列組合才能解開謎團。」

地址，座標，密碼。我閉上雙眼，就那麼一秒，剛好夠讓我的大腦想出另一種可能，將之化為言語。「搞不好是日期？」四條線索都是個位數字。如果是座標或密碼鎖，應該多少會是兩位數。但是日期……

以這四個數字來看，1或0一定是在前面。1、1、0、8就是11／08。「十一月八日，」我邊說邊思考其他組合。08／11。「八月十一日，」還有01／18。「一月十八日。」最後一個可能的日期浮上心頭。我霎時屏住呼吸。

這太巧了，巧到不可能是巧合。

「1、0、1、8，十月十八日。」我倒抽一口氣，體內所有神經瞬間甦醒。「那是我的生日。」

我有一個祕密，兩年前，媽媽在我十五歲生日那天，也就是她去世的前幾天告訴我。跟妳出生那天有關……

「不對。」詹姆森鬆開我的手。

「是真的，」我回答。「我在十月十八日出生。我母親——」

「這件事和妳母親無關。」詹姆森雙手握拳，退後幾步。

「詹姆森？」我摸不著頭腦。若托比亞．霍桑是因為我出生那天發生的事而選擇了我，那可是很重要的線索。超級重要。「我覺得很有可能啊，也許他在我媽媽臨盆時遇見了她？也許她懷我的時候替他做了什麼？」

「住口。」這兩個字如鞭子般劈啪落下。詹姆森看我的眼神就好像我是什麼反常又詭異的存在，好像我有什麼毛病，讓人一看到就反胃，特別是他。

「你到底在——」

「這些數字不是日期。」

是，我在心裡激動反駁。就是。

「答案不可能是這樣。」他說。

我上前一步，他卻猛地退後。這時，有人輕輕觸碰我的手臂。是格雷森。他的動作很溫柔，但我能清楚感覺到他要我別再說了。

為什麼？我究竟做了什麼？

「去年十月十八日，」格雷森的聲音很緊繃。「艾蜜莉離開了這個世界。」

「那個有病的混帳！」詹姆森咒罵。「這一切——這些線索、遺囑，還有她，都是為了這個？他就這樣隨便找一個在那天出生的人來傳遞訊息？這個訊息？」

「詹姆——」

「不要跟我講話，」詹姆森看著格雷森，眼神飛快轉向我。「去你的！我不玩了！」

他氣沖沖地邁步踏入夜色。

「你要去哪裡？」我對著他的背影大喊。

「恭喜，繼承人！」詹姆森聽起來一點也沒有祝賀的意思。「我猜妳有幸在正確的日子出生。謎團解開了。」

第七十八章

謎題不可能只有這樣。一定還沒完。我不可能只是隨便一個剛好於特定日期出生的人。不可能。我媽媽呢？她的祕密呢？她在我十五歲生日當天，也就是艾蜜莉去世時整整一年前提到的那個祕密？還有托比亞．霍桑留給我的那封信呢？

對不起。托比亞．霍桑為什麼要道歉？他絕對不是隨機挑選一個在十月十八日出生的人。一定還有別的原因。

奈許的話語在我耳邊響起。妳是玻璃芭蕾女伶——或是小刀。

「對不起，」格雷森再度開口。「詹姆森會這樣不是他的錯。遊戲如此作結……」所向無敵的格雷森．霍桑此刻似乎連說話都有困難。「不是他的錯。」

我還穿著晚宴洋裝，頭上還頂著艾蜜莉的髮辮。

「我早該知道的，」格雷森情緒激動地說。「其實我心裡很清楚。宣讀遺囑那天，我就知道這一切都是因為我。」

我想起那天晚上，格雷森擅自跑來飯店，出現在我房門口的樣子。他怒不可遏，決心要弄清楚我在搞什麼鬼。

「你在說什麼？」我仔細端詳他的表情，試著尋找答案。「怎麼會是因為你？別告訴我你殺了艾蜜莉。」

根本沒人說艾蜜莉死於謀殺，連席雅都沒這麼說。

「是我害死她的……」格雷森很堅持，低沉的嗓音劇烈顫抖。「如果不是我，她就不會在那裡，也不會跳下去。」

跳下去。我的喉嚨變得好乾。「那天晚上她在哪裡？」我輕聲問道。「這件事又和你外公的遺囑有什麼關係？」

格雷森全身發抖。「也許我本來就該告訴妳，」過了好長一段時間，他終於打破沉默。「也許這就是重點。也許妳一直都是謎題……也是懺悔的機會。」他垂下頭。

我不是你懺悔的機會，格雷森．霍桑。但我還來不及說出心聲，他就再度開口，而且滔滔不絕，大概要上帝才能讓他閉嘴。

「我們和她從小就認識了。勞夫林夫婦是霍桑莊園好幾十年的老員工，他們的女兒和外孫女之前住在加州。艾蜜莉和蕾貝卡每年都會來探望他們兩次，一次是聖誕節和父母一起，一次是暑假，只有她們兩個來待上三週。聖誕假期我們不太見面，但每年夏天都會玩在一起。老實說有點像夏令營，就是那種在營隊認識，一年只見一次、平常根本沒聯絡的朋友。艾蜜莉──還有蕾貝卡就是這樣。她們和我們四兄弟截然不同。絲凱說那是因為她們是女孩子，但我一直覺得是因為她們只有兩個人，而艾蜜莉是最重要的那個。她天生就有種獨特的影響力。她父母總擔心她過度勞累，她可以和我們一起打牌，玩其他靜態的室內遊戲，卻不能像我們一樣在外面閒晃，也不能跑步。她會叫我們帶東西給她，後來變得有點像一種傳統。她會要我們到處尋寶，誰找到她要的東西就是贏家，而且愈不尋常、愈罕見愈好。」

「贏的人有什麼獎品？」我問道。

「我們是兄弟，」格雷森聳聳肩。「不需要特別贏得什麼獎勵，獲勝才是重點。」

看來他們之間的競爭關係有跡可循。「後來艾蜜莉接受了心臟移植。」我接話。詹姆森是這麼說的，還說自此之後，她只想好好享受人生。

「她的父母還是很保護她，但艾蜜莉已經在玻璃牢籠裡住得夠久了。當時，她和詹姆森十三歲，我十四歲，她會如微風般踩著輕盈的腳步來莊園過暑假，是個完美又敢於冒險、膽大包天的人。蕾貝卡老是跟在我們後面小心照看，但艾蜜莉堅稱醫生說她的活動僅受自身體力和耐力限制，只要她做得到，沒理由不做。十六歲那年，艾蜜莉全家搬到這裡永居。她和蕾貝卡來訪時不像先前那樣會留宿莊園，但我外公替她們出學費，讓她們唸私立學校。」

我大概知道接下來的事態發展。「她不再只是夏令營認識的朋友。」

「她就是一切。」格雷森的語氣感覺不像讚美。「全校同學都對她百依百順，可能是我們的錯吧。」

光是和霍桑家的人走在一起，別人看你的眼神都會不一樣。我想起席雅說的話。

「也有可能，」格雷森繼續說。「純粹是因為她太聰明、太漂亮、太擅長得到自己想要的東西。她無所畏懼。」

「她想要你，」我說。「也想要詹姆森。她不想選擇。」

「她把我們之間的關係變成一場遊戲，」格雷森搖搖頭。「而且我們還真的玩了。我很想說那是因為我們愛她，我們是為了她才這麼做，但我不知道其中究竟有幾分真。霍桑家的人無時無刻不在追求『贏』這件事。」

艾蜜莉知道嗎？她是不是利用了這一點？她有因而受過傷嗎？

「事實上，」他的話似乎卡在喉頭。「她想要的不只我們，還有我們能給她的東西。」

「錢？」

「體驗，」格雷森回答。「興奮、刺激的感覺。賽車、摩托車、觸摸外國品種蛇、參加派對、泡夜店、去那些我們不該去的地方，這對她和我們來說都很刺激……」他停頓了一下，隨即更正。「對我來說。我不知道詹姆森是怎麼看待這些事的。」

詹姆森在她死去當晚和她分手了。

「那天晚上，艾蜜莉打給我。當時已經很晚了。她說她和詹姆森分手，只想要我。」格雷森吞了一口口水。「還說她想慶祝一下。有個地方叫『魔鬼之門』，是一座俯瞰海灣的懸崖，也是全球知名的懸崖跳水景點。」格雷森低下頭。「我知道那個主意很糟糕。」

「有多糟？」我試著擠出一些回應。

「到了之後，我往高度較低的懸崖走去。」他因為呼吸困難而發出濁重的喘息聲。「艾蜜莉則走向懸崖頂，越過危險標誌和警示牌。當時是半夜，我們根本不該去那裡。我不懂她為什麼不等到早上。後來我才明白，她說她選了我，其實是在說謊。」

詹姆森和她分手，她打電話給格雷森，而且沒那個心情等。

「懸崖跳水讓她喪命？」

「沒有，她沒事。」格雷森回答。「我們都沒事。我去拿毛巾，回來時卻發現……艾蜜莉根本不在水裡。她躺在岸邊，沒了氣息。」他閉上眼睛。「她的心臟出問題。」

「不是你害的。」我說。

「可能是腎上腺素或是海拔、壓力變化。我不知道。詹姆森拒絕她，我也不該接受。」

她做了決定，有自己的計畫，阻止她不是你的責任。雖然這些是真話，但我的直覺告訴我，說出口完全沒好處。

「妳知道我外公在艾蜜莉葬禮結束後對我說了什麼嗎？家庭為重，家人優先。他說如果我把家人放在第一位，艾蜜莉就不會出事。如果我拒絕順她的意，如果我選擇了詹姆森而不是她……」格雷森喉嚨緊繃，好像想說些什麼，卻又說不出來。最後他終於開口。「這場遊戲的目的就是這樣。1018，十月十八日。艾蜜莉的忌日，妳的生日。這是我外公確認我內心深處明白這個道理的方式。這些事，這一切，全都是因為我。」

第七十九章

格雷森離開後，奧倫護送我回到莊園大宅。「你聽到了多少？」我整個人心亂如麻，思緒和情緒糾結在一起，不確定自己準備好應付這些事了沒。

「妳想讓我聽到多少？」奧倫看了我一眼。

「你認識托比亞．霍桑，」我咬咬嘴唇內側。「他會因為艾蜜莉．勞夫林的忌日和我生日同一天而選我當繼承人嗎？他真的決定就這樣隨機將財產留給一個十月十八日出生的人？是怎樣？樂透大摸彩？」

「我不知道，艾芙瑞。」奧倫搖搖頭。「知道托比亞．霍桑在想什麼的人，只有霍桑先生自己。」

我穿過一條又一條廊道，朝我和莉比同住的側廳走去。我不曉得格雷森或詹姆森還會不會再跟我講話，不曉得未來會是什麼模樣，也不曉得為什麼一想到自己可能是因為一個微不足道的原因被選中，感覺就好像肚子被揍了一拳。

全世界有多少人和我同一天生日啊？

我在樓梯上駐足。桑德曾指給我看的托比亞．霍桑肖像畫就在眼前，感覺好像是上輩子的事了。我就像當時那樣開始努力翻撿記憶、尋覓瞬間，想找出自己與這位億萬富翁相遇的片刻。我望著畫布上的托比亞．霍桑，凝視那雙和格雷森一樣的銀色眼眸，在心裡默問他為什麼。

為什麼是我？

你為什麼要道歉？

我腦海中浮現出媽媽在玩「我有一個祕密」的畫面。

我出生那天發生了什麼事嗎？

我盯著畫像，仔細端詳刻在他臉上的每一道皺紋，藏在姿勢中的每一絲個性，連柔和的背景顏色都不放過，但依舊沒有答案。

我的視線飄向畫家的簽名。

托比亞．霍桑 X. X. VIII

我再度看著那雙銀色眼睛。知道托比亞．霍桑在想什麼的人，只有霍桑先生自己。這是一幅自畫像。那名字旁邊的字母呢？

「羅馬數字。」我喃喃自語。

「艾芙瑞？」奧倫開口。「一切都還好嗎？」

在羅馬數字中，X代表「十」，V是「五」，I是「一」。

「10，」我指著第一個X，再移向剩下的數字，將其視為一個數。「18。」

我突然想起那面用來掩護槍械室的鏡子，於是便把手伸到畫框後方。其實我不太確定自己要找什麼，但一摸到我就知道了。那是一個按鈕。一道機關。我按下按鈕，肖像畫緩緩向外敞開。

後面牆上嵌著一個鍵盤。

「艾芙瑞？」奧倫再度詢問，但我的手指已經懸在鍵盤上了。

如果那四個數字不是最終解答呢？這個念頭緊緊攫住我的心，死都不肯放手。如果它們只是為了引出下一條線索呢？

「1、0、1、8。」我用食指按下那組再明顯不過的密碼。

一陣嗶嗶聲響起，腳下的階梯開始上升，露出底下的小隔間。我彎腰伸手進去摸索。中空的樓梯裡只有一樣東西：一塊彩繪玻璃。玻璃是紫色的，呈八角形，最上面有個小孔，穿著一條薄如蟬翼、微光閃耀的緞帶，看起來很像聖誕裝飾品。

我抓著緞帶拿起彩繪玻璃，瞥見木製樓板的底部好像有東西。仔細一看才發現上頭刻著幾行詩句：

時鐘之頂
高處相會
對午後問好
向早晨道別
旋轉，翻動
眼目所見又是什麼？
一次為二
來尋找我

第八十章

我不知道該拿這個彩繪玻璃墜飾怎麼辦，也不知道該如何解讀刻在樓梯下的詩句。那天晚上，莉比替我拆髮辮時，我只知道一件事。

遊戲還沒結束。

第二天早上，我去找詹姆森和格雷森，奧倫一樣跟在我身後。我發現詹姆森在日光室，赤裸著上身站在陽光下。

「走開。」他在我打開門時說，連看都沒看是誰。

「我發現了一些東西。」我告訴他。「我認為日期不是答案。至少不是最終解答。」

他沒有回應。

「詹姆森，你有在聽嗎？我發現了一些東西。」雖然我才認識他沒多久，但在這短暫的時日裡，他始終充滿動力，對這個謎團非常著迷。我手上掌握的線索照理說應該能勾起他一絲好奇，但他轉身面對我時，我看見的是一雙淡漠無神的眼睛。

「把那個東西和其他的丟在一起。」他只說了這麼一句。

我看了一下，附近的垃圾桶裡至少有六個八角形彩繪玻璃，從緞帶到墜飾，都和我找到的那個一模一樣。

「這座死氣沉沉的房子裡，數字十和十八無處不在。」詹姆森的話語近乎無聲，態度不如以往狂放。「我發現我衣櫃底部的鑲板刻著那些數字。那個紫色的小東西就藏在下面。」

他沒有朝垃圾桶比手勢，也沒有具體說明他指的是哪塊彩繪玻璃。

「其他的呢？」我問道。

「一旦開始尋找那些數字，我就停不下來；一旦看見了，就很難無視。」他輕聲低語。「外公一定覺得自己很聰明，在屋裡藏了上百個墜飾，到處都有。我發現一盞外圈有十八個、中間有十個水晶的吊燈，底下有個隱藏隔間。外頭的噴泉有十八片石葉，水缽裡有十朵精心繪製的玫瑰。還有音樂室裡的畫……」詹姆森低下頭。「凡我所見所到之處，都有另一個提醒。」

「你還不明白嗎？」我激動地說：「你外公不可能在艾蜜莉死後設計這一切。你一定會注意到——」

「家裡的工人？」詹姆森替我把話說完。「偉大的托比亞．霍桑每年都會在莊園裡增建新的房間、翼樓或側廳，而且這麼大的房子，動不動就有東西需要換新或維修。我媽老是購入新的畫作、新的噴泉、新的吊燈。我們根本不會注意到有什麼不對。」

「1018不是答案，」我很堅持，好希望他能看著我的眼睛。「拜託你看清這一點。這是線索，一條他不希望我們漏掉的線索。」

我們。我說的是「我們」，而且是認真的。但這不重要。

「1018已經夠像答案了，」詹姆森轉身背對我。「艾芙瑞，我說過，我不玩了。」

格雷森更難找。最後我決定去廚房碰碰運氣，結果遇見奈許。

「你有看到格雷森嗎？」

「我想他不願意見妳，小鬼。」奈許語帶保留，口氣非常謹慎。

昨晚格雷森並沒有怪我，也沒有大發雷霆，但他講完艾蜜莉的事後就離開了。留我一個人在那裡。

「我有事情找他。」

「給他一點時間。」奈許建議。「有時必須先剜除傷口才能癒合。」

我又回到通往東側廳的樓梯，站在那幅肖像畫前。奧倫接到一通電話，想必認為目前情況已在掌握之中，不需要整天跟前跟後，看我無精打采地在莊園閒晃。他說了一聲告辭，我回頭繼續盯著畫布上的托比亞．霍桑。

在這幅畫像中找到線索那一刻，感覺就像命運的安排，但和詹姆森聊過後，我知道這不是徵兆，甚至連巧合都稱不上。我發現的墜飾不過是眾多複製品之一。你不希望他們漏掉這條線索，我默默對眼前這名億萬富翁說。若他真在艾蜜莉死後刻意安排一切，這份執念未免太殘酷了。

你是不是想讓他們永遠記得那段往事？

難道這場扭曲的遊戲只是一個不間斷的提醒，要他們以家庭為重、家人優先？

這就是我在這裡的原因？

詹姆森打從一開始就說我很特別，但直到現在我才發覺，自己有多想相信他是對的，我不是壁紙，也不是隱形人。我想相信托比亞．霍桑在我身上看到某些特質，因而認為我做得到，有能力應對眾人的目光、鎂光燈、責任、謎團、威脅……一切。我想成為重要人物。

我不想當玻璃芭蕾女伶或小刀。我想證明，至少對自己證明，我不是平凡無奇的女孩。

詹姆森放棄了這場遊戲，但我想贏。

第八十一章

時鐘之頂
高處相會
對午後問好
向早晨道別
旋轉，翻動
眼目所見又是什麼？
一次為二
來尋找我

我坐在樓梯上逐行閱讀這些詩句，手上翻玩著彩繪玻璃墜飾。時鐘之頂。我在心裡描繪出一個鐘面。最頂端有什麼？

「12。」我反覆思索。時鐘頂端的數字是12。這個念頭就像骨牌一樣在我腦中引發連鎖效應。高處相會……

哪裡的高處？

「正午。」我只是單純猜測，但接下來兩行文字似乎證實了這一點。正午是太陽爬升到最高點的瞬間，也是一天中向早晨道別，對午後問好的時刻。

我繼續研究謎語後半段……一點頭緒也沒有。

旋轉，翻動

眼目所見又是什麼？

一次為二

來尋找我

我將注意力轉向彩繪玻璃墜飾。是要旋轉？翻過來？還是要組裝所有元素？

「妳看起來好像剛吞下一隻松鼠。」桑德撲通一聲坐在我旁邊的樓梯上。

我看起來絕對不像吞下一隻松鼠，但我猜這是桑德表達關心、問我好不好的方式，所以沒多說什麼。「你哥不想跟我扯上任何關係。」我小聲地說。

「看來讓你們一起去黑森林的好意變調了。」桑德做個鬼臉。「平心而論，我的好意到最後大多都會爆炸。」

我噗哧笑出來，將樓板朝他的方向傾斜。「遊戲還沒結束。」我說。他細讀刻在上頭的文字。「我昨晚從黑森林回來後發現的。」我舉起彩繪玻璃墜飾。「你怎麼看？」

「我好像……」桑德若有所思地說：「在哪裡見過這個？」

第八十二章

自從遺囑宣讀完畢後，我就再也沒踏進客廳。這裡有一片彩繪玻璃窗，約二百五十公分高、九十公分寬，最低點和我頭頂齊平。窗戶本身採幾何設計，非常簡約，最上面的角落有兩塊八角形玻璃，大小、彩度、顏色和切割方式都和我手上的墜飾一模一樣。

我伸長脖子想看清楚一點。旋轉，翻動……

「妳覺得呢？」桑德問道。

我把頭歪向一邊。「我覺得我們需要一架梯子。」

桑德在底下扶著梯子，我則高高坐在上面，把手貼在其中一個八角形彩繪玻璃上。起初什麼也沒發生，但推壓玻璃左側時，八角形旋轉了七十度左右，感覺被什麼東西卡住了。

這算「旋轉」嗎？

我著手測試第二個八角形。無論推左邊還是推右邊都沒反應，但朝底部施力那一刻，玻璃瞬間翻轉一百八十度，隨後又晃動幾下，嵌定到位。

我爬下梯子。桑德一臉困惑地扶著梯腳。「旋轉，翻動……」我喃喃吟誦詩句。「眼目所見又是什麼？」

我們退後幾步觀看全貌，整片彩繪玻璃盡收眼底。陽光透過窗戶灑落進來，讓客廳地板染上柔和漫射、色彩繽紛的光影；剛才轉動的那兩塊八角形玻璃則透出一道道紫色光線，彼此縱橫交錯。

眼目所見又是什麼？

「沒東西。」桑德蹲在光線交會處，敲了敲地板。「我以為會有什麼機關突然冒出來之類的……」

我的心思再度飄向謎語本身。眼目所見又是什麼？我看到光，還有交錯的光線……我還是一頭霧水，只得把其他詩文拉進來一起看，一路回溯至第一句。

「正午，」我想起來了。「謎語上半段描述的是中午時分。」我腦中的齒輪飛快旋轉。「光線的角度某種程度上取決於太陽的角度。也許所謂的『旋轉』和『翻動』必須在午時進行，才會顯示出特定的景象？」

桑德想了一下。「我們可以等，也可以……」他拉長語調。「作弊。」

我們分頭測試周圍的地板。再過不久就是中午，太陽的角度變化不會太大。我用掌根一塊一塊敲打木板。很牢、很牢、很牢。

「有什麼發現嗎？」桑德問道。

很牢、很牢、有點鬆。我手下那塊木板沒有晃動，但感覺確實比其他的鬆。「桑德——這裡！」

桑德走過來按壓那塊木板，板子瞬間彈出來。他移開木板，只見底下有個小旋鈕。我轉動旋鈕，不曉得接下來會發生什麼事，只知道周圍的地板逐漸下沉，我們開始往下移動。

機關停止之際，我和桑德已經不在客廳，而是在客廳底下，正前方有一座樓梯。我猜這大概是奧倫不知道的隧道入口之一，決定冒險一探究竟。

「記得要一次跨兩階，」我提醒桑德。「謎語下一句是這麼寫的。」

一次為二，來尋找我。

第八十三章

我不曉得若沒有一次跨兩階會怎樣，但我很慶幸我們不知道答案。
「你有來過這裡嗎？」一平安走下樓梯，我就開口問桑德。
桑德沉默良久，感覺這個問題格外沉重。
「沒有。」
我集中精神，仔細觀察周遭環境。隧道體由金屬製成，看起來很像巨型水管或下水道系統的一部分，但光線非常充足，出乎意料地亮。是煤氣燈嗎？我心想。我完全喪失距離感，不清楚我們究竟走了多遠。只見前方有三條岔路往外延伸。
「要走哪一條？」我問桑德。
他鄭重地指著正前方。
「你怎麼知道？」我皺起眉頭。
「因為，」桑德一派輕鬆地回答。「他是這麼說的。」他朝我腳邊比個手勢。我低頭一看，忍不住驚呼。
我花了點時間才察覺到樓梯底部有石像鬼雕像，與客廳壁爐兩側的雕飾相合，只是左邊的雕像伸出一根手指，指向前方。

來尋找我。

我邁步前進，桑德緊跟在後。不曉得他知不知道前方有什麼。

來尋找我。

我想起桑德曾經跟我說：「就算妳自以為在耍手段操控我外公，相信我，妳才是被他操控的那個。」

托比亞．霍桑已經死了，我默默告訴自己。難道不是嗎？這個想法猛然來襲，讓我心頭一驚。媒體和外界顯然認為托比亞．霍桑已經離世，他的家人似乎也這麼相信。但他們有親眼看見他的屍體嗎？

來尋找我。這句話還能有什麼含義？

五分鐘後，前方出現一堵牆。

這條路是死胡同，四周空無一物，一路上也沒有轉彎或岔路。

「也許石像鬼在說謊。」桑德聽起來似乎很愛這句話。

我推推牆壁。沒反應。「我們有錯過什麼嗎？」我轉身問道。

「也許，」桑德若有所思地說。「石像鬼在說謊！」

我回頭望著來時路，慢慢往回走，仔細觀察隧道裡每一個細節，一點、一點地檢視。

「你看！」我對桑德大喊。「那裡有東西。」

那是一個嵌在地上的金屬格柵。我彎腰細看，發現上頭刻著品牌名稱，只是經過歲月洗禮，大部分字母都磨損得差不多了。只剩下一個M……

和一個E。

「來尋找我。ME，就是『我』的意思。」我喃喃自語，蹲下來抓住格柵用力拉。金屬聞風不動。我又拉一下。這一次，格柵突然彈出來。我整個人往後倒，幸好桑德及時抓住我。

我們在洞口旁凝望著底下那片黑暗。

「也許，」桑德輕聲表示。「石像鬼說的是實話。」他逕自往下跳。「妳要來嗎？」

要是奧倫知道一定會殺了我。我探下洞口一躍，原來底下有個小房間。不曉得我們現在離地面有多遠？這個房間有四面牆，其中三面一模一樣，第四面的材質是混凝土，水泥上刻了三個英文字母。

A. K. G.

我的姓名字首縮寫。

我有如被迷惑般直直走向那些字母。就在這個時候，一道類似雷射的紅光掃過我的臉，響起一陣嗶嗶聲。下一秒，混凝土牆就像電梯那樣敞開，一分為二，後面有一道門。

「臉部辨識系統。」桑德解釋。「無論是誰找到這個地方都不重要。沒有妳，誰都無法越過這道牆。」

可憐的詹姆森。他想盡辦法和我拉近距離，卻又在我能發揮作用前拋棄我。玻璃芭蕾女伶，小刀，能用臉部解鎖牆面、找到密門的女孩……

「那是什麼？」我走上前查看那道門，發現四個角落各有一塊觸控面板。桑德點了一下喚醒面板，螢幕上出現一個螢光手掌圖像。

「好喔。」桑德說。

「好什麼？」我問道。

「這個面板上有詹姆森的姓名字首縮寫。」桑德看向下一個角落。「那是格雷森的，奈許的。」他停頓了一下。「還有我的。」他把手平貼在螢幕上，一陣嗶嗶聲響起，緊接著是門鎖轉開的聲音。

我試試門把。「還是鎖著。」

「四道鎖，」桑德皺起臉。「四兄弟。」

我的臉只能讓我們越過水泥牆，在門前止步。接下來要靠他們四人的手了。

第八十四章

桑德要我留守地底看著房間，他會帶著其他三人回來。

說得倒簡單，做起來又是另外一回事。詹姆森已經清楚表達自己的感受，格雷森有夠難找，奈許則是打從一開始就對這場遊戲沒興趣。

要是他們不來怎麼辦？無論這道門後面藏著什麼，都是托比亞·霍桑想要我們找到的東西。十月十八日不是最終解答，更非事實全貌。

地球上有一大堆人和我同一天生日，為什麼選我？他又為什麼要道歉？攤在眼前的碎片實在太多，光靠我自己根本拼湊不出個所以然。我需要幫忙。

這時，上方傳來一陣腳步聲。聲音戛然而止。

「桑德？」我大喊。沒有回應。「桑德，是你嗎？」

腳步聲再度響起，而且愈來愈近。還有誰知道這條地道？我一直專心探尋答案，幾乎忘了霍桑家有人放德瑞克進入隧道。

這些藏在地底的祕密隧道。

我背靠著牆，可以聽見有人在我頭頂上走動。腳步聲驟然停止。

一個背光的黑色人影出現在上方，慢慢靠近這個地底空間唯一的出入口。是女性，而且皮膚蒼白。

「蕾貝卡？」

第八十五章

「艾芙瑞，」蕾貝卡低頭看著我。「妳在下面做什麼？」她聽起來很正常，但我滿腦子都在想德瑞克對我開槍那晚，蕾貝卡就在莊園，而且沒有不在場證明，因為我們抵達幽靜居時她不在那裡，勞夫林夫婦也不清楚她的去向。後來她還說了一些想警告我之類的話。

第二天，根據席雅的說法，蕾貝卡看起來似乎哭了一夜。為什麼？

「槍擊案當晚妳人在哪裡？」我問她，覺得嘴巴好乾。

「妳不懂整個生活繞著一個人打轉，」蕾貝卡閉上雙眼，語氣非常溫柔。「然後有一天醒來那個人就不見了，是什麼感覺。」

她沒有回答我的問題。我想起席雅說，她只是在做艾蜜莉會要她做的事。

艾蜜莉會要蕾貝卡對我做什麼？

桑德得快點回來，愈快愈好。

「妳知道嗎？這其實是我的錯。」蕾貝卡的聲音從上方傳來。她依舊閉著眼睛。「艾蜜莉冒了很大的風險。我告訴爸媽，他們就罰她禁足，不准她去找霍桑兄弟。但艾蜜莉自有辦法。她說服爸爸媽媽，答應他們不會再鬧脾氣、做出不當的行為。他們還是不讓她見霍桑兄弟，但開始放寬限制，讓她和席雅出去玩。」

「席雅，」我重複。「妳和她偷偷交往。」

蕾貝卡突然睜開雙眼。「那天下午，艾蜜莉發現我們在一起。她……很生氣。她一逮到我獨處，就說席雅和我之間不是愛情，如果席雅真的愛我，才不會假裝和桑德在一起。艾蜜莉說……」蕾貝卡此刻完全沉浸在回憶裡，難以自拔。「說席雅更愛她，她會證明給我看。她要求席雅掩護她，讓她去玩懸崖跳水。我拜託席雅別這麼做，但她說經過這些事後，這是我們欠她的。」

席雅在艾蜜莉死去那晚掩護她的行蹤。

「艾蜜莉慫恿霍桑兄弟做的事，她自己大多做得到，但即便是專業的懸崖跳水玩家，也不會貿然從魔鬼之門崖頂跳下去。這個舉動無論對誰而言都很危險，更別說她孱弱的心臟加上大量腎上腺素、皮質醇，還有高度和壓力的變化……」蕾貝卡的聲音小到我不確定她還記不記得我有在聽。「我試著告訴爸媽，可是沒用。我也去求席雅，但她選擇了艾蜜莉，不是我。所以我決定去找詹姆森，我以為是他要帶她去魔鬼之門。」

蕾貝卡垂下頭，深紅色秀髮披散在臉上。席雅說得對，蕾貝卡真的很美，但現在她看起來不太對勁。

「我有一段艾蜜莉講話的錄音。」她輕聲說。「她過去常告訴我霍桑兄弟和她做了什麼、對她做了什麼，又為她做了什麼。她喜歡計分。」蕾貝卡停頓了一下，再度開口，嗓音中透著一絲尖刻。「我播了這段錄音給詹姆森聽，告訴自己這麼做是為了保護姐姐，不讓他帶她去懸崖。但事實是，她把席雅從我身邊奪走了。」

所以妳也奪走她的東西，我心想。「詹姆森和她提了分手。」他是這麼說的。

「如果他沒有，也許她就不用走到這一步。」蕾貝卡說。「也許她會願意妥協，從比較低的懸崖跳下來，也許一切都會沒事。」她的聲音變得溫和許多。「如果那天下午艾蜜莉沒抓到席雅和我在一起，如果她沒將我們的感情視為一種背叛，她可能根本不會跳下去。」

蕾貝卡為此自責，席雅則認為是霍桑兄弟的錯，格雷森則將所有重擔壓在自己身上，而詹姆森……

「對不起。」蕾貝卡突如其來的道歉讓我暫時放下紛亂的思緒，覺得有些不安。她的語氣顯然不是在談艾蜜莉或一年前發生的事。

「為什麼要說對不起？」我問道。「蕾貝卡，妳究竟來這裡做什麼？

「不是我對妳有什麼不滿，只是艾蜜莉會想要這樣。」

她很不對勁。我得想辦法離開這裡，離她愈遠愈好。

「艾蜜莉會很恨妳竊占他們的錢，恨他們看妳的眼神。」

「所以為了艾蜜莉，」我試著拖延時間。「妳打算除掉我。」

「沒有。」蕾貝卡看著我。

「妳知道莊園底下有這些祕密隧道，然後用某種方式透露給德瑞克……」

「我沒有！」蕾貝卡堅決否認。「艾芙瑞，我不會那麼做。」

「妳剛才不是說了？艾蜜莉會希望我消失在這個世界上。」

「我不是艾蜜莉。」她啞著嗓子回答。

「那妳幹嘛道歉？」

蕾貝卡吞了一口口水。「小時候某一年夏天，霍桑先生告訴我莊園底下有地道，還帶我去看所有入口，說我值得擁有一些只屬於我的東西。一個祕密。每當我想逃離現實喘口氣，就會跑來這裡，有時來探望外公外婆也會。不過自從艾蜜莉去世後，家裡的氣氛就很糟，所以偶爾我會從外面進來。」

我等了一下。「然後呢？」

「槍擊案當晚，我在隧道裡看到別人。我什麼也沒說，因為艾蜜莉會希望我不要說。這是我欠她的，艾芙瑞。在我做了那些事之後……我欠她。」

「妳看到誰？」我追問。她沒有回答。「德瑞克？」

「他不是一個人。」蕾貝卡迎上我的目光。

「還有誰？」我靜靜等待，換來的卻是沉默。「蕾貝卡，隧道裡除了德瑞克還有誰？」

艾蜜莉會希望她保護誰？

「詹姆森？還是格雷森？」我感覺大地好像在我腳下崩塌。

「都不是，」蕾貝卡輕聲回答。「是他們的母親。」

第八十六章

「絲凱？」我試著消化這個資訊。她看起來一點威脅性也沒有，和札拉截然不同。對，她老是愛酸言酸語，又很小心眼。但是訴諸暴力？

大家都是朋友嘛，對不對？她的聲音在我耳邊響起。所有竊取我與生俱來權利的人，我都會當成朋友對待，這是我的原則。

我腦海中浮現出她拿著一杯香檳叫我喝的畫面。

「槍擊案當晚，絲凱和德瑞克在隧道裡。」我決定直接面對現實。「她讓他進入莊園，甚至還可能建議他去黑森林。」

因為我就在那裡。

「我不該隱瞞這件事，」蕾貝卡小聲說。「槍擊案發生後，我才意識到自己目擊了什麼，當時我就該說出來才對。」

「沒錯，」一個銳利如刃的回答傳來，但說話的人不是我。「妳是該這麼做。」格雷森的身影出現在上方，走進我的視線。

蕾貝卡轉身看著他。「是你媽媽，格雷森，我不能——」

「妳大可早點告訴我，蕾貝卡，」格雷森輕聲說。「我就能好好解決這件事。」

我不太相信格雷森所謂的「解決」包含把他媽媽交給警方。

「德瑞克後來又試了一次。」我瞪著蕾貝卡。「妳知道吧？他想把我們撞出馬路。他很可能會殺了我、愛麗莎、奧倫和席雅。」

一提到席雅的名字，蕾貝卡就發出含糊不清的怪聲。

「蕾貝卡。」格雷森低聲提醒。

「我知道，」蕾貝卡說。「但艾蜜莉不會希望……」

「艾蜜莉已經不在了。」格雷森的口氣並不嚴厲，但蕾貝卡還是嚇了一跳。「蕾貝卡，我會處理，」他看著她。「我向妳保證，一切都會沒事的。」

「才不會沒事。」我插嘴。

「妳先走吧。」他低聲告訴蕾貝卡。她離開隧道，只剩下我們兩人。

格雷森慢慢從洞口下來，踏進密室。「桑德說妳在找我。」

他來了。若不是剛才和蕾貝卡談過，我應該會覺得他的出現別具意義。

「你母親想殺了我。」

「我母親是個很複雜的女人，但她也是家人。」

他會選擇家人而不是我，沒有例外。

「我想請妳把這件事交給我處理。」他繼續說。「妳願意嗎？我保證，妳和妳的家人不會再受到任何傷害。」

我不懂他到底憑什麼給出這樣的承諾，但他顯然認為自己做得到。整個世界都屈從於格雷森·霍桑的意志。我想起初次見到他那天，他散發出全然的自信，感覺所向無敵。

「還是我們來玩個遊戲，我贏了就聽我的？」格雷森看我沒回答，繼續追問。「妳喜歡挑戰，我知道妳喜歡。」他走向我。「拜託妳，艾芙瑞，給我一個機會修補、導正一切。」

已經來不及了，但他只求一個機會。我又沒欠他什麼。可是——

也許是他臉上的表情，也許是我內心深處知道，他因為我失去了原屬於他的一切。也許我只是希望他看見我，別再沉溺於十月十八日那天發生的事。

「好，我玩。」我答應。「什麼遊戲？」

「想一個數字，1到10。」格雷森的銀色雙眸直看進我眼底。「如果我猜中了，就讓我用我的方式來處理我母親的事。如果我沒猜中……」

「我就把她交給警方。」

「想一個數字。」格雷森上前半步。

我的贏面很大。他猜對的機率只有百分之十，換句話說，有九成的機會猜錯。我花了點時間選擇。許多人會下意識選擇某些特定數字，比方說「7」。我可以選極端的1或10，但這兩個似乎也很好猜。我想起這幾天費心解數列的片段，腦中蹦出「8」這個數字。還是4？霍桑家有四兄弟。

如果不想讓他猜中，那就得選個意想不到、沒有邏輯和理由可循的答案。

2。

「要我把數字寫下來嗎？」

「為什麼要寫？」格雷森輕聲問道。

我吞了一口口水。「要是你猜對了，怎麼知道我不會說謊？」

格雷森沉默了幾秒才開口。「我相信妳。」

我全身上下每一個細胞都知道格雷森．霍桑不輕易相信別人，甚至不太信任別人。我吞了一口口水。「猜吧。」

他揣度的時間不亞於我選擇的時間。他望著我，我能感覺到他試著釐清我的思路和那些一時衝動的念頭，將我當成又一道謎題，慢慢解讀我的心。

格雷森．霍桑，你看著我的時候，看見了什麼？

「2。」他回答。

我別過頭，打斷眼神交流。我大可撒謊說他猜錯了，但我沒有。「猜得好。」

格雷森啞著嗓子喘口氣，溫柔地將我的臉轉向他。「艾芙瑞，」他幾乎從來不叫我的名字。他順著我的下顎線條輕撫。「我不會再讓任何人有機會傷害妳。我保證。」

他認為自己有能力保護我，也想保護我。他在摸我的臉，而我只想任由他這麼做。任由他保護我。任由他撫觸我。任由他——

有人來了。上方傳來啪噠啪噠的腳步聲，我不得不從他身旁退開。沒多久，桑德和奈許就往下爬進密室。

我看著他們，努力不讓視線飄向格雷森。「詹姆森呢？」我問道。

桑德清了清喉嚨，說：「在此向各位報告，我叫他來的時候，他的措辭和表達方式非常生動。」

「他會來啦。」奈許哼了一聲。

我們等了五分鐘，然後又十分鐘過去了。

「不如你們先打開自己的鎖吧！」桑德對其他人說。「煩請伸出貴手。」

格雷森先上，接著是奈許。他們將手貼上觸控面板掃描，開鎖聲一個接一個響起。

「解了三道鎖，」桑德喃喃低語。「還剩一個。」

又過了五分鐘。八分鐘。他不會來了，我默想。

「詹姆森不會來了。」格雷森彷彿看穿我的想法，就像剛才猜中我選的數字一樣。

「他會來的。」奈許再次重申。

「我不是一直都這樣，要我做什麼就去做嗎？」

大家紛紛抬頭。詹姆森一躍而下，落在其他三人和我之間，身子壓低到幾乎快要貼地，以緩解衝擊力。他直起身體，逐一看著奈許、桑德、格雷森的眼睛。

最後是我。「繼承人，妳就是不知道什麼時候該收手對吧？」他的口氣感覺不像譴責。

「我比外表看起來更強悍。」我回答。他又盯著我看了一會兒，然後轉向那道門，將手貼在刻有他姓名字首縮寫的面板上。最後一道鎖應聲轉動，門咿咿呀呀敞開，露出寬約三到五公分的縫。我以為詹姆森會開門，但他只是轉身走到密室入口底下往上跳，雙手攀著洞口邊緣。

「你要去哪裡？」我們經歷了這麼多事，費了這麼多心力，好不容易才走到這一步。他不能這樣離開。

「總有一天會下地獄。」詹姆森回答。「至於現在，也許去酒窖吧。」

不行，他不能這樣掉頭就走。是他把我扯進來的，他非撐到終點不可。我跳起來抓著洞口，打算去追他。就在我逐漸滑落、快要鬆手的時候，有雙強壯的臂膀從底下撐住我。是格雷森。他把我往上推，我努力爬出洞口站起身。

「不要走。」我對著詹姆森的背影說。

已經離開的他聽見我的聲音，瞬間停下腳步，但沒有回頭。

「我不知道門的另一邊有什麼，繼承人，但我很清楚，我外公為了我設下這個陷阱。」

「就為了你？」我的語氣有點尖銳。「所以才需要你們四兄弟的手和我的臉？」

托比亞．霍桑很明顯是想讓我們五個人聚在這裡。

「他知道，無論他留下什麼樣的遊戲，我都會玩。奈許可能會說去你媽的，格雷森可能會顧慮法律問題而綁手綁腳，桑德可能會有很多很多考量，但我會玩。」我能看見他的胸膛隨呼吸起伏，看見他心裡很受傷。「所以，對，他設計這場遊戲都是為了我。不論門後面有什麼……」詹姆森啞著嗓子深吸一口氣。「他知道。他知道我做了什麼，他要我永遠牢記在心底。」

「他知道什麼？」我問道。

「詹姆森，外公知道什麼？」格雷森走到我旁邊，重複一樣的問題。

我能聽見奈許和桑德在我身後探出洞口，爬上隧道，但我整副心思都放在詹姆森與格雷森身上，腦海中幾乎沒有他們的存在。

「知道什麼，詹姆森？」

詹姆森轉身面對哥哥。「十月十八日發生的事。」

「是我的錯。」格雷森邁步向前，雙手握住詹姆森的肩膀。「是我帶艾蜜莉去那裡的。我知道那不是什麼好主意，但我不在乎。我只是想贏。我想讓她愛我。」

「那天晚上我跟蹤你們，格雷森。」詹姆森的話語在空中懸盪片刻。「我看著你們兩個跳下懸崖。」

我突然回到和詹姆森一起走向西邊小河那一刻。他告訴我兩個謊言、一個真相。我看著艾蜜莉．勞夫林死去。

「你跟蹤我們？」格雷森無法理解。「為什麼？」

「可能我是被虐狂？」詹姆森聳聳肩。「我氣炸了，」他停頓了一下。「最後你跑去拿毛巾，而我……」

「詹姆森，」格雷森的手垂落到身體兩側。「你做了什麼？」

格雷森告訴我，他拿毛巾回來後發現艾蜜莉躺在岸邊，沒了氣息。

「你做了什麼？」

「她看到我，」詹姆森轉過來望著我。「她看到我，立刻露出笑容。她以為她贏了，以為她還擁有我，但我只是轉身離開。她喊我的名字，我沒有停下來。我聽見她在喘氣，喉間發出一種微弱的窒息聲。」

我驚恐地摀住嘴。

「我以為她在跟我玩。我聽見水花四濺，但我沒轉身。我走了大約九十公尺，她不再對著我的背影大喊。我回頭瞄了一眼……」詹姆森的嗓音驟然變調。「艾蜜莉弓著背從海裡爬上岸。我以為她是裝的。」

他以為艾蜜莉在操弄他。

「我只是站在那裡，」詹姆森黯然地說。「沒有幫她。我他媽的什麼都沒做。」

我看著艾蜜莉．勞夫林死去。我覺得自己好像快吐了。我可以在腦海中看見詹姆森站在海濱努力抗拒，試著向她證明，他不再歸她所有。

「她癱倒在地，不再掙扎，最後一動也不動。然後你回來了，格雷森，我離開了……」

詹姆森顫抖著說：「我恨你帶她去那裡，但我更恨自己眼睜睜地任由她喪命。我就只是站在那裡袖手旁觀。」

「是她的心臟出問題，」我插話。「你根本沒辦法——」

「我大可對她做心肺復甦術，大可採取行動……」詹姆森吞了一口口水。「但我沒有。我不曉得外公是怎麼知道的，但幾天後，他攔住我逼問，說他很清楚事發當晚我也有去魔鬼之門，問我是否覺得自己該對這件事負責。他要我跟你坦承，格雷森，但我不願意。我說，如果他真的那麼想讓你知道當時我也在場，他可以親自告訴你。可是他沒有，反而……設計了這場遊戲。」

信箋，藏書室，遺囑，他們的中間名，我的生日和艾蜜莉的忌日，莊園裡隨處可見的特定數字，彩繪玻璃，謎語，通往地道的密道，刻著M.E.的金屬格柵，密室，移動的水泥牆，那道門。

「他就是要確保我他媽永遠不會忘記這件事！」詹姆森說。

「不對，」桑德突然開口。大家都轉過去看他。「完全不是。」他非常篤定。「他沒有針對誰，他只是想把我們四兄弟拉在一起，來這裡，就像現在這樣。」

「桑德，外公有時是真的很混帳。」奈許把手放在桑德肩上。

「不是這樣。」桑德再次強調。我從沒聽過他這麼激動，彷彿不是在推測，而是真的知道事實就是如此。

「亞歷桑德，你到底在說什麼？」

詹姆森坦白後，格雷森一句話也沒說，直到此刻才開口。

「你們兩個整天跟遊魂一樣。格雷森，你就像機器人。」桑德現在講話超快，快到我們差點聽不懂。「詹姆森是一顆不定時炸彈。你們憎恨對方，看彼此非常不爽。」

「我們更恨自己。」格雷森的聲音如砂紙般嘶啞。

「外公知道自己病了，」桑德坦承。「他臨終前告訴我的。他要我替他做一件事。」

「什麼事？」奈許瞇起眼睛。

桑德沒有回答，換格雷森瞇起眼睛。「他要你讓我們玩這場遊戲。」

「我的任務就是讓你們堅持到最後，」桑德看看格雷森，又看看詹姆森。「你們兩個如果有人中途退出，我就要負責把你們拉回來。」

「所以你知道？」我打岔。「你一直都知道這些線索指向哪裡？」

幫我找到祕密隧道的是他。破解黑森林線索的是他。就連最一開始……

告訴我托比亞・霍桑沒有中間名的也是他。

「你一直在幫我。」我說。他一直在操弄我，像誘餌一樣把我拋來甩去。

「我不是告訴過妳，我是活生生又會呼吸的人類版魯布・戈德堡機械？」桑德低下頭。「我還有提醒妳吔，算是啦。」我想起之前他帶我去祕密基地看他親手打造出來的裝置。我問他這和席雅有什麼關係？他回答「誰說跟席雅有關了」。

我緊盯著桑德——霍桑四兄弟中年紀最小、身高最高、腦袋可以說是最聰明的老么。他在慈善晚會上告訴我：「無論妳去哪裡，他們都會跟著妳。」一直以來，我都以為利用我的人是詹姆森。我以為他和我拉近距離、把我留在身邊是有原因的。

我從沒想過桑德也有他的理由。

「你知道你外公為什麼選我嗎？」我問道。「你一直都知道答案嗎？」

「我只知道他想讓我知道的事。」桑德舉起手擋在胸前，好像怕我會衝過去掐死他一樣。「我不清楚門後面有什麼。我的工作只是要把詹姆森和格雷森一起帶來這裡。」

「是我們四兄弟一起。」奈許糾正。我想起他在廚房裡說的話。有時必須先剜除傷口才能癒合。

是這樣嗎？這就是霍桑先生的偉大計畫？把我帶到莊園，促使他們採取行動，希望遊戲能讓真相水落石出？

「不只是我們四個而已，」格雷森告訴奈許，回頭看著我。「顯然，這是一場五個人的遊戲。」

第八十七章

我們一個個穿過洞口，回到下方的密室。詹姆森將手貼在門上往內推。一個空蕩的房間映入眼簾，除了一個小木箱外什麼都沒有。箱子上鑲著一排刻有金色字母的金色字磚，看起來就像從全球最貴的拼字遊戲裡拿出來的組件。

那些字母拼的是我的名字：艾芙瑞・凱莉・葛蘭斯（AVERY KYLIE GRAMBS）。此外還有四塊空白磚，一塊在我的首名前面，一塊在我的姓氏後面，另外兩塊像空格一樣落在中間名兩邊。經過剛才詹姆森的自白、桑德的坦承……感覺這件事應該與我無關，會不會是哪裡弄錯了？

為什麼是我？

這場遊戲的目的也許是為了讓詹姆森與格雷森和好，讓祕密浮上檯面，讓毒素於傷口潰爛前流消殆盡，但出於某種未知的原因，最後以我作結。

「看來這是妳的主場，小鬼。」奈許用手肘把我輕推到木箱前。

我吞了一口口水，跪下來試著打開這個神祕箱，可是箱子上了鎖。沒看到鑰匙，也沒有密碼鎖。

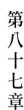

「字母，繼承人。」詹姆森的聲音從我頭頂傳來。

他就是忍不住。縱使發生了這麼多事，他還是想玩下去。

我有點猶豫地拿起「艾芙瑞」（AVERY）中的A。字磚從箱子上脫落。我逐一取下其他字母和空白磚，赫然發覺這些小方塊其實是打開箱鎖的裝置。我看著眼前的字磚，一共有二十塊。顯然密碼不是我的姓名。那會是什麼呢？

格雷森走到我旁邊蹲下，將字磚按英文字母順序排列，母音在前，子音在後。

「是字謎，」奈許說。「得重新排列字母。」

我的直覺反應是：我的名字就是名字，不是什麼字謎，可是大腦卻已經在探究、過濾各種可能性。

「AVERY」很容易拆成兩個單字，只要在第一個字母後面加個空格就好。我把字磚排在箱蓋上，喀噠喀噠地卡好。

一個非常（A very）……

我把一塊空白磚放在「非常」後面。現在剩下兩塊空白磚，以及我的中間名和姓氏。凱莉（KYLIE）和葛蘭斯（GRAMBS），若依格雷森的方法排序，就是A、E、I、B、G、K、L、M、R、S、Y。

大（big）、慰藉（balm）、捆包（bale）……我開始隨意拼湊一些詞，看看能抓出什麼線索。下一秒，我恍然大悟。

我知道了。

「開什麼玩笑……」我小聲說。

「怎麼了？」詹姆森追問。無論他願意與否，此刻都百分之百、全心投入這場遊戲。他跪在我和格雷森旁邊，我則一塊接一塊地把字磚放上去。

艾芙瑞．凱莉．葛蘭斯，我出生時的名字，托比亞．霍桑在莊園保齡球館、彈珠檯和天曉得還有哪些地方輸入的名字，重新排列以後就成了：「一場風險極高的賭局」（A very risky gamble）。

「他一直這麼說，」桑德喃喃低語。「說他的計畫很可能會失敗。這是……」

「一場風險極高的賭局。」格雷森替他把話說完，轉頭看著我。

我的名字？

我努力想釐清頭緒。先是我的生日，現在又是我的名字。這就是托比亞．霍桑選我的原因？他究竟是怎麼找到我的？

我啪地將最後一塊空白磚放好，箱鎖立刻鬆解，蓋子應聲彈開。裡面躺著五個信封，各寫著我們五人的名字。

我看著霍桑四兄弟拆開信封讀信。奈許用氣音咒罵，格雷森靜靜看著手上的信紙，詹姆森笑了出來，桑德把信塞進口袋。

我將注意力從他們四人轉移到那個寫著我名字的信封。托比亞．霍桑留給我的上一封信沒有任何解釋。我打開信箋，期待能解清疑惑。你是怎麼找到我的？為什麼要說對不起？你究竟為了什麼道歉？

可是信封裡沒有紙，也沒有信。只有一包糖。

第八十八章

我把兩個糖包邊對邊垂直放在桌上，形成一個可站立的三角形。

「好了。」我邊說邊拿起另外兩個糖包，重複剛才的動作，再把第五個糖包水平放上去，將兩個三角形連接起來。

「艾芙瑞．凱莉．葛蘭斯！」媽媽出現在桌子另一端，臉上掛著微笑。「關於用糖包蓋城堡，我說過什麼？」

「要疊到五層樓高才厲害！」我對媽媽綻出笑容。

在我的夢裡，回憶就此畫下句點。但這一次，我手裡握著糖包，大腦探入記憶深處。坐在後方雅座吃飯的男人回頭瞄了我一眼，問我幾歲了。

「六歲。」我回答。

「我有幾個孫子和妳差不多大。」他說。「艾芙瑞，妳會拼自己的名字嗎？是全名喔，就像妳媽媽剛才說的那樣。」

我會，也拼給他聽。

「我見過他，」我輕聲說。「只有一次，好幾年前，就那麼一瞬間，而且是偶遇。」托比亞．霍桑聽見我媽媽叫我的全名，要我拼出來。

「他熱愛字謎更勝過蘇格蘭威士忌。」奈許說。「我外公可是那種嗜上等蘇格蘭威士忌如命的人。」

托比亞．霍桑是不是當下那一刻就在腦海中重新排列我的姓名字母？他覺得那樣很好玩嗎？我想起格雷森先前雇人對我和媽媽做身家調查。托比亞．霍桑是不是對我們很好奇？他也暗中調查我們嗎？

「以他的個性，絕對會一直觀察、掌握妳的行蹤。」格雷森聽起來不太高興。「一個名字有趣的小女孩，」他瞥了詹姆森一眼。「他一定知道她的出生日期。」

「艾蜜莉死後……」詹姆森看著我，也只看著我。「他想到了妳。」

「就因為我的名字，他決定把所有財產留給我？」我說。「未免太扯了吧！」

「繼承人，這可是妳說的，他並不是因為妳才剝奪我們的繼承權。我們不管怎樣都拿不到錢。」

「他本來打算全數捐給慈善機構。」我反駁。「所以你是說他一時興起，決定讓二十年來未曾改變的遺囑變成廢紙？那——」

「他需要用點方法來引起我們的注意。」格雷森打岔。「一個出乎意料又令人困惑的舉措，讓我們茫然費解，只能視之為——」

「謎團。」詹姆森接話。「某種我們無法忽視，能讓我們開始探求真相，將我們四兄弟帶到這裡的東西。」

「某種能滌淨遺毒的東西。」奈許的語氣很微妙。

他們很了解托比亞・霍桑，但我不認識他。他們剛才說的那些話對他們而言很合理。在他們眼中，這不是一時興起，而是一場風險極高的賭局。我，是一場風險極高的賭局。托比亞・霍桑賭我的出現能改變現況，揭露埋藏在過去的祕密，賭他留下的最後一道謎題會以某種方式顛覆一切。

賭我能讓那兩個因艾蜜莉之死決裂的兄弟言歸於好。

「我早就告訴過妳了，小鬼，」奈許在我旁邊說：「妳不是玩家。妳是玻璃芭蕾女伶——或是小刀。」

第八十九章

我一踏進客廳，就看見奧倫在等我。他一直在廳裡守候，讓我不禁納悶他剛才為什麼要離開我身邊？真的是因為那通電話，還是托比亞．霍桑留下指示，要他讓我們五人獨自玩完這場遊戲？

「你知道下面有什麼嗎？」我問他。他對我不如對前老闆忠誠。霍桑先生還要你做些什麼？

「除了祕密隧道之外？不知道。」他仔細打量我和霍桑四兄弟。「我應該要知道嗎？」

我想起桑德不在、只有我自己留守密室的時刻，想起蕾貝卡和她在地底告訴我的事，想起絲凱。我望向格雷森，他迎上我的目光，眼底閃爍著疑惑、希望和一些難以言喻的什麼。

我只回了奧倫兩個字：「沒事。」

那天晚上，我坐在托比亞．霍桑的書桌旁，就是側廳辦公室裡的那張，手上拿著他留給我的信。

親愛的艾芙瑞，

對不起。

T.
T.
H.

我想知道他為什麼要道歉，卻又開始覺得自己是不是搞錯前因後果。也許他不是將遺產留給我以示歉意，而是為把遺產留給我而道歉，為他利用我而道歉。

他把我帶到這裡，是為了他們。

我把信對摺再對摺。一切都與我母親毫無干係。無論她懷著什麼樣的祕密，都是艾蜜莉去世前的事。總體來說，這一連串改變生命、驚人震撼、廣受媒體關注的事件都與我無關。我只是一個名字有趣、在正確日子出生的小女孩。

我有幾個孫子和妳差不多大。我能聽見他的聲音在我腦中響起。

「他們四個才是重點，」我對著空氣說。「現在我該怎麼辦？」遊戲結束，謎團解決。我完成了我的任務。這是我有生以來第一次覺得自己如此渺小、如此微不足道。

這時，鑲在桌面上的羅盤吸引了我的目光。還記得第一次踏進這間辦公室時，我轉動羅盤，底下的隱藏隔間突然打開。

我用手指輕輕劃過刻在木頭上的T字。

我低頭看著信箋。托比亞．霍桑在信末的署名是T. T. H.。

我的視線再度轉回書桌。詹姆森曾告訴我，他外公買的每張書桌都有祕密抽屜。經過霍桑莊園和遊戲的洗禮，我現在看事情的角度大不相同。我按按那塊刻有T字的木板。沒反應。

我把手指放在T字刻痕上用力壓。木板喀噠一聲移動，隨即彈回原位。

「T。」我自言自語，重複一次剛才的動作。又是一聲喀噠。「T。」我盯著那塊木板看了好久，發現木板和桌面之間有一道縫隙，就在T字底部。我把手探進縫隙摸索，找到另一道溝槽，上面還有一個門鎖。我拉開門鎖，木板開始逆時針旋轉。

轉了九十度後，原本的T字消失無蹤，出現一個H。我同時按壓構成「H」的三道刻痕。喀噠。某個機關瞬間啟動，木板退到書桌裡，露出底下另一個隱藏隔間。

T. T. H.。托比亞．霍桑本來就打算讓我住在這間側廳。他在留給我的信上簽的是姓名字首縮寫，而非全名。那三個字母就是打開這個隱藏抽屜的關鍵。抽屜裡有個資料夾，很像格雷森那天在基金會給我看的那種，上面寫著我的名字，我的全名。

艾芙瑞．凱莉．葛蘭斯。

解開那個字謎之後，我就回不去了。我打開資料夾，不確定自己會看到什麼，連自己抱著什麼樣的期待都說不清。首先映入眼簾的是我的出生證明影本。托比亞．霍桑還特別畫線強調我的出生日期和我爸的簽名。日期說得通。但簽名呢？

我有一個祕密，我能聽見媽媽在我耳邊說。跟妳出生那天有關。

我完全不曉得該如何解讀這一切。我翻到下一頁，再翻，又翻。眼目所見的全是照片，從我六歲開始，每年都有四、五張。

以他的個性，絕對會一直觀察、掌握妳的行蹤，我想起格雷森說的話。一個名字有趣的小女孩。

我十六歲生日後，也就是艾蜜莉死後，照片數量顯著增加，感覺托比亞．霍桑似乎特地派人來監視我的一舉一動。你不想把一切押在一個完全陌生的人身上，我心想。嚴格來說，托比亞．霍桑就是這樣，但這些照片在在表明他的確做了很多功課。

我對他而言不只是個名字和日期而已。

資料夾裡有我在停車場打牌的照片、在餐館一次拿超多杯子的照片、和莉比一起大笑的照片、擋在她和德瑞克中間的照片……有一張是我在公園裡下西洋棋，另一張是我和哈利排隊買早餐，畫面上只有兩顆後腦勺，甚至還有一張是我坐在車上，手裡拿著一疊明信片。

攝影師連我在做白日夢都拍到了。

托比亞．霍桑不認識我，卻很了解我的生活。雖然我可能是一場風險極高的賭局，是謎題的一部分，不是玩家，但他知道我有能力玩這場遊戲。他並非沒頭沒腦隨便行事，希望一切順利，而是精心策劃每一個環節，做最縝密的安排。

我既是生日與艾蜜莉忌日同一天的艾芙瑞．凱莉．葛蘭斯，也是這些照片中的女孩。我是他深思熟慮、仔細盤算後的結果之一。

我想起詹姆森說的話。那是我搬進莊園的第一夜，他從壁爐後方的密道溜進我房間。

托比亞．霍桑留給我大筆財富，留給他們的只有我。

第九十章

隔天一早，奧倫就告訴我，絲凱．霍桑決定離開霍桑莊園。她準備搬走，格雷森已經指示安全部門，嚴禁她重返莊園。

「妳知道原因嗎？」奧倫用一種「妳肯定知道什麼」的表情看我。

「不知道。」我看著他，決定說謊。

我來到隱身在小藏書室的樓梯底部，格雷森就站在那張象徵「達文波特」的書桌旁。

「你把你媽趕出莊園？」

他贏了那場小遊戲時，我完全沒想到他會這麼做。絲凱無論好壞，終究是他的母親。家庭為重，家人優先。

「我母親是自願離開莊園。」格雷森平靜地說。「她明白這是更好的選擇。」總比報警好。

「你贏了遊戲，」我告訴格雷森。「不必——」

他轉過來踏上一階，和我站在同一個梯級上。「我覺得有必要。」

他曾告訴我：「若要我在妳和任一家人之間抉擇，我會選擇他們，沒有例外。」

這次他破例了。

「格雷森。」我們倆離得好近。上一次我們站在這裡時，我露出鎖骨下的傷；這一次，我舉起手探向他胸膛。他傲慢、惡劣、不可一世，我們認識的頭一週，他就決心把我的生活搞得一團糟。他某種程度上依舊愛著艾蜜莉。但初見他的那一刻起，我就很難把目光從他身上移開。

到頭來，他選擇了我。捨棄了家人，捨棄了他母親。

我有點遲疑，將懸在他胸前的手往上移動到下巴。有那麼一刻，他任由我觸碰他的臉，然後別過頭。

「我會永遠保護妳。」他繃緊下巴，眼神蒙上一層陰影。「這裡是妳的家，一個應該要讓妳感到安全的地方。我會幫妳打理基金會，教妳如何圓融應對，讓妳像生來就是過這樣的生活。可是這個……我們……」他吞了一口口水。「不可能，艾芙瑞。我看過詹姆森看妳的眼神。」

他沒有說他絕不會讓另一個女孩影響他們之間的關係。他無須明言。

第九十一章

我去上學，回家後打電話給美心，心裡很清楚她可能連手機都沒有。果然，電話轉接到語音信箱。「我是劉美心，目前在一個科技設備和修道院差不多的地方與世隔絕。祝你有個愉快的一天，可惡的傢伙。」

我打她弟弟的電話，還是一樣。「這是劉艾薩的手機。」美心也攻占了他的語音信箱。「他這個弟弟還算可以，如果你留言，他應該會回電。艾芙瑞，如果是妳，千萬別害自己被殺。妳還欠我澳洲欸！」

我沒有留言，不過我打算問問愛麗莎能不能訂頭等艙機票送劉家到澳洲玩。我得在霍桑莊園住滿一年才能離開、圓旅行的夢，但美心倒不必等。

這是我欠她的。

格雷森說的那些話讓我覺得好茫然、好痛苦，無法和美心聊這件事更是雪上加霜。我決定去找莉比。我們真的有必要趕快給她一支新手機，不然在莊園裡很可能會迷路。

我不想失去任何人。

這棟房子實在大得離譜，我搞不好永遠找不到她。我來到音樂室附近，聽見鋼琴演奏的聲音。我跟著音樂走，發現莉比和奶奶一起坐在琴椅上，兩人都閉著眼睛欣賞樂曲。

莉比眼周的瘀青終於消退了。看到她和奶奶在一起，讓我想起她在家鄉的工作。也對，我總不能要她整天枯坐在那裡無所事事。

不曉得奈許會有什麼建議。或許可以讓她做點小生意，開餐車之類的？說不定她也想去旅行。遺囑認證完畢前，我能做的很有限，但麥納馬拉、奧特嘉和瓊斯律師事務所的大律師有理由站在我這邊。這筆遺產終將解除信託，歸我所有。

我終將成為世界上最富有、最有權勢的女性之一。

鋼琴曲敲下最後一個音符。莉比和奶奶抬起頭，看見我站在那裡。莉比完美詮釋出愛操心的婆婆媽媽是什麼模樣。

「妳真的沒事？妳確定？」她再三詢問。「妳看起來不像沒事。」

我想起格雷森和詹姆森，想起我來到莊園的使命。「我很好。」我的聲音鎮靜到差點相信自己真的沒事。

「我做點東西給妳吃。」莉比沒被我騙到。「妳有吃過法式鹹派嗎？我以前從來沒做過法式鹹派。」

我真的沒心情吃，但烘焙是莉比表達愛意的方式。她朝廚房走去。我想跟上，卻被奶奶攔住。

「妳留下來。」她用命令的口氣說。

我除了乖乖聽話，別無選擇。

「聽說我的外孫女要搬離這裡。」奶奶在我如坐針氈好一會兒後才開口，說話簡潔有力。我有考慮要委婉回答，但她顯然不是那種拘泥於禮儀和細節的人。

「她想殺我。」

「絲凱向來不喜歡弄髒自己的手。」奶奶哼了一聲。「依我看，如果要殺人，起碼該有點誠意親自動手，把事情做好才對。」

這大概是我有生以來最奇怪的對話，怪到無以復加。

「現在的人不懂什麼叫正派。」奶奶繼續說。「不尊重別人，不尊重自己，也沒膽量。」她嘆了口氣。「要是我可憐的愛麗絲看到她的孩子變成這樣……」

我很好奇絲凱和札拉在霍桑莊園是怎麼長大的，托比又是怎麼長大的。是什麼讓她們扭曲成這樣？

「妳女婿在托比死後變更了遺囑。」我研究奶奶的表情，想看看她是否知道這件事。

「托比是個好孩子，」奶奶啞著嗓子不耐煩地說：「後來就不是了。」

我不曉得該怎麼理解這句話。

她雙手按著掛在頸上的相片盒墜飾。「他是個貼心的孩子，聰明靈巧，大家以前常說他就像他爸爸一樣。可是……唉，那孩子讓人吃盡苦頭。」

「怎麼了？」我問。

「那件事傷了愛麗絲的心，傷了我們所有人的心。」奶奶臉色一沉，緊握著墜飾，枯瘦的手不停顫抖。「妳看他，」她繃緊下巴露出堅毅的神情，打開墜飾。「看看這個可愛的孩子。照片裡的他才十六歲。」

我俯身想看清楚一點，想知道托比亞・霍桑二世長得和他四個外甥像不像。然而，眼前所見的畫面讓我忍不住屏息。

不會吧……

「這是托比？」我呼吸困難，無法思考。

「他是個好孩子。」奶奶粗聲粗氣地說。

我幾乎聽不見她說什麼。我盯著照片說不出話來，無法移開視線，因為我認識那個人。照片裡的他年輕許多，但那張臉我絕對不會認錯。

「繼承人？」一個聲音從門口傳來。我轉過頭，發現詹姆森站在那裡。不知怎的，他看起來和過去幾天不太一樣，好像變得比較開朗，沒那麼厭世，能揚起一邊嘴角給我一抹微笑。「妳怎麼怪裡怪氣的？」

我低頭看著相片盒墜飾，深呼吸，感覺肺部在灼燒。「托比，」我努力擠出回應。「我認識他。」

「妳說什麼？」詹姆森走向我。奶奶靜靜地坐在那裡，一動也不動。

「我之前常跟他在公園裡下西洋棋，每天早上都是。」

那是哈利。

「不可能……」奶奶顫抖著聲音說。「托比已經死了二十年了。」

二十年前，托比亞·霍桑剝奪了家人的繼承權。這是怎樣？到底是怎麼回事？

「妳確定嗎？繼承人。」詹姆森就站在我旁邊。我想起格雷森說，我看過詹姆森看妳的眼神。「百分之百確定？」

我望著詹姆森。感覺好不真實。

我有一個祕密，我能聽見媽媽的聲音在我耳邊響起。跟妳出生那天有關……

我緊緊抓著詹姆森的手。「非常確定。」

後記

桑德．霍桑低頭看著手上的信。過去一週，他每天都這樣反覆細讀信箋。表面上，這封信沒說什麼。

亞歷桑德，
做得好。

托比亞．霍桑

做得好。他堅守任務，讓哥哥走到遊戲終點，艾芙瑞亦然。他答應的事都做到了，可是外公也答應了他一件事。

一旦他們的遊戲結束，你的遊戲就會開始。

桑德從小就不像其他哥哥那麼好勝，老是爭個你死我活，但他心裡其實很渴望競爭。他告訴艾芙瑞，自己只想就這麼贏一次時，他說的是真的。當他們踏進最後一個房間，當她打開木箱，當他撕開信封，他一直在期待……某樣東西。

一個謎語。一道謎題。一條線索。

可是他只得到這個。做得好。

「桑德？」蕾貝卡在一旁柔聲說：「我們來這裡做什麼？」

「誇張地嘆氣啊！」席雅冷嘲熱諷。「還用問嗎？」

他把她們帶來這裡，讓兩人共處一室，可說是一項不可思議的壯舉。他甚至不太確定自己為什麼要這麼做，只知道他需要一個目擊證人。應該說不止一個。若桑德誠實面對自己，他會帶蕾貝卡來是因為他希望她在，而他會帶席雅來，是因為如果不這樣……

他就會和蕾貝卡單獨在一起。

「隱形墨水有很多種。」桑德告訴她們。過去幾天，他嘗試了各種方法想找出信上的隱藏訊息，例如用燃燒的火柴照著紙背加熱信紙、砸大錢買紫外線燈等等，唯有一個方式還沒試過。「但只有一種，」他用平靜的口吻繼續說。「會在顯現訊息後毀損訊息。」

假如他弄錯，一切就結束了。沒有遊戲，談何勝利？桑德不想一個人做這件事。

「你覺得會找到什麼？」席雅問他。

桑德低下頭，最後一次讀這封信。

亞歷桑德，

做得好。

托比亞．霍桑

也許外公的承諾是個謊言。也許對托比亞．霍桑來說，桑德只是後來才想到的存在。但他非試不可。他轉向旁邊的浴缸，在裡面注滿了水。

「桑德？」蕾貝卡再度開口。她的聲音差點讓他打消念頭。

「姑且一試吧。」桑德小心翼翼將信紙放在水面上，然後往下壓。

起初他以為自己犯了一個天大的錯誤，以為一切都是徒勞。然而接下來，信末署名兩側慢慢浮出文字。他外公簽的是托比亞．霍桑，沒有中間名。原因很明顯。

信紙上的隱形墨水逐漸變暗。簽名右邊只有兩個I，相當於一個羅馬數字「II」，左邊出現兩個字：找到。

找到托比亞．霍桑二世。

第一集完

謝辭

寫這本書的過程充滿樂趣和挑戰。真的很感謝這幾個不可思議的團隊，一路走來始終給我滿滿的支持。我有幸與兩位出色的編輯合作，共同完成這項寫作計畫。非常感謝琪蘭・維奧拉（Kieran Viola）明白這本就是我接下來要寫、也非寫不可的書，幫助我創造出艾芙瑞、霍桑四兄弟及他們的世界，讓一切躍然紙上。感謝麗莎・約斯克維茨（Lisa Yoskowitz）讓這本書打入出版市場，她對這個計畫的熱情和願景，以及專業優雅的行銷頭腦，讓整個過程變得如夢般美好。能和其中一人合作就已經很幸運了，更別說有機會與她們兩位共事。我覺得自己萬分蒙福。

非常感謝利特布朗青少年叢書出版團隊（Little, Brown Books for Young Readers），特別是珍娜・德路易斯（Janelle DeLuise）、賈姬・恩格爾（Jackie Engel）、瑪麗莎・芬克斯坦（Marisa Finkelstein）、尚恩・佛斯特（Shawn Foster）、比爾・格雷斯（Bill Grace）、莎凡娜・肯納利（Savanna Kennelly）、漢娜・科納（Hannah Koerner）、克莉絲蒂・米榭（Christie Michel）、漢娜・米爾頓（Hannah Milton）、艾蜜莉・波斯特（Emilie Polster）、維多利亞・史塔普頓（Victoria Stapleton）和梅根・廷利（Megan Tingley）。

特別感謝我的公關艾力克斯·凱萊赫－納戈斯基（Alex Kelleher-Nagorski），他對這本書的熱忱讓我心花朵朵開，而且不止一次。謝謝蜜雪兒·坎貝爾（Michelle Campbell）聯繫圖書館員和老師進行宣傳。感謝卡琳娜·格蘭達（Karina Granda）為本書設計出我這輩子見過最漂亮的封面！此外，我也要對藝術家卡特·法特（Katt Phatt）表達最深切的敬畏與感激，書封上那些不可思議的藝術創作全出自他的巧手。感謝安席亞·湯森（Anthea Townsend）、菲比·威廉斯（Phoebe Williams）以及企鵝藍燈書屋團隊（Penguin Random House）對本書的喜愛和付出。另外我也要謝謝迪士尼的 Disney-Hyperion 出版團隊在二〇一八年就看見本書的潛力，當時它還只是一份四頁提案報告而已。

伊莉莎白·哈丁（Elizabeth Harding）從我大學時代就一直擔任我的經紀人，我再也找不到比她更傑出、更有智慧的代言人了！感謝柯提斯布朗經紀公司團隊（Curtis Brown）的各位大力相助，真的、真的、真的很謝謝你們。感謝荷莉·費德里克（Holly Frederick）積極為本書洽談影視改編權；莎拉·佩里洛（Sarah Perillo）處理國外版權事宜（而且疫情大流行期間一樣毫不鬆懈！）。另外，我還要謝謝妮可·艾森布朗（Nicole Eisenbraun）、莎拉·格頓（Sarah Gerton）、麥蒂·塔維斯（Maddie Tavis）和雅絲敏·楊（Jazmia Young）。我的感激之情難以言喻！

非常非常感謝陪我完成這項寫作計畫的家人和好友。瑞秋·文森（Rachel Vincent）不僅每個禮拜都會來 Panera 咖啡廳坐在我對面，跟我說我一定做得到，還隨時都能和我一起腦力激盪，就算我壓力大到想哭，她也總有辦法讓我綻出笑容。艾莉・卡特（Ally Carter）始終陪伴在我左右，走過出版業的高潮與低潮。此外，我在奧克拉荷馬大學的同事和學生也給了我很多鼓勵。真的很謝謝大家！

最後，我要感謝我的爸媽和先生給予我無窮無盡的支持，感謝我的孩子讓我享有充足的睡眠，得以好好投入創作，讓這本書在我筆下成真。

國家圖書館出版品預行編目資料

繼承遊戲（The Inheritance Games）／ 珍妮佛．琳恩．巴尼斯（Jennifer Lynn Barnes） 著、郭庭瑄 譯
– 初版 . -- 臺北市：三采文化，2022.9 -- 面；公分 . --（愛上癮：28）

ISBN 978-957-658-909-6（平裝）
1. 翻譯小說 2. 推理小說 3. 青少年文學

874.57　　111011884

◎封面圖片提供：
GraphicCompressor ／ MYKHAILO ／ serikbaib ／ Max Topchii ／ vitaly tiagunov ／ Tarzhanova ／ SpicyTruffel ／ Sasha ／ Jojo textures ／ Ramil - stock.adobe.com

suncolor 三采文化集團

愛．上癮 28

繼承遊戲

作者｜珍妮佛．琳恩．巴尼斯（Jennifer Lynn Barnes）　譯者｜郭庭瑄
責任編輯｜戴傳欣　美術主編｜藍秀婷　封面設計｜高郁雯　內頁排版｜陳佩君　校對｜黃薇霓
版權選書｜高嘉偉

發行人｜張輝明　總編輯長｜曾雅青　發行所｜三采文化股份有限公司
地址｜台北市內湖區瑞光路 513 巷 33 號 8 樓
傳訊｜TEL:8797-1234　FAX:8797-1688　網址｜www.suncolor.com.tw
郵政劃撥｜帳號：14319060　戶名：三采文化股份有限公司
初版發行｜2022 年 9 月 23 日　定價｜NT$420
2 刷｜2022 年 10 月 30 日

suncolor

suncolor